明
室
Lucida

照 亮 阅 读 的 人

有花生的
寻常一天

雪莉·杰克逊短篇小说集

［美］雪莉·杰克逊 著　　钱佳楠 译

One
Ordinary Day,
with Peanuts

Shirley Jackson

北京联合出版公司
Beijing United Publishing Co.,Ltd.

目 录

抽 彩

六月二十七日的早晨阳光明媚，带着盛夏早晨的清新和暖意。鲜花绚丽地绽放，绿草如茵。十点左右，在邮局和银行所在的广场中央，村里的人开始聚集起来。在其他小镇，因为居民太多，抽彩要花整整两天，那就必须从六月二十六日开始。不过这个村子只有三百个居民，抽彩只要花两小时不到，所以早上十点开始，居民还可以在宣布结果后回家吃午饭。

最先到的总是孩子们。学校前不久刚开始放暑假，大多数孩子无所事事，想找点乐子。他们习惯先安静地三两聚集，然后再哄闹，他们永远在聊班级和老师、课本和惩罚。博比·马丁已经在口袋里塞满了石头，很快其他男孩也有样学样，从地上捡起最圆最光滑的石头。博比和哈里·琼斯还有迪基·德拉克洛瓦（村里人把这个姓氏念成"克拉克罗伊"）最终在广场的一角堆起一个巨型石堆，他们看守着，怕其他男孩来抢。女孩们则站在一旁，她们相互交谈，偶尔抬眼瞅瞅男孩们；

年纪更小的孩子要么是一团沙似的跑过来，要么被他们的哥哥姐姐牵着。

不久，男人们也到了，打量着自家孩子，他们聊庄稼和降雨、拖拉机和税收。他们站在一起，远离广场一角的石堆。他们讲的笑话很含蓄，而且多半只是微笑，很少大笑。穿着褪色家居服和汗衫的女人也跟着自家的男人出来了。她们彼此打着招呼，在走向各自丈夫身边时，交换着村里的八卦。很快，站在丈夫身边的女人们开始召唤自己的孩子，至少要叫上四五次，孩子才很不情愿地走过来。博比·马丁躲过母亲伸过来抓他的手，笑着跑回到那堆石子边。要等父亲大声训斥，博比才学乖，赶紧回来，站在他父亲和长兄之间。

抽彩由萨默斯先生主持（就和广场舞、青少年俱乐部、万圣节庆祝等其他传统活动一样），他有足够的时间和精力投身于这些村民活动。萨默斯先生圆脸，样子总是乐呵呵的，经营煤矿生意。村里人同情他，因为他没有孩子，而且妻子动不动就骂他。当他捧着黑色的木箱子抵达广场时，聚集的人群中爆发出小声的嘀咕。萨默斯先生挥挥手，喊道："伙计们，抱歉今天有点迟了。"邮局局长格雷夫斯先生拿着一张三脚凳紧随其后，他把三脚凳摆在广场正中央，萨默斯先生把黑箱子放了上去。村民们站在原地，和三脚凳保持着距离。萨默斯先生问："有没有人愿意来搭把手？"人们迟疑着，直到马丁先生和他的长子巴克斯特走上前去，他俩把箱子牢牢按在凳子上，萨默斯先生搅动着箱子里的彩券。

很久之前，最早用来抽彩的装备就已经丢了。现在摆在凳子上的这只黑箱子在沃纳老爷子（村里最老的人）出生之前就开始使用了。萨默斯先生好几次跟村民提议要做一只新箱子，尽管黑箱子所能体现的传统这么有限，村里人还是不想破坏这仅剩的传统。有人说，现在的这只箱子是用之前的箱子的零部件组装的，而之前那只箱子就是来这里建村的第一批村民们制作的。每年，抽彩之后，萨默斯先生都会重提要做一只新箱子，但是每一年这个提议都会被忽略。黑箱子一年年地变得越发残破，现在它都不能算全黑的了，有一面破损得严重，已经露出了木头的原色；另外几面要么褪色，要么沾染上其他污迹。

马丁先生和他的长子巴克斯特把黑箱子牢牢按在椅子上，直到萨默斯先生把里面的彩券洗好。因为大多数的仪式过程已经被遗忘或者舍弃，萨默斯先生成功地用纸彩券取代了之前好几代人在用的木牌彩券。萨默斯先生之前解释，要是村子的规模很小，用木牌彩券没问题，但是现在村里已经有三百号人，而且人口还在继续增长，必须用一些能够塞进黑箱子的彩券。抽彩前的那个夜晚，萨默斯先生和格雷夫斯先生制作好所有纸彩券，装进箱子，之后箱子被送到萨默斯先生煤矿公司的保险箱里锁好。直到第二天早上，萨默斯先生亲自去取，径直带到广场。一年中余下的日子，箱子会被收起来，有时候放在某一个地方，有时候会转移到另一个地方。有一年，箱子被收在格雷夫斯先生的谷仓里，还有一年存在邮局里，也有时候箱子被放在马丁家杂货店的货架上。

在萨默斯先生宣布抽彩正式开始之前，还有一大堆程序要走。先要拟定抽彩名单：每个家族的大家长，每个家族里每一分支的家长，再是每一分支里每一户的家长。然后，萨默斯先生必须在邮局局长的见证之下，作为抽彩的执行官进行宣誓。有些人还记得，以前，抽彩的执行官必须朗诵一段誓言，那是一段毫无音律可言的马虎颂辞，但是每年都要重复一遍。有人认为，抽彩官朗诵的时候应该站在原地不动，但也有人认为他应该走到人群中间，不过很多年以前，人们就不再对这部分的仪式斤斤计较了。过去还有敬礼式，也就是抽彩官必须向每个走上前来抽彩的村民致敬。随着时光流逝，这部分仪式也发生了改变，如今人们只感到抽彩官必须跟每个走上前来的村民打声招呼。萨默斯先生很适合做这个，他穿着干净的白衬衫和蓝色的牛仔裤，一只手随意地按在黑箱子上，当他没完没了地跟格雷夫斯先生和马丁父子说话时，看起来非常威严。

萨默斯先生终于说完话，转向聚集的村民。此时，哈钦森太太匆匆地顺着小径向广场跑来，她的双肩被汗水濡湿，赶紧钻进人群后排的空当。"完全忘了今天是什么日子。"她对身旁的德拉克洛瓦太太说，两人都小声地笑了。"还以为我家男人出去砍柴了呢，"哈钦森太太接着说，"后来我向窗外看，发现孩子们都不见了，才想起来今儿是二十七号，所以赶紧跑过来。"她用围兜擦了擦汗湿的手，德拉克洛瓦太太说："还好你来得及时。他们还在那边说话呢。"

哈钦森太太抻长脖子搜寻人群，她看到自己的丈夫和孩子们站在前排。她拍拍德拉克洛瓦太太的胳膊作为告别，开始往前移。村民礼貌地给她让路，有两三个人用那种刚好所有人都能听见的音量说："哈钦森太太来了。""比尔，她终于赶到了。"哈钦森太太来到丈夫身边，先前一直在等的萨默斯先生兴奋地说："以为我们等不到你就要开始了呢，特茜。"哈钦森太太笑着说："现在你情愿我把脏盘子留在水槽里，对吧，乔？"人群里传出微弱的笑声，刚才给哈钦森太太让路的人又站回了原位。

"那好吧，"萨默斯先生严肃地说，"我们差不多该开始了，早点开始早点结束，这样我们可以回去工作。还有没有人没到？"

"邓巴，"几个人说，"邓巴，邓巴。"

萨默斯先生查看他手上的名单。"克莱德·邓巴，"他说，"对，他摔断了腿，是吧？谁替他抽彩？"

"我想应该是我来抽。"一个女人说，萨默斯先生扭头看她。"妻子替丈夫抽？"萨默斯先生说，"珍妮，你不是应该有个大儿子来替你做这个？"尽管萨默斯先生和村里所有人都清楚这问题的答案，但按照规矩抽彩官必须要问这个问题。萨默斯先生耐着性子等待邓巴太太的回答。

"霍勒斯还不满十六岁呢，"邓巴太太的语气里有惋惜的意思，"所以我想今年我得替家里的男人抽。"

"好的。"萨默斯先生说，在手上的单子上做了标记。接着他问道："沃森家今年是儿子来抽？"

人群中的一个高个子男孩仰起头来。"是我，"他说，"我替我家抽。"他紧张地眨着眼睛，当人群中的其他人说出"好家伙，杰克"和"替你妈感到高兴，有儿子来做这事"时，他羞涩地低下头。

"好，"萨默斯先生说，"所有人都到齐了。沃纳老爷子自己抽？"

"我在。"一个声音响起。萨默斯先生点了点头。

萨默斯先生清了清嗓子，目光落到名单上，人群顿时安静了。"都准备好了？"他喊道，"现在，我会念名字——先是每个家族的大家长——听到名字的人上来从箱子里抽一张纸券。抽好后把纸券捏在手里，不要打开，直到所有人都抽完。明白了吗？"

　　大家都不是第一次抽彩了，他们心不在焉地听着这些规则。人们大多沉默，润湿双唇，没有东张西望。接着，萨默斯先生举起一只手，喊道："亚当斯。"一个男人从人群中抽身，走上前来。"你好，史蒂夫。"萨默斯先生说。亚当斯先生答道："你好，乔。"他们向对方露出微笑，但都很严肃，也很紧张。亚当斯先生把手伸进黑箱子，取出一张叠好的纸券，他捏着纸券的一角，转身，快速回到人群中自己的位置。他和家人之间隔着一些距离，他没有低头看自己的手。

　　"艾伦，"萨默斯先生喊，"安德森……本瑟姆。"

　　"感觉好像我们上礼拜才抽完去年的彩，"后排的德拉克洛瓦太太对格雷夫斯太太说，"一口气儿都没歇就已经挨到今年了。"

　　"时间不等人。"格雷夫斯太太说。

　　"克拉克……德拉克洛瓦。"

　　"是我家老头儿。"德拉克洛瓦太太说。当丈夫走上前去时，她屏住了呼吸。

　　"邓巴。"萨默斯先生说。邓巴太太稳步走向黑箱子，人群中有个女人说："加油，珍妮。"另一个女人说："她真是好样儿的。"

“下面轮到我们家。”格雷夫斯太太说。她凝神看着格雷夫斯先生走到箱子的一侧，庄严地跟萨默斯先生打招呼，从箱子里抽出一张纸券。到此刻为止，人群中已经有不少人抽好彩了，他们的大手紧张地摩挲着纸券。邓巴太太和她两个年幼的儿子站在一起，手里握着纸券。

“哈伯特……哈钦森。”

“去吧，比尔。”哈钦森太太说，她身旁的人笑了。

“琼斯。”

“人们说，”亚当斯先生对身边的沃纳老爷子说，“在北边的村子里，他们提议要废弃抽彩了。”

沃纳老爷子发出哼哼声。“一群疯子，”他说，“尽听这些年轻人的，年轻人只知道抱怨。很快，他们就想退回到山洞里住，没人会再想工作，就那样过活吧。以前有句俗话，‘六月抽彩，玉米丰收’。你得记着这话，不然我们都只能吃繁缕和橡子了。抽彩不能停。”不一会儿，他暴躁地补充道：“看到乔·萨默斯那小子站在上面跟所有人打哈哈已经够糟的了！”

“有些地方已经取消抽彩了。”亚当斯太太说。

“这只有百害而无一益，”沃纳老爷子斩钉截铁地说，“一群年轻的傻子。”

“马丁。”博比·马丁看着父亲走上前去。“奥瓦黛克……珀西。”

“我希望他们动作能快点，”邓巴太太跟她的长子说，“我希望他们动作快点。”

“他们就快抽完了。”她的儿子说。

"你准备好跑回去告诉你爸。"邓巴太太说。

萨默斯先生报出自己的名字，之后他站到了箱子的正前方，从里面抽出一张纸券。接着他喊："沃纳。"

"这是我第七十七年抽彩了，"沃纳老爷子穿过人群的时候说，"七十七次。"

"沃森。"高个子的沃森家长子笨拙地走过人群。有人在说："别紧张，杰克。"萨默斯先生则说："孩子，慢慢来。"

"扎尼尼。"

这之后，有个漫长的间歇，却叫人紧张得不敢呼吸。然后，萨默斯先生高高举起手中的纸券，说道："是时间了，伙计们。"有一分钟每个人都不敢动，但下一分钟所有纸券都打开了。约好似的，女人们突然炸开锅来，喊着："是谁？""谁中了？""是不是邓巴家？""是不是沃森家？"接着有人在说："是哈钦森家。是比尔。""比尔·哈钦森中彩了。"

"去告诉你爸。"邓巴太太对她的长子说。

人们开始扭头看哈钦森家。比尔·哈钦森安静地站着，低头看着手中的纸券。突然，特茜·哈钦森冲着萨默斯先生大喊："你都没给他时间去抽他想抽的纸券。我看到的。这不公平！"

"特茜，冷静点。"德拉克洛瓦太太喊。格雷夫斯太太说："我们每个人中彩的概率都一样。"

"闭嘴，特茜。"比尔·哈钦森说。

"请大家注意，"萨默斯先生说，"抽彩进行得比较快，现在我们必须加快速度，这样我们可以准时结束。"他看着他的下一份名单。"比尔,"他说,"你替哈钦森家抽的彩。你在哈钦森家有没有其他家族分支?"

"有唐和伊娃,"哈钦森太太高声喊,"让他们一起抽!"

"出嫁的女儿随丈夫家抽,特茜,"萨默斯先生好脾气地说,"你和大家都很清楚这条规矩。"

"这不公平。"特茜说。

"我猜是不公平,乔,"比尔·哈钦森也流露出埋怨,"我女儿随她的夫家抽,这再公平不过。但是,我除了孩子没有其他家族分支。"

"这样,论到家族,应该是你来抽彩,"萨默斯先生解释说,"论到家族里的分支,还是应该你来抽。对吧?"

"对。"比尔·哈钦森说。

"你有几个孩子,比尔?"萨默斯先生照规矩问。

"三个,"比尔·哈钦森说,"小比尔,南希,还有小戴夫,之后就是特茜和我。"

"好吧,这样,"萨默斯先生说,"哈里,你拿到了他们的纸券?"

格雷夫斯先生点头,举高纸券。"放到箱子里来,"萨默斯先生命令道,"把比尔的那张也放进来。"

"我觉得我们应该从头来过,"哈钦森太太说,她把声音压到最低,"我跟你说了这不公平。你没给他足够的时间选。每个人都看到了。"

格雷夫斯先生已经选了五张纸券,把它们放进箱子,之后把除那五张之外的纸券都扔到地上,一阵微风将它们席卷到远处。

"大伙儿，听我说。"哈钦森太太对身旁的人说。

"准备好了，比尔？"萨默斯先生问。比尔·哈钦森迅疾地瞥了瞥妻子和孩子，点了点头。

"记住，"萨默斯先生说，"抽好纸券后不能打开，直到所有人都抽完。哈里，你帮着小戴夫一起抽。"格雷夫斯先生握着小男孩的手，小男孩倒是很主动地跟着他走到箱子前。"从箱子里取一张纸券出来，戴夫。"萨默斯先生说。戴夫把手伸进箱子，笑了。"只能抽一张，"萨默斯先生说，"哈里，你帮他握着。"格雷夫斯先生抓起男孩的手，把折好的纸券从他握紧的拳头里取出来，然后捏在自己手里，小戴夫站在他身旁，用一种好奇的眼神看着他。

"下一个轮到南希。"萨默斯先生说。南希才十二岁，她的同学为她喘着粗气。她走上前，捏着裙角，从箱子里小心地取出一张纸券。"小比尔。"萨默斯先生喊道。小比尔长着一张红脸和一双大脚，他取出纸券的时候险些弄翻了箱子。"特茜。"萨默斯先生叫道。她犹豫了一下，用那种挑衅的眼神打探四周，接着紧闭双唇，走到彩券箱前。她把取出的纸券捏在背后。

"比尔。"萨默斯先生喊道。比尔·哈钦森把手伸进箱子，摸了好一阵，最后终于抽出握着纸券的手。

人群静悄悄的。有女孩在低声嘀咕："我希望不是南希。"所有人都听见了这句话。

"以前不是这样的，"沃纳老爷子用清晰的嗓音说，"以前的人不是这样的。"

格雷夫斯先生打开手里的纸券，当他高举纸券，所有人都看到这是一张白纸时，人群中响起一片叹息。南希和小比尔同时打开了他们的纸券，两人都双眼放光，高兴地笑起来，他们转向人群，把纸券举高。

"特茜。"萨默斯先生说。一阵沉默，接着萨默斯先生看着比尔·哈钦森，比尔打开了纸券给大家看，这是一张白纸。

"是特茜，"萨默斯先生宣布，他压低了嗓音，"比尔，给我们看她的纸券。"

比尔·哈钦森走到妻子跟前，从她手里抢过纸券。上面有个黑点，是前一天晚上萨默斯先生在煤矿公司的办公室，用铅笔重重地画上去的。比尔·哈钦森举高纸券，人群炸成一团。

"好啦，大伙儿，"萨默斯先生说，"让我们快点结束。"

尽管村民们早就忘掉了仪式，也丢失了最早的那个黑箱子，但他们仍旧记得要用石头。男孩们之前堆好的石头已经蓄势待发，地上还有更多的石头和之前从箱子里倾倒出来的纸券。德拉克洛瓦太太选了一块大石头，这么沉，她要用两只手才能搬起来。她侧向邓巴太太。"来吧，"她说，"快点！"

邓巴太太的两只手里都抓满小石头，她喘着粗气，说："我跑不动。你们先去，我待会儿就来。"

孩子们都已经拿好石头了，有人往小戴夫·哈钦森手里塞了几颗鹅卵石。

特茜·哈钦森此刻正站在广场空地的正中央，村民们围拢她时，她绝望地伸出双手。"这不公平。"她说。一颗石头已经击中她脑袋的一侧。

沃纳老爷子念叨着："快来，大伙儿，快来。"史蒂夫·亚当斯站在人群的前排，身旁是格雷夫斯太太。

"这不公平,这不对。"哈钦森太太尖叫着,人们向她逼近。

变节者

现在是早晨八点二十分。一对龙凤胎孩子正在磨蹭着吃他们的麦片早餐，沃波尔太太一只眼睛盯着挂钟，另一只眼睛看着厨房的窗户：校车随时会到。想到孩子们上学要迟到，再想到催促他们常常是对牛弹琴，沃波尔太太就怒从心头起。

"这样下去你们非得走路去学校不可，"她警告说，这大概已经是她今天第三回这么说了，"校车可不等人。"

"我已经吃得很快了。"朱迪说。她示意自己动都没怎么动的牛奶，很是得意。"至少我比杰克快！"

杰克把牛奶杯推至桌子中央，双胞胎仔细地比较着两杯牛奶的多寡。"没有，"他说，"你看你的牛奶比我多很多。"

"这不重要，"沃波尔太太说，"这不重要。杰克，吃你的麦片。"

"我的一开始就比她多，"杰克说，"妈妈，她的没有我多，对不？"

沃波尔太太听见楼上的淋浴声，脑袋中迅速做着盘算：

七点的时候，闹钟没有响。今早的咖啡比平时耗时长，白煮蛋软了一点儿。她只够时间给自己倒杯果汁，但还没机会喝。这样下去，肯定有人会迟到——要么是朱迪，要么是杰克，再不就是沃波尔先生。

"朱迪，"沃波尔太太机械地喊，"杰克。"

朱迪的辫子还没有扎整齐，杰克的手帕还没放进书包里，沃波尔先生现在肯定在生闷气。

厨房的窗外，红黄相间的校车已经停在路边。朱迪和杰克冲出门外，麦片没吃完，课本很可能忘在家里。沃波尔太太送他们到厨房门口，喊着："杰克，别忘了你的牛奶钱，中午一下课就回来。"看着他们登上校车后，她如释重负，回家收起桌上的餐盘，给沃波尔先生腾出位置。她自己的早饭必须推迟了，要到九点之后才能有喘息的空当。这也意味着她必须推迟晾衣服的时间，如果下午下雨（很有可能），这些衣服今晚就干不了。沃波尔太太努力地保持喜悦的神情，对走进厨房的丈夫说："早上好，亲爱的。"他头也没抬地说："早安。"沃波尔太太的脑子里满是抱怨的句子："你就不觉得其他人也会有脾气……"然而，她还是耐心地把早餐摆到他面前：盘子里有半熟的白煮蛋、烤面包，另外还有咖啡。沃波尔先生专注地看着报纸，沃波尔太太多么想对他说："我猜你都没有注意到我连吃早饭的时间都没有……"但她放下餐盘的时候还是尽可能地不发出响声。

一切都进展平稳，尽管比平日迟了半个小时。之后家里的电话突然响了。沃波尔家和其他邻居合用一个总机号码，所以沃波尔太太总是让铃声至少响两次才去接，这样她可以确定电话确实是打给她的。这天早上还不到九点，沃波尔先生刚开始吃早饭，这个突如其来的电话简直是不可饶恕的骚扰，沃波尔太太一百个不情愿地提起话机。"你好。"她用冷峻的声音说。

"沃波尔太太。"电话那头的嗓音说。沃波尔太太回答说："是我。"对方（是个女人的声音）说："抱歉打扰你，但我是……"沃波尔太太没听过这个名字，她问："有事吗？"她可以听到沃波尔先生正把灶头上的咖啡壶提起，给自己倒第二杯咖啡。

"你是不是有条狗？棕色和黑色相间的猎犬？"对方继续说。一听到"狗"这个词，沃波尔太太就想起在乡下养狗的复杂意味（结扎要六美元，晚上叫会被认为无礼，这个深色的家伙睡在双胞胎房间里双层床旁的地毯上，可以给人安全感。家家户户都少不了狗，就好比每家都必须有炉灶，有门廊，或者订当地报纸一样。更重要的是，这条名叫"沃波尔伯爵夫人"的母狗和杰克及朱迪同等重要，它安静，能干，脾气也特别好）。她回答说她确实有条狗，但不觉得有任何理由会让一个听起来和她一样烦躁的人一大清早打来电话。

"对，"沃波尔太太简短地说，"我是有一条狗，怎么了？"

"棕黑相间的大猎犬？"

"伯爵夫人"有着漂亮的斑纹和一张与众不同的小脸蛋。"对，"沃波尔太太说，声音显得更不耐烦了，"对，那是我的狗，怎么了？"

"它杀了很多我家养的鸡。"说出这话后，对方听起来很满意。沃波尔太太觉得自己被逼到死角了。

有好几秒钟，沃波尔太太都无言以对，对方在问："你还在吗？"

"这简直是无稽之谈。"沃波尔太太说。

"就在今天早上，"对方很带劲儿地说，"你的狗还在追逐我家的鸡。大概八点钟左右，我们听到鸡叫，我丈夫去看是怎么回事，就看到两只鸡死了。他还看到一只棕黑相间的大猎犬在追其他的鸡，然后我丈夫拿起一根木棍，把狗赶走，赶走之后发现了更多死鸡。他说，"电话那头继续说，"幸运的是，他没想过把家里的霰弹枪带上，不然你的狗就没命了。你肯定不曾见过那么可怕的一幕，"对方说，"到处是血，满地鸡毛。"

"你怎么能肯定是我的狗？"沃波尔太太用微弱的语气问。

"你们家的一个邻居，乔·怀特当时正好经过，看到我丈夫在追那条狗。他说是你的狗。"

老怀特的房子和沃波尔家隔着一栋屋子。沃波尔太太此前一直尽可能地礼貌待他，路过他家时，总是向站在门廊上的他友善地问候健康，她还看过他在奥尔巴尼的孙儿们的照片并表示了敬意。

"我明白了，"沃波尔太太说，她突然改变了态度，"好吧，如果你百分百确信。我只是无法相信'伯爵夫人'真的会干出这样的事来。它特别温驯。"

听见沃波尔太太忧虑的语气，对方的态度也缓和下来。"这很丢人，"电话那头的女人说，"发生这样的事情，你不知道我有多么难受。但是……"她的声音一下子减弱了。

"我们当然会赔偿损失。"沃波尔太太赶紧说。

"不，不，"这女人说，几乎带着歉意，"不用考虑这些。"

"不，我们当然……"沃波太太再次说，她感到很奇怪。

"这条狗，"对方说，"你必须处置这条狗。"

沃波尔太太感到大难临头。她的早晨已经够糟了，连喝咖啡的时间都没有，就置身于未曾知晓的罪恶局面中。此刻，这个声音，这个语气，还有这里面的潜台词，使得"处置"这个再寻常不过的词都吓掉了沃波尔太太半条命。

"怎么处置？"半晌，沃波尔太太终于问道，"我的意思是，你想要我做什么？"

电话那头传来一阵短暂的沉默，之后这个嗓音轻快地响起。"太太，我并不知道。我总是听别人说对喜欢杀鸡的狗什么法子都不管用。就像我说过的，没有造成什么损失。事实上，这条狗杀死的鸡已经被拔了毛，放在烤箱里烤了。"

沃波尔太太感到喉咙口一阵阻塞，她闭上眼睛想冷静一下，但对方还是不依不饶。"除了希望你管好你的狗之外，我们什么要求都没有。按道理，你也明白我们不能容许一条狗一直来杀我们的鸡。"

沃波尔太太意识到对方希望她表态，她说："这是当然。"

"所以说……"对方说。

透过电话机上方，沃波尔太太看到丈夫正经过她身旁去门口。他草草地跟她挥手作别，她向他点点头。他已经迟到了，她本来还打算让他在城里的图书馆帮她借两本书，现在她必须迟些再给他打电话。沃波尔太太气急败坏地对电话那端说："首先，我当然必须确定这是我的狗。如果是我的狗，我可以打包票说，你以后都不会有类似的烦恼。"

"是你的狗没错。"对方重又操起单调的乡下口音，这声音意味着，要是沃波尔太太想找人吵架，对方奉陪到底。

"再见。"沃波尔太太说。她知道这么气呼呼地跟这个女人告别是个错误，她也知道她应当在电话中反复道歉，求这个一门心思挂念她愚蠢的鸡的傻女人饶过她家的狗。

沃波尔太太放下电话，回到厨房。她给自己倒了杯咖啡，还烤了几片面包。

我不会让这件事毁了我的咖啡时光，沃波尔太太坚定地对自己说。她给面包抹上更多的黄油，靠着椅背，松弛肩膀，试图放松心情。早上九点半就五雷轰顶，她心想，这应该是晚上十一点钟才有的心情。外面的明媚阳光也不像平日那样振奋人心，沃波尔太太决定明天再洗衣服。他们在这座乡下小镇住的时间还不够久，所以她没有觉得周二洗衣服有什么丢人现眼的地方。沃波尔夫妇仍旧是城里人，而且很可能以后也改不了城里人的本性：他们有条喜欢杀鸡的狗，他们在星期二洗衣服，他们没法像其他乡下人一样利用有限的土地、食物和天气来自谋生路。碰到今天这种情况，沃波尔太太就像遭遇其他问题（怎么处理垃圾、怎么做挡风雨的板条、怎么烤天使蛋糕）一样，不得不寻求他人的建议。在乡下，要"找人"帮你处理事情几乎不可能，但沃波尔夫妇早就养成了向邻居咨询意见的习惯，而这些意见在城市里往往得问大楼管理员、门卫或者煤气公司职工。当沃波尔太太的目光无意中落到水槽下"伯爵夫人"的水盆时，她意识到自己现在陷入了无尽的抑郁中。她起身，披上夹克，用围巾裹住脑袋，然后去敲邻居家的门。

她的隔壁邻居纳什太太正在炸甜甜圈。门开着，厨房里的纳什太太向沃波尔太太挥舞着叉子。"快进来，我现在走不开。"她喊着。沃波尔太太走进纳什太太的厨房，想起自家的水槽里还堆着很多碗碟没洗就难受得要命。纳什太太穿着一尘不染的家居服，她的厨房刚刚打扫过。纳什太太炸这么多甜甜圈也不会把厨房弄乱。

"男人们喜欢午饭有刚出炉的甜甜圈吃，"纳什太太除了点头和叫沃波尔太太进屋之外，没有其他寒暄，"我总是想提前做好足够的量，但老是不够吃。"

"真希望我也会做甜甜圈。"沃波尔太太说。纳什太太豪气地用叉子指了指餐桌上一堆仍在冒热气的甜甜圈。沃波尔太太拿起一个，咬了一口，心里却想：这会让我消化不良的。

"每次我前脚做完，他们后脚就吃光了。"纳什太太说。她检查着正在油锅里的甜甜圈，然后终于觉得自己可以腾出一点儿间隙，她也拿起一个甜甜圈，站在灶头旁吃起来。"你怎么了？"她问，"你的样子看起来不太好。"

"老实跟你说，"沃波尔太太说，"是我们家的狗。今天早上有人给我打电话，说我的狗杀了很多鸡。"

纳什太太点头。"哈里斯家的鸡，"她说，"我知道。"

她当然已经听说了，沃波尔太太心想。

"你知道，"纳什太太说着，回到炸锅旁，"他们确实说你拿一条喜欢杀鸡的狗什么办法也没有。我哥哥有一条喜欢杀羊的狗，我不知道他们有没有试过，但那条狗就是死性不改。狗哦，一旦尝过了血的滋味……"纳什太太夹起一个金黄香脆的甜甜圈，把它凉在一张棕色的厨房用纸上，"感觉比起吃，它们更喜欢杀。"

"那我要怎么办？"沃波尔太太问，"有什么办法吗？"

"你当然可以试试，"纳什太太说，"最好的办法是先把它绑起来，一直绑着，用一根结实的链条。这样它至少有一段日子追不了鸡，好歹不会因为溜出去而被别人杀掉。"

沃波尔太太很不情愿地起身，把围巾重新裹上。"我想我必须到杂货店买一根链条。"她说。

"你现在去杂货店？"

"我想在孩子们回家吃午饭之前把东西买好。"

"不要买店里的甜甜圈，"纳什太太说，"待会儿我给你家送一盘。你去给那条狗买根结实的链条。"

"谢谢你。"沃波尔太太说。纳什太太的厨房满盛着明亮的阳光，她结实的餐桌上摆满了甜甜圈，锅子里散发出阵阵香气，这些都象征着纳什太太的安全感。她对她的生活方式充满自信，她无忧无虑，跟杀鸡的麻烦沾不上边，也没有城里人才有的焦虑。她的生活这么秩序井然，甚至可以把多余的额度赠给沃波尔家，给他们捎上甜甜圈，无视沃波尔太太的脏乱厨房。"谢谢你。"沃波尔太太又说了一次，感到自惭形秽。

"你跟汤姆·基特里奇说，今天中午前我会去买猪肉，"纳什太太说，"让他给我留一块。"

"我会跟他说的。"沃波尔太太在门口迟疑了片刻，纳什太太又跟她挥了挥叉子。

"待会儿见。"纳什太太说。

老怀特坐在自家门廊上晒太阳。看到沃波尔太太时，他咧嘴一笑，之后大声叫唤她："我想你以后不想再养狗了。"

我必须对他和气，沃波尔太太心想，按照乡下的标准，他不算是个告密者，也不算坏人，任何人都会告发一条喜欢杀鸡的狗。但是他犯不着这么得意，沃波尔太太想着，她很努力让自己的语气显得愉悦："早上好，怀特先生。"

"打算给他吃一枪？"怀特先生问，"你男人有枪吗？"

"我真的很担心这件事。"沃波尔太太说。她站在怀特先生家门廊下方的人行道上，望向他的时候，她竭力隐藏着内心的憎恨。

"有一条那样的狗真是太糟了。"怀特先生说。

至少他没在责怪我，沃波尔太太心想。"我应该怎么办？"她问。

怀特先生琢磨了一会儿。"如果你相信你可以治好一条喜欢杀鸡的狗，"他说，"那就买一只死鸡，系在狗脖子上，系紧，让它不能把鸡甩下来，明白吗？"

"绑在它脖子上？"沃波尔太太问。怀特先生不住地点头，然后忍不住咧嘴笑，露出掉光了牙的牙床。

"是这样，等它没法甩掉鸡的时候，它会先试着和这只死鸡玩耍，然后死鸡会让它心有不甘。它会先试着打滚，想把鸡甩下来，但鸡还是缠着它，再往后，它会试着把鸡咬下来，但还是弄不下来，然后它就会发现甩不掉这只鸡，它就以为永远也甩不掉它了。就是这样，这下它害怕了。这时候，你就会看到它夹着尾巴乱跑，死鸡还是拴在它脖子上，然后事情越来越糟。"

沃波尔太太禁不住撑了一把门廊的栏杆来扶住自己。"接下来怎么做？"她问。

"喔，"怀特先生说，"听人说，这只鸡的味道会越来越臭，然后这条狗会看到，感觉到，并且闻到。就是这样，鸡的味道越臭，它就越恨鸡。而且它永远也甩不掉，明白了吧？"

"但是这条狗，"沃波尔太太说，"我是指'伯爵夫人'，我们要把鸡在它脖子上拴多久？"

"喔，"怀特先生热情洋溢地说，"我猜你得拴到鸡肉烂到自己掉下来。是这样，鸡头……"

"明白了，"沃波尔太太说，"这办法管用吗？"

"说不准，"怀特先生说，"我自己没试过。"他的潜台词是，他可从来没有养过喜欢杀鸡的狗。

沃波尔太太没打一声招呼就离开了，她没法应对这种情绪：要不是怀特先生，"伯爵夫人"绝对不会被所有人视作喜欢杀鸡的狗。有一秒钟，她在怀疑怀特先生对"伯爵夫人"怀有如此的恶意大概是因为他们是城里人，然后她又甩掉这个念头：不，这儿没有人会污蔑一条狗。

她进杂货店的时候，店里没什么人。就五金柜台旁有个男人，还有个男人靠在肉柜台边跟店主基特里奇先生说话。看到沃波尔太太进来，基特里奇先生大声招呼说："早安，沃波尔太太。今天天气真好。"

"是很好。"沃波尔太太说。

店主说："真糟糕，狗出了这样的事情。"

"我不知道拿这事怎么办。"沃波尔太太说。那个在和店主说话的男人下意识地瞅了瞅她，然后马上又看回店主。

"今天早上杀了哈里斯家的三只鸡。"店主跟这个男人说。

男人严肃地点点头，说："我听说了。"

沃波尔太太走到肉柜台边说："纳什太太请你帮她留一块猪肉。她待会儿过来取。"

"我正好要去那儿，"店主身旁的男人说，"我可以送过去。"

"好。"店主说。

这个男人看着沃波尔太太说："我猜你得给它吃一枪？"

"我希望不会到这个地步，"沃波尔太太坦诚地说，"我们都很喜欢这条狗。"

这个男人和店主交换了一下眼神，接着，店主用讲道理的语气说："沃波尔太太，让一条狗到处跑去杀别人家的鸡可不行。"

"你得知道的第一件事是，"这个男人说，"一定会有人用铅弹把它打得像筛子似的，你不可能再见到它。"他和店主都笑了。

"就没有办法治好这条狗吗？"沃波尔太太问。

"有啊，"男人说，"毙了它。"

"给它的脖子上系一只死鸡，"店主建议说，"可能有用。"

"听说有人这么做过。"那个男人说。

"真的有用吗？"沃波尔太太急切地问。

男人郑重地、缓缓地摇了摇头。

"你知道，"店主说，他把胳膊支在肉柜台上，他很健谈，"你知道，"他又说了一次，"我父亲以前有条狗常偷鸡蛋。它会溜进鸡笼，把蛋壳弄碎，然后舔掉蛋液。家里一半的鸡蛋大概都是它吃的。"

"麻烦事，"旁边的男人说，"狗吃鸡蛋。"

"是啊，麻烦事。"店主肯定地说。沃波尔太太发现自己也在点头。"最后，我父亲实在受不了了。家里一半的鸡蛋总是被吃掉，"店主说，"所以他就拿了一个鸡蛋，把它放在灶头上，放了两三天，一直到鸡蛋熟了，熟透了，再到鸡蛋腐烂。那时候，我大概十二三岁的样子，他把狗叫来，狗就急急地跑过来。我抓着狗，我父亲把狗嘴撬开，把鸡蛋放进去，是滚烫的，而且臭气熏天，然后他再把狗嘴合上，这样狗就不得不把蛋咽下去。"想起往事，店主笑了，摇了摇头。

"我猜，那条狗之后再也不碰鸡蛋了。"旁边的男人说。

"再没碰过一个鸡蛋，"店主的语气很确凿，"你在那狗面前放一个鸡蛋，它撒腿就跑，就像撒旦在后面追似的。"

"但是那之后它对你们的态度怎么样？"沃波尔太太问，"它敢不敢再接近你们？"

店主和男人同时望向她。"这是什么意思？"店主问。

"它之后还喜不喜欢你们？"

"喔，"店主想了想，"不喜欢。"过了一会儿，他终于说道："我觉得也不能说它喜欢过我们。它也不算一条很帮得上忙的狗。"

"有个法子你应该试试，"身旁的男人突然对沃波尔太太说，"如果你真想治好那条狗，有个法子你应该试试。"

"什么法子？"沃波尔太太问。

"你应该把那条狗，"男人说着，凑近了她，用手比画着，"把它和要保护小鸡的母鸡关在一只笼子里。等母鸡让它尝到苦头，它就再也不敢追其他鸡了。"

店主笑了起来，沃波尔太太一脸困惑地看看店主，又看看这个男人。男人一脸严肃地看着她，他的眼睛瞪得大大的，而且眼白很黄，像猫的眼睛。

"会发生什么事情？"她完全摸不着头脑。

"鸡会把它的眼珠子啄出来，"店主言简意赅，"它就再也没办法看见鸡了。"

沃波尔太太虽然感到头晕目眩，却还努力保持着微笑。为了不让自己失礼，她匆匆离开肉柜台，走到杂货店的另一头。店主继续在肉柜台后面跟这个男人聊天，过了一分钟，沃波尔太太走出店铺，呼吸到新鲜空气。她决定一回家就躺下，一直睡到午饭时分，等下午再去买菜。

回家之后，她发现，厨房的餐桌不收拾干净，水槽里的碗碟不洗好，她就没办法躺下。等她把这些忙完，已经将近午饭时分。她站在碗架边，内心焦灼。当门口出现了一个挡住阳光的大黑影时，她知道是"伯爵夫人"回来了。有一分钟的光景，她呆呆地站着，望着"伯爵夫人"。狗安静地走进屋子，毫无恶意，就像它整个早上都在草坪上和朋友们嬉戏一样，但它的腿上有着斑斑血痕，而且它这么急切地喝水。沃波尔太太的第一反应是去责备它，去按住它，打它，因为它使她遭受了这么多恶意和痛苦，因为像"伯爵夫人"这样漂亮的狗竟然一直在家里掩饰着它的兽行和杀戮本性。接着，沃波尔太太眼见着"伯爵夫人"安静地走到灶台边自己的位子上趴下，突然感到很无助。她转身取下碗架上她瞥见的头几个罐头，把它们放在厨房的餐桌上。

"伯爵夫人"静静地坐在灶台边，直到回家吃午饭的孩子们发出闹哄哄的声音。"伯爵夫人"一跃而起，往他们身上扑，它迎接他们的姿态就好像它才是这家的主人，而他们是客人。朱迪拉扯着"伯爵夫人"的耳朵。"妈妈，你知道'伯爵夫人'做了什么吗？你是一条坏狗，坏狗，"她对"伯爵夫人"说，"你要挨枪子了。"

沃波尔太太再次感到头晕目眩，她赶紧把盘子摆到餐桌上。"朱迪·沃波尔。"她说。

"就是这样的，妈妈，"朱迪说，"它真的要挨枪子了。"

孩子们不懂，沃波尔太太对自己说，他们离死亡太远，所以不懂。她告诫自己：试着保持理智。"坐下吃饭，孩子们。"她轻声说。

"但是，妈妈。"朱迪说。之后杰克也说："它会挨枪子的，妈妈。"

他们闹哄哄地坐下，铺开餐巾，看也不看，抓起食物就吃，急着说话。

"你知道谢泼德先生说什么吗，妈妈？"杰克满嘴的食物还未咀嚼就说。

"听我说，"朱迪说，"让我们告诉你他说了什么。"

谢泼德先生是住在沃波尔家不远处的一个和善的男人，他经常给孩子们五美分硬币，还带男孩们去钓鱼。"他说'伯爵夫人'会挨枪子。"杰克说。

"还有尖钉，"朱迪说，"说说尖钉的事。"

"尖钉，"杰克说，"听我说，妈妈。他说你应该给'伯爵夫人'弄一个项圈……"

"结实的项圈。"朱迪说。

"然后你还要有又大又粗的钉子，就像栅栏上的那种尖钉，你把它们敲到项圈上去。"

"整个项圈都要敲满，"朱迪说，"让我来说，杰克。你把那些钉子敲满项圈，这样项圈内侧也都是尖钉。"

"但现在是松的，"杰克说，"这里让我来说。现在项圈还是松的，你可以把它套到'伯爵夫人'的脖子上……"

"接着……"朱迪把手放到喉咙上，发出了一种被勒死的声音。

"还没到这一步，"杰克说，"还没到呢，傻瓜。首先你要有一条很长很长很长的绳子。"

"一条真的很长的绳子。"朱迪强调说。

"然后你把绳子拴到项圈上，然后我们把项圈套到'伯爵夫人'脖子上。"杰克说。此时的"伯爵夫人"正坐在杰克的身旁，杰克凑近它说："接着我们把这个镶满真尖钉的项圈套到你的脖子上。"说着，杰克亲了亲它的头，"伯爵夫人"依偎着他。

"然后我们把它带到有鸡的地方，"朱迪说，"我们让它看到鸡，让它去追鸡。"

"我们让它追鸡，"杰克说，"就在那时，就在那时，等它离鸡很近很近的时候，我们拉紧绳子……"

"接着……"朱迪再次发出那种被勒死的声音。

"尖钉会把它的头割下来。"杰克结束了这戏剧性的一幕。

他俩同时放声大笑，"伯爵夫人"看了看朱迪，又看了看杰克，喘着粗气，就好像它也在跟着笑。

沃波尔太太看着他们，看着她的两个说话残忍的孩子，看着两张被太阳晒黑的脸蛋凑在一起笑，看着自家狗的腿上还残存着的血迹，也跟着一起笑。她走进厨房，看了看窗外幽幽的青山，看了看被午后微风吹拂的苹果树。

"把你的头割下来。"杰克还在说。

阳光下的一切都是静而美的：宁静的天空，柔和的山影。沃波尔太太闭上眼睛，忽然感觉一双强有力的手把她按倒，尖钉正勒紧她的脖子。

幽灵情人

她没睡好。夜里一点半送走杰米后，她不大情愿地回床睡觉，一直躺到早上七点，她都没怎么睡着，最后索性起床冲咖啡。一整夜，她都时梦时醒，醒着的时候睁开眼，看着近乎全黑的房间，往事联翩，之后又迷迷糊糊地做起狂热的梦来。起床后，她在咖啡上花了将近一个小时——他俩说好要一起去外面吃早餐的。咖啡喝完，除了提前梳妆打扮，她没有其他事可干。她刷了咖啡杯，铺好床，仔细地检查待会儿要穿的衣服。望着窗外的蓝天白云，她毫无必要地忧虑今天会不会是好天。她坐下看书，然后又想着应该给姐姐写封信。她用最工整的字迹写道："我最亲爱的安妮，等你收到这封信的时候，我已经结婚了。这听起来是不是很奇怪？连我自己都不敢相信，让我告诉你事情的来龙去脉，你就会明白'奇怪'都算不上确切的形容……"

她坐在椅子上，手握墨水笔，犹豫着应该怎么往下接。她看了看已经写好的句子，忽然把整张信纸撕个粉碎。她走到窗边，确信今天是个好天，然后突然想到或许不该穿那条蓝色的绸缎裙：太普通了，近乎呆板，她应该要显得温柔，要有女人味才是。她焦虑地翻看衣柜里的裙子，最终，目光停留在一条去年夏天穿过的印花裙上。她踟蹰着：有褶饰的领口，她穿显得太嫩，而且现在还没暖和到可以穿印花裙，然而……

　　她把绸缎裙和印花裙并肩挂在衣橱门的外侧比对着，然后又移开被她当作迷你厨房用的小柜子上的玻璃门。她把咖啡壶底下的炉火点燃，又走到窗边，外面阳光灿烂。等咖啡壶"突突"作响时，她走回来，给自己又倒了一杯咖啡——倒在一只干净的杯子里。要是不赶紧吃点实在的东西，我肯定会头痛的，她心想，喝了这么多咖啡，抽了这么多烟，却没有吃早点。婚礼当天犯头痛，这可不行。她走到卫生间，从柜子里取出一个装阿司匹林的小铁皮盒，塞进蓝色的皮包里。假如决定穿那条印花裙，就得配褐色的皮包，可她只有一个褐色皮包，而且已经很旧了。她感到无助，目光在蓝色皮包和印花裙之间来回摇摆，接着她放下包，又去拿起咖啡杯，再度坐回到窗边。她喝着咖啡，打量着她的一室户公寓。他俩计划好今晚回到这里，一切都不容有失。突然，她意识到自己忘记给床换上干净的床单了，惊慌不已。洗衣店刚把洗好的衣物送回来，她赶紧从衣柜的最高层取出洗净的床单和枕套，重新铺好床。她动作很快，这样就没时间去想自己干吗要换床单。这是张沙发床，还配了让它看起来更像沙发的床套，等一切完成后，其实看起来和没换床单之前差不多。她把换下的床单和枕套拿进卫生间，塞到盥洗池下方的衣物篮里。她把原先的毛巾也扔到篮子里，全换上干净的。等回到房间时咖啡已经凉了，不过她还是把咖啡喝光了。

等忙完这些再看时钟，九点已过，这时她终于知道要抓紧了。她洗了澡，用了一条刚换好的干净毛巾，用完后也扔进衣物篮，再换上一条干净的。她很仔细地梳妆打扮，保证所有的内衣衬裙都是干净的，而且绝大多数是新的；她把前一天穿的所有衣服（包括睡衣）都塞进了衣物篮里。等到要穿裙子的时候，她又在衣橱前犹豫起来。蓝裙子当然体面，而且干净，还很合身，但之前和杰米出去的时候她已经穿过好几次了。而且说实话，蓝裙子本身没有什么出彩之处，婚礼应该穿些独一无二的。印花裙很抢眼，而且杰米没看她穿过，但现在这个季节就穿这样一条裙子，显得太急吼吼了。最后她想，反正今天我结婚，我想穿什么就穿什么。于是她从衣架上取下这条印花裙。当她把裙子套上身时，她觉得它又鲜亮又轻巧，可是当她望见镜子里的自己时，她才想起来，有褶饰的领口挡住了她迷人的脖颈，夸张的大裙摆显然是做给小姑娘穿的，让她们可以到处乱跑，翩翩起舞，而且还可以在走路的时候毫无顾忌地扭屁股。看着镜中的自己，她不禁感到恶心：就好像我为了讨他欢心，特意要精心打扮；他会觉得我是因为他要娶我，才拼命装年轻。这么想着，她匆忙脱下这条裙子，但因为动作太急，裙子的一只袖口开了线。穿上那条旧的蓝裙子，她觉得更舒服、更亲切，不过毫无兴奋感可言。虽然她坚定地告诫自己穿什么并不重要，但身子还是不禁挪到衣橱边，想看看还有没有别的选择。剩下的衣服没有一件适合结婚穿，有一刻，她甚至绝望地想，干脆去最近的小店赶紧买条新裙子。但眼看已经快十点了，她必须要弄头发和化妆。头发简单，在颈后扎一个发髻，但化妆又是一道艰难的选择题：是看起来越漂亮越好呢，还是尽量展现真实的自己？她可以不去遮盖蜡黄的肤色，眼睛旁边的皱纹也可以不在乎，尤其是今天，这么做会显得她是为了结婚才这么大费周章。但是她没法接受杰米会领着一个黄脸婆去结婚。你毕竟已经三十四岁了，在卫生间里，她对镜中的自己宣告这个残酷的事实，虽然她的证件上写着三十岁。

已经十点零二分了，她对自己的裙子、脸蛋和公寓没有一样感到满意。她又热了一壶咖啡，又回到窗边坐下。现在做什么都没用，她想，临阵磨枪一点儿用也没有。

她试图接受现实，试图去想杰米，可是她的脑中既没有浮现他的脸庞，也没有响起他的声音。人总是想不起自己爱的人，她这么想着，说服自己不去纠结于今天或者明天，而是要展望更久远的未来。到那个时候，杰米已经成为一位名作家，而她已经辞去工作，他们会住进上周一起聊起的那间金黄色的乡村小屋。"我以前很会做菜，"她向杰米保证过，"只要给我一点儿时间重温，我就能想起怎么做天使蛋糕，还有炸鸡。"她知道这些话会在杰米的脑中回荡，带着几分浓情蜜意，"我还会做荷兰酱。"

十点半了。她站起来，目标明确地走到电话机旁，拨通号码，等着，电话那头传来一个女孩的铿锵嗓音："现在是十点二十九分整。"她下意识地把钟调慢一分钟。想起前一晚她在自己家门口说过："十点。我会准备好的。你是说真的？"

当时，杰米大笑着顺着走廊离开。

到十一点的时候，她已经把印花裙开线的袖口缝好，小心地把针线盒放回衣柜里。换上印花裙后，她又坐到窗口，喝起另一杯咖啡。我本来可以花更多时间来想穿什么衣服的，她想，可是现在太晚了，他随时都会到。她不敢做任何补救，任何补救的尝试都意味着从头来过。公寓里没有留给她自己吃的东西，有的只是她小心存起来等着他俩开启人生新篇章时享用的食物——没开封的培根，没动过的一打鸡蛋，没开封的面包和黄油——明天的早餐。她想过跑到楼下的杂货店买点吃的，在门上留张条子，但还是决定再耐着饥饿等一等。

到十一点半的时候，她感到头昏眼花：必须下楼买点吃的。要是杰米有电话，她肯定早就打给他了。此刻，她只能拉开书桌抽屉，在便笺纸上写道："杰米，我去楼下的杂货店，五分钟后就回来。"笔漏了墨水到她的手上，害她要去卫生间洗掉，用了一条干净的毛巾，之后只能再换一条新的。她把便笺贴到门上，再次检查了公寓，等确保一切完美无瑕后，她关上房门。因为担心他随时会来，她没有锁门。

在杂货店里，她发现自己除了想再喝上几杯咖啡之外没有任何想吃的东西。她买了咖啡，但是还没喝完就匆匆回家，因为她忽然想到杰米很可能已经在楼上等着了，而且他肯定等不及要开始婚礼仪式。

不过楼上的一切都还是她离开时的样子，安安静静，蓄势待发：门上是她寂寞的便笺，因为她先前抽了太多的烟，公寓里的空气不大好闻。她打开窗，坐在窗口，迷迷糊糊地睡着了，等恢复意识的时候，已经十二点四十了。

此刻，她才真正害怕起来。眼前这整个严阵以待的公寓让她猝不及防，从十点开始，所有东西都准备一新而且没再被碰过。她怕急了，而且感到再不抓紧就真的来不及了。她从椅子上站起来，几乎是横穿房间跑去卫生间，往脸上扑冷水，用了一条干净的毛巾。这一次她把用过的毛巾随便地挂回到毛巾架上，晚点再换也来得及。她穿着印花裙，套上外套，没戴帽子，手上是颜色不搭的蓝色皮包，里面装着阿司匹林。她就这样走出公寓，锁好门，没有留便条，匆忙地走下楼梯。她在街角招了一辆出租车，把杰米家的地址给了司机。

其实没有几步路。如果不是这么虚弱，她完全可以走过去。然而，坐进出租车后，她才意识到就这样贸然地把车停在杰米家门口会显得多么冒失。于是，她请司机把她放在杰米家附近的街角。她付了钱，等出租车离开后才走过去。她从没来过这里，这栋楼很老，但是很体面，门口的信箱上没有杰米的名字，住户的对讲机上也没有他的名字。她核对了地址，是这里没错，最后她按响了写着"大楼管理员"的门铃。大概一两分钟后，大门开了，她推开门，走进昏暗的大堂。她不知所措，直到走廊尽头的一扇门开了，有人在问："有什么事？"

她很快意识到她不知要怎么回答，于是走向这个背着光站在房门口的人。等走到足够近时，这人又问："有什么事？"她看到这是个穿着衬衣的男人，因为光线的缘故，双方都看不清彼此。

她不知从哪里来的勇气，硬着头皮说："我在找一个住在这栋大楼里的人，可在外面没看到他的名字。"

"你找的人叫什么名字？"这人问。她意识到她必须回答这个问题。

"詹姆斯·哈里斯，"她说，"哈里斯。"

这人沉默了一会儿，接着自言自语地念叨着"哈里斯"。他转身往房间有光亮的深处走去，说："玛吉，你过来一下。"

"又有什么事？"里面传出一个声音。等了好一会儿（等这么久，也没人搬把椅子出来让她坐），一个女人走到门口的这个男人身旁，瞅着黑黢黢的走廊。"这儿有位女士，"男人说，"她想找个叫哈里斯的男人，住在这栋楼里。有这个人吗？"

"没有，"女人说，她的声音里有取笑的意思，"这儿没有叫哈里斯的男人。"

"抱歉。"男人说，准备关门。"你找错地方了，女士。"他说。不一会儿又低声补充道："要么就是找错人了。"说完，他和身旁的女人都笑了。

当门几乎完全阖上时，她孤零零地站在昏黑的大堂里。她对透出细长光亮的门缝说："我很清楚，他真的住在这儿。"

"瞧，"女人说着，又微微打开门，"这种事经常发生。"

"请不要敷衍我，"她说，嗓音里透露出三十四年累积起来的尊严和骄傲，"我猜你们不明白这件事情的性质。"

"他长什么样？"女人疲惫地问，门仍然只是半开。

"他个子很高，皮肤很白。经常穿藏青色的西装。他是个作家。"

"没这个人。"女人说。但她想了想又补了一句："他有没有可能住在三楼？"

"我不清楚。"

"有这么个人，"女人想起了什么，"他经常穿藏青色西装，之前在三楼住过。罗伊斯特家去北部看亲戚的时候，把公寓借给了他一阵。"

"很有可能。我猜，虽然……"

"这家伙整天穿藏青色西装，但我不知道他有多高，"女人说，"他在那儿住了一个月左右。"

"一个月之前应该是……"

"你去问问罗伊斯特家，"女人说，"他们今天早上回来的，三楼 B 座。"

这次，门紧紧关上了。大堂非常昏暗，楼梯看起来更暗。

上到二楼的时候，从高处的天窗漏进来一丝光亮。公寓门排成一条直线，一层有四间，各守一隅，彼此之间并无往来。二楼 C 座的门口有一瓶牛奶。

走到三楼，她在楼梯口停了一会儿。三楼 B 座里有人在放音乐，她还能听见说话的声音。半晌，她鼓起勇气敲了敲门，见没人应门，她再次敲门。门终于开了，音乐声直接灌入她的双耳，是午后的交响乐广播。"您好，"她礼貌地向门口的女人问好，"罗伊斯特太太？"

"是我没错。"女人穿着家居服，脸上是前一晚的妆容。

"我能向您打听一些事吗？"

"当然。"罗伊斯特太太说，纹丝不动地站着。

"是关于哈里斯先生的。"

"哪个哈里斯先生？"罗伊斯特太太冷冰冰地问。

"詹姆斯·哈里斯先生。跟您借公寓的先生。"

"喔，上帝，"罗伊斯特太太说，她似乎此刻才第一次睁开眼睛，"他做了什么？"

"没做什么。我只是想找他。"

"喔，上帝，"罗伊斯特太太再次发出感叹，接着她把门开大一些，"请进，"同时她对房间里喊，"拉尔夫！"

公寓里漫溢着音乐。沙发上，椅子上，还有地板上全是收拾了一半的行李箱。墙角的餐桌堆着没吃完的午餐，桌旁坐着一个年轻男人，有一分钟，她恍惚觉得他像极了杰米，之后年轻人起身向门口走来。

"怎么了？"他问。

"罗伊斯特先生，"她说，声音很难盖过这震天价响的音乐，"楼下的大楼管理员告诉我詹姆斯·哈里斯先生之前住在这儿。"

"没错，"他说，"如果他是叫这个名字的话。"

"我猜是你把公寓借给他的。"她说，对他的回答感到惊讶。

"我对他的事情一无所知，"罗伊斯特先生说，"他是多蒂的朋友。"

"不是我的朋友，"罗伊斯特太太说，"他不是我朋友。"她已经走到餐桌旁去了，此刻正在给一片面包涂花生酱。她咬了一口，对丈夫挥舞着抹了花生酱的面包，说话时嘴里的食物还没吞下去，"不是我朋友。"

"你是在该死的互助会里认识他的。"罗伊斯特先生说。他把椅子上的行李箱放到地板上的收音机旁，之后索性坐在地板上，随手拿起身旁的一本杂志。"我跟他之间说话都没超过十个词。"

"你说可以把地方借给他住，"罗伊斯特太太说，之后又咬了一口面包，"最起码，你对他这个人没什么意见。"

"对你的朋友，我不会发表任何意见。"罗伊斯特先生说。

"相信我，要是他真是我的朋友，你会发表一大通意见的。"罗伊斯特太太话中有话，她又咬了一口面包，"相信我，他会有一大通意见的。"

"我不想再跟你争下去，"罗伊斯特先生说，把脸埋进杂志里，"不说了。"

"你看，"罗伊斯特太太拿着涂了花生酱的面包指着丈夫，"你老是这个样儿，动不动就这样。"

除了罗伊斯特先生身旁的收音机传出的嘹亮乐声，公寓里没有别的声音。她用一种自觉无法匹敌收音机的音量说："那么，他已经走了吗？"

"谁？"罗伊斯特太太问，手里拿着花生酱瓶子。

"詹姆斯·哈里斯先生。"

"哦，他？他应该是今天早上走的，在我们回来之前。哪儿都看不到他的影子了。"

"走了？"

"不过一切都很好，再好不过。我告诉过你，"她对罗伊斯特先生说，"我告诉过你他会把公寓打理妥当。我看人总是很准。"

"你只是运气好。"罗伊斯特先生说。

"家里的一切都是老样子。"罗伊斯特太太说，再次标志性地挥舞面包。"一切跟我们走的时候一个样儿。"她说。

"你们知道他现在在哪儿吗？"

"不知道，"罗伊斯特太太用愉悦的语调说，"但就像我说的，他把一切都打理得很妥当。怎么了？"她突然问，"你在找他？"

"为了很重要的事情。"

"抱歉他不在这儿了。"罗伊斯特太太说。看到客人转身出门时，她礼节性地送了两步。

"可能管理员看到过他。"罗伊斯特先生说话时，头仍然埋在杂志里。

身后的房门一关，她又回到了黑黢黢的走廊上，不过至少听不见收音机的音乐声了。等罗伊斯特太太再度开门，从楼梯口喊她时，她已经走下了一半的楼梯。"要是我看到他，会跟他说你在找他。"

我该怎么办？她想着，出了公寓楼，回到大街上。没有杰米的音信，她没法回家。她在人行道上愣愣地站了很久，久到街对面正巧把头探出窗口的女人着急喊人出来看她有没有事。最终，她心血来潮地走进公寓楼旁的一家熟食铺，这个方向是她回家的方向。熟食铺里，有个瘦小的男人正倚靠着柜台看报纸，见她进来，他抬起头，然后走到柜台内侧招呼她。

她看着玻璃柜里的冷切肉和奶酪，羞涩地说："我正在找一个住在隔壁大楼里的男人。我想或许你见过他？"

"你干吗不去问住在大楼里的人？"男人说着，眯起眼审视她。

他的态度这么冷淡全是因为见我不买东西，她想。"很抱歉，"她说，"我问过他们了，但他们都不认识他。他们说他今天早上走了。"

"我不知道你问我做什么，"他说，身子情不自禁地挪向报纸的方向，"我又不是在这儿监视隔壁大楼有什么人进进出出。"

她赶紧说："我以为你可能会留意到，只是这样。他可能会经过这里，在十点之前，他很高，而且总穿藏青色西装。"

"女士，你知道这儿每天会进来多少穿藏青色西装的男人吗？"这人问，"你以为我整天吃饱饭没事干，就为了……"

"我很抱歉。"她说。走出门的时候，她听见他说："真是见了鬼了。"

往街角走的时候，她心想，他肯定也是往这个方向走的，这是去我家的路，这是他唯一会走的方向。她试着想象杰米：他会在哪儿过马路？他究竟是什么样的人（他会在自家公寓前过马路，还是走到某条街当中随便过马路，还是在街角等红绿灯）？

街角有个书报摊，他们可能见过他。等前面的男人买完报纸和另一个女人问完路，她赶忙走上前。当摊主看到她时，她问："能不能请你告诉我，今天早上十点之前有没有一个个子很高，穿藏青色西装的男人经过这里？"摊主只是一言不发地看着她，眼睛瞪得大大的，嘴巴微张。她想，他肯定以为她在说笑，要不就是在故意寻他开心，所以她严肃地补充道："我有很重要的事。请你相信我，我不是在跟你开玩笑。"

"女士，你看。"男人终于开口了。但她又着急地补充说："他是个作家。他可能在你这儿买过杂志。"

"你找他做什么？"男人问，微笑地看着她。她意识到身后还有一个男人在等着，摊主可能是在跟他微笑致意。"没事了。"她说。但是摊主说："听着，他可能真的来过这儿。"他露出的是那种心照不宣的微笑，而他的目光已经转移到她身后的男人身上。她忽然意识到自己穿着不合时宜的印花裙，她急忙裹紧外套。经过一番深思熟虑，摊主说："抱歉，我真的说不准，不过今天早上可能真有个像你朋友的人经过。"

"十点左右？"

"十点左右，"摊主说，"高个子，藏青色西装。如果是他，我完全不会觉得意外。"

"他往哪个方向走的？"她迫切地问，"上城区？"

"上城区，"摊主点头说，"他往上城区的方向走的，就是这样。这位先生，我能为您做什么？"

她退到一旁，把外套裹得紧紧的。之前站在她身后的男人抬眼看了看她，之后他跟摊主相互递着眼色。她犹豫着要不要给摊主一些小费，可是当两个男人都大笑起来时，她疾步往前走了。

上城区，她心想，这就对了。走到马路上时，她在心里盘算着：他不可能在这儿过马路的，只要他往上城区的方向走，再过六条街，往旁边一拐就是我家。走过一条街后，她经过一家花店，橱窗里有婚礼的摆饰。她想，怎么说今天也是我大喜的日子，他可能会买花给我。这么想着，她就走进花店。店主从店铺后方迎上来，衣着光鲜，笑容满面。她没等他开口就抢先说话，这样他就不会以为她要买东西。"这件事情真的很要紧，我一定要找到今天早上可能进来买过花的这个男人。很要紧。"

她说完调整呼吸，店主说："好的，他买了什么样的花？"

"我不知道，"她对店主的反应感到很意外，"他从没……"她想了想改口说："他是个个头很高的年轻人，穿藏青色西装。大概是早上十点。"

"这样啊，"店主说，"抱歉，真的，我可能帮不上……"

"但是这很要紧，"她说，"他可能进来的时候样子很着急。"她觉得自己补充的信息很有用。

"嗯。"店主说。他的笑容很和善，露出了整排的小牙齿。"如果是买花给一位女士的话，"他说着，走回柜台，打开一本大本子，"花是送到哪个地址去的？"

"啊？"她说，"我觉得他没有把花送到哪个地址去。是这样的，他走进来，他买了花带走。"

"女士，"店主说，这次他生气了，微笑中有鄙夷的意思，"是这样，你必须明白我有重要的事情要忙……"

"麻烦帮我想想，"她乞求说，"他很高，穿藏青色西装，大概是今天早上十点。"

店主闭上双眼，一根手指抵着嘴巴，深思着。接着他摇了摇头。"我真的想不起来。"他说。

"谢谢你。"她失望地说，往门口走去。忽然，店主用尖厉的嗓音激动地说："等等！女士，等一下。"她转身，店主又露出了深思的神色，然后说："菊花？"他想在她的脸上找到答案。

"喔，不是。"她说，嗓音在打战，必须冷静一会儿才能往下说。"我很肯定，他不会在这种日子买菊花。"

店主紧闭双唇，冷冷地望向一边。"嗯，我当然不知道是什么日子，"他说，"但是我很肯定你问的这个男士今天早上来过，还买了一束菊花。没有订外送。"

"你肯定？"她问。

"很肯定，"店主强调说，"肯定就是这个男人。"他露出灿烂的微笑。她也回以微笑，然后说："好吧，非常感谢你。"

他送她到门口。"要不要来上一朵胸花？"他边走边说，"红玫瑰？栀子花？"

"真的很感谢你帮我。"她在门口说。

"女士们有花相衬的时候最好看，"他说，头微微倾向她，"或许你喜欢兰花？"

"真的不用，谢谢你。"她说。他答道："我希望你能找到你的那位先生。"说完发出不悦的啧啧声。

她继续往上城区走的时候，心里想：每个人都觉得我在寻开心。她再次用手裹紧外套，这样印花裙只会露出百褶边。

街角有个警察。她想，干吗不去找警察呢？碰到有人失踪，你总是去找警察帮忙。但很快她又想，我看起来肯定像个傻子。她马上想象自己站在警察局里说："对的，我们说好今天结婚的，但是他没来。"然后那些警察三三两两地围着她，听完她说的，然后先是看她，再是看她的印花裙。她的妆容过于鲜亮，他们准会在暗地里笑她。她没法跟他们解释更多，她没法说："对，这听起来很傻，对吧？我已经换好衣服化好妆了，在找一个答应娶我的年轻男人。但你们根本不知道这是怎么一回事！我是个很好的女人，有很多你们看不到的好。我很聪明，有时还很有幽默感，我是好人家的姑娘，我有我的骄傲，我重感情，心思细腻，对生活也很有规划。这会让男人对未来充满动力，而且会让他们感到满足和快乐。你们看我的时候看不到这些。"

找警察不是什么好主意，不要说杰米现在全不知情，要是他知道她去找警察，心里不知道会怎么想。"不，不。"她说出声，加快了脚步。某个经过她身边的人停下来，好生打量着她。

在下一个街角——她距离自己家还有三条街——有个擦鞋摊，有个老人坐在其中的一把椅子上，打着瞌睡。她走到他面前，等着。过了一会儿，他睁开眼睛，向她微笑。

"瞧，"她的话径直蹦了出来，没有经过思索，"我很抱歉打扰你，不过我在找一个年轻男人，他大约今天早上十点经过这里，你见过他吗？"她开始描绘他，"高个子，藏青色西装，手里拿着一束鲜花？"

她还没说完，老人就在点头了。"我看到过他，"他说，"是你朋友？"

"对。"她说，情不自禁地回以微笑。

老人眨了眨眼说："我记得当时我在想，你肯定是去见女朋友的，小伙子。他们都是去见女朋友的。"说完后，他黯然地摇摇头。

"他往哪个方向走的？顺着大道笔直走？"

"对对，"老人说，"擦了鞋，拿着花，打扮得很体面，样子很着急。当时我就想，你要去见姑娘。"

"谢谢你。"她说着，从包里摸零钱。

"他的姑娘见到他时肯定会很高兴，他打扮得很体面。"老人说。

"谢谢你。"她又说了一次，从包里抽出手来，手里空空如也。

这是她第一次有十足的把握他肯定在等她，于是她迅速走过剩下的三条街，印花裙的百褶边在外套下扭着。她回到住的那条街，在街口她还看不到自家的窗户，看不到杰米是不是在探头张望，是不是在等她，是不是在她向他跑去时也迫不及待地跑下楼来。走到公寓楼门口时，她握着钥匙的手在打战，当透过橱窗望进那家杂货店的时候，她想起了自己早上的惊恐，她在那里面买咖啡喝，现在她笑了。到自己的公寓门前时，她急不可遏，隔着还没打开的门就喊起来："杰米，我回来啦。我担心死了。"

她的公寓正在等她，静悄悄，空荡荡，午后长长的日影从窗口折射进房间。好一会儿，她只看到空咖啡杯，她想，他肯定来过，在这儿等她。接着，她才想起这是自己早上喝光的杯子。她查看整间公寓，打开橱柜，还走到卫生间里。

"我从没见过他，"杂货店员工说，"我很肯定。要是有人手里拿着花，我肯定会留意到的。没有那样的人走进来。"

看到她走回来，擦鞋摊的老人又从瞌睡中醒来。"又是你啊。"他说，露出一丝微笑。

"你确定？"她厉声问，"他真是顺着这条路往上城区的方向走的？"

"我确实看到他了，"老人说，比她的语气更威严，"我想，这是个要去见姑娘的小伙子。我看着他走进那栋楼的。"

"哪栋楼？"她用空洞的嗓音问。

"那栋，"老人说，他身子前倾用手指了指，"就在前面那条街。他拿着花，擦了鞋，准备去见他的姑娘。走到她家大楼里去。"

"哪栋？"她问。

"大概是街中间的那栋楼，"老人说，他用怀疑的眼神瞅瞅她，"你准备要怎么做？"

她几乎是跑着离开的，都没停下说句"谢谢"。走到前一条街，她的步伐还是很快，仔细搜寻每栋大楼，看杰米有没有在窗口向外张望，她还仔细听是否有地方传来他的笑声。

有个女人坐在其中一栋楼门前，时不时用胳膊机械地推一下婴儿车。车里的婴儿睡熟了，随着车一前一后地摇着。

到现在，她已经能很溜地问这个问题了。"抱歉，今天早上十点，你有没有见过一个年轻男人走进这里的哪一栋楼？他个子很高，穿藏青色西装，手里拿着一束花。"

有个大约十二岁的男孩听到了，认真地打量着推婴儿车的女人，再看看她，偶尔也瞥瞥睡着的婴儿。

"听着，"女人话语中能听出倦意，"这孩子早上十点要洗澡。你说我可不可能看到陌生男人在附近走动？"

"他拿着一大束花？"男孩问，扯了扯她的外套，"一大束花？我见过他，夫人。"

她低头，看到男孩正无礼地对她咧嘴笑。

"他进的是哪栋楼？"她担心地问。

"你准备跟他离婚？"男孩急切地问这个问题。

"这不是你应该问一位女士的问题。"摇着婴儿车的女人说。

"听我说，"男孩说，"我见过他。他进了那栋楼。"他手指隔壁的大楼。"我跟着他，"男孩说，"他给了我二十五美分。"男孩压低声音说："今儿我运气真好，他给了我二十五美分。"

她给了男孩一张一美元的纸币。"他去了哪里？"她问。

"顶楼，"男孩说，"我一直跟着他，直到他给了我二十五美分。他一路上到顶楼。"男孩退回人行道上，和她隔着几步远，手里紧紧握着一美元纸币。"你准备跟他离婚？"他再次问。

"他手里拿着花？"

"对啊，"男孩说，他开始尖叫起来，"你打算跟他离婚，夫人？你抓到他的把柄了，对吧？"他一边跌跌撞撞地跑下街道一边大喊："可怜的家伙被她抓到把柄喽！"推婴儿车的女人也咯咯笑了。

那栋公寓楼的大门没上锁，门外既没有门铃也没有对讲机，连住户的名牌都没有。楼梯看起来狭窄、肮脏，顶楼有两间公寓。应该是靠外的那间——门口有张揉皱了的花店单子和一条打结的纸缎带——这是线索，这场猫鼠游戏的最后线索。

她敲响了门，觉得自己听到公寓里有人在。突然，她惊恐万分地想：要是杰米真的在里面，要是开门的人真是他，我该说什么？里面的人声忽然安静下来。她再次敲门，一切都沉静下来，只能听到很远的地方传来类似笑声的声音。他可能已经在窗口看到我了，她想，这是靠大门这一侧的公寓，刚才那个孩子说话这么大声……她等待着，之后又敲了敲门，但一切仍是寂静的。

最后，她走到同一层的另一间公寓前，敲响那扇门。她的手还未移开，那扇门就开了，她看到空空如也的小阁楼，墙上赤裸裸的板条，没有上漆的地板。她往里走了一步，四处张望：公寓里满是装石灰的袋子，成堆的旧报纸，还有一只破损的行李箱。忽然传来一阵窸窣声，她意识到可能是老鼠，之后她就看到了它，就坐在她旁边，离墙很近。它魔鬼般的脸很警觉，一双灰亮的眼睛紧盯着她。她赶紧退出去，关上门，印花裙的一角被门缝夹住，破了个口子。

她知道有人在另一间公寓里，因为她确定自己听到了低沉的人声和偶尔的笑声。之后，她反复回来造访，第一周她每天都。早上，她会在上班路上折过来；晚上，独自去吃晚饭的时候也会来。但无论她多么频繁、多么坚定地叩响房门，永远没有人来开。

巫　婆

　　火车很空，连小男孩都可以霸占一整张座位。小男孩的母亲坐在隔着走道的位置上，身旁是小男孩牙牙学语的妹妹。女婴一只手抓着一片面包，另一只手握着拨浪鼓。背带紧紧地勒在椅背上，这样她就可以坐直身子东张西望——要是她往椅子的一侧滑下去，背带会拽着她，她母亲也能及时看到，并重新固定好她的位置。小男孩一边吃饼干一边望向窗外，母亲在安静地看书，她头也不抬地回应着小男孩的咕哝。

　　"我们在河上，"小男孩说，"下面是一条河，我们在它的上面！"

　　"嗯。"母亲说。

　　"我们在一座桥上。桥在河的上面。"小男孩自言自语道。

　　火车上其他零星的乘客散坐在车厢的另一端，要是他们中有人凑巧来到走道的这一侧，小男孩会跟他们打招呼说"你好"，陌生乘客往往会回答说"你好"，有时候还会问小男孩喜不喜欢坐火车，有人甚至会夸小男孩长得很结实。小男孩不喜欢听到这样的评价，他一气就会扭头对着窗外。

"那儿有头奶牛！"他会说。有时候他也会叹气道："我们到底还要坐多久啊？"

"没多久了。"母亲每次都这么回答。

这时，一直在旁边安静摆弄着拨浪鼓和面包（母亲会时不时给她换一片新的）的小婴儿不小心滑到了座位下侧，磕到了自己的脑袋。小婴儿放声大哭，母亲忙着哄她。小男孩自己也从座位上滑下来，穿过走道，拍拍妹妹的脚，求她不要哭。终于，小婴儿破涕为笑，又玩起她的面包来。小男孩则从母亲那儿得到了一根棒棒糖，回到了自己靠窗的座位。

"我看到一个巫婆！"半晌，小男孩对母亲说，"外面有个很大很老很丑、很老很坏的老巫婆。"

"嗯。"母亲说。

"很大很老很丑的巫婆，我叫她走，现在她走了，"小男孩接着说，似乎是低声说给自己听，"她走过来说：'我要吃掉你。'我说：'你吃不掉我。'我把她赶走了。这个很坏很老很脏的巫婆。"

他忽然不说了，抬眼看车厢与车厢之间的门缓缓开启，走过来一个男人。这是个老头儿，花白的头发下是一张和善的面孔。他的藏青色西装很整洁，长时间的火车之旅只留下了细微的褶痕。他手里有根雪茄，小男孩对他说"你好"，这个男人用雪茄指着他，说："你也好呀，孩子。"他停在小男孩的座位旁，扶着椅背，低头看着小男孩，小男孩也抻长脖子抬头看他。

"你一直看着窗外，在看什么呢？"男人问。

"巫婆，"小男孩马上接口说，"很坏很老很脏的巫婆。"

"这样啊，"男人说，"看到了几个老巫婆？"

"我爸爸抽雪茄。"小男孩说。

"男人都抽雪茄，"男人说，"迟早有一天你也会抽雪茄。"

"我已经是个男人了。"小男孩说。

"你几岁了？"男人问。

面对这个逢人必被问的问题，小男孩用猜疑的眼神瞅了瞅这个男人。"二十六，"他说，"八百四十八。"

听到这话，母亲放下书。"四岁。"她笑着帮忙答道，充满爱意地看着自己的儿子。

"哦，是这样啊？"男人和气地对小男孩说。"二十六，"他示意隔着走道的母亲，"这是你妈妈的岁数？"

小男孩往男人的方向侧了侧身，说："对，是她的。"

"你叫什么名字？"男人问。

小男孩又露出了那种猜疑的眼神。"耶稣先生。"他说。

"约翰尼。"小男孩的母亲说。她对小男孩皱了皱眉头。

"那里坐的是我妹妹，"小男孩对男人说，"她十二岁半。"

"你爱你妹妹吗？"男人问。小男孩盯着他看，此时男人已经在小男孩身旁的空座上坐下了。"嘿，"男人说，"想不想听我说说我妹妹的事？"

上一刻母亲还被这个坐在儿子身旁的陌生男人弄得紧张兮兮，这一刻她已经在继续读自己的书了。

"跟我说说你妹妹，"小男孩说，"她是女巫？"

"有这个可能。"男人说。

小男孩兴奋得笑起来，男人则靠向椅背，吸了一口雪茄。

"很久以前，"他说，"我跟你一样，也有一个小妹妹。"小男孩抬头看着男人，对方说每一个字的时候他都点头。"我的小妹妹，"男人接着说，"特别漂亮特别可爱，我对她的爱超过了世上的一切。想不想知道，后来我做了什么？"

小男孩拼命点头，他的母亲则抬头微笑，她也在听。

"我给她买了一只木马、一只布娃娃，还有很多很多棒棒糖。"男人说，"后来我抓着她，把手按在她的脖子上，然后我用力地按呀按呀，直到把她按死。"

小男孩倒吸一口冷气，母亲侧过头来，她已失去了笑容。她张嘴想要说什么，但因为这男人接着说话，她又合上了嘴。"后来我把她举起来，切下了她的头，再后来我拿起她的头……"

"你把她切成一块一块的？"小男孩连呼吸都变得急促了。

"我切下了她的头、她的手、她的脚、她的头发，还有她的鼻子，"男人说，"然后我用一根棍子打她，我杀了她。"

"等等。"母亲说，就在那一刻，身旁的女婴又滑到座椅下侧。等母亲终于把她扶正，男人已经又继续说了。

"我捧着她的头，拔掉了她所有的头发……"

"你的亲妹妹？"小男孩几乎是气急败坏地问。

"是我的亲妹妹，"男人很肯定地说，"我把她的头放进了一个关着熊的笼子里，后来熊把她的头吃掉了。"

"把她的头全部吃掉了？"小男孩问。

母亲把书放下，穿过走道，站在男人的身边，说："你知不知道自己在做什么？"男人礼貌地抬起头。母亲嚷道："你给我滚。"

"我吓到你了吗？"男人问，他低头看着小男孩，并用手肘捅了捅他。他和小男孩都笑了。

"这个男人把他妹妹切成一块一块的。"小男孩对母亲说。

"我现在就叫乘务员过来。"母亲对男人说。

"乘务员会吃掉我妈妈，"小男孩说，"我们把她的头砍掉。"

"还有小妹妹的头。"男人说。他站起来，母亲往后退了两步，给他让路。"再也不要到这节车厢来。"她说。

"我妈妈会吃掉你。"小男孩对男人说。

男人笑了，小男孩也笑了。然后，男人对母亲说"借过"，接着从她身旁走过，离开了这节车厢。等间隔门关闭后，小男孩说："我们到底还要在这破火车上待多久？"

"没多久了。"母亲说，她站着看着小男孩，想说些什么。最后她只是说："如果你答应好好坐着，乖乖的，我可以再给你一根棒棒糖。"

小男孩迫不及待地溜下椅子，跟着母亲来到走道另一侧的座位。母亲从手袋的侧袋里取出一根棒棒糖给他。"你应该说什么？"母亲问。

"谢谢，"小男孩说，"刚才那个男人真的把他妹妹切成一块一块了吗？"

"他只是在开玩笑。"母亲说。很快她又强调说："只是在开玩笑。"

"大概吧。"小男孩说，他拿着棒棒糖回到自己的座位，又安静地望向窗外。"大概他也是巫师。"

查尔斯

　　我儿子劳里开始上幼儿园的那天，他宣布不再穿带围兜的灯芯绒裤子，而要穿束皮带的蓝色牛仔裤。那天早上，我看着他跟邻居家的小姐姐一起出门，目睹着我人生中一个阶段的结束。我那个向来甜言蜜语不断的小宝贝现在成了穿长裤、跨大步的大孩子，他甚至都忘记要在街角停下跟我挥手说再见。

　　他回家的时候跟离开的时候一个样子。房子的前门被他关得乒乓响，帽子丢在地板上，他的嗓音一下子变得喧天价响："家里没人啊？"

　　午饭时分，他用张狂的语气跟他父亲说话，弄洒了妹妹的牛奶，还强调他的老师说不能随随便便把"上帝"两个字挂在嘴边。

　　"今天在幼儿园感觉怎么样？"我装作随意地问。

　　"挺好的。"他说。

　　"你学到了什么东西？"他父亲问。

劳里对待父亲的态度冷冰冰的。"我没学到西东。"他说。

"是东西，"我说，"没学到东西。"

"不过，老师今天打了一个男生。"劳里说着，拿起他的黄油面包。"因为他没大没小。"他还没来得及吞下满嘴的食物，就补充道。

"这孩子做了什么？"我问，"他叫什么名字？"

劳里想了想。"他叫查尔斯，"他说，"他没大没小。老师打了他，还罚他站墙角。他真的很没大没小。"

"他到底做了什么？"我又问了一遍，但是劳里已经跳下椅子，抓了一块饼干就走了。他父亲还在喊："看这儿，年轻人。"

第二天午饭时，劳里一坐下就说："今天查尔斯又干坏事了。"他说着笑了笑："今天他打了老师。"

"天哪！"我说，留心没有说出"上帝"两个字，"我猜他又挨打了？"

"这是当然。"劳里说。"看上面。"劳里对父亲说。

"看什么？"父亲说着，抬头看。

"看下面，"劳里说，"看我的大拇指。天，你真笨。"他突然发狂似的笑起来。

"查尔斯为什么打老师？"我忍不住问。

"因为老师想逼他用红蜡笔涂色，"劳里说，"但查尔斯只想用绿蜡笔涂色，所以他就打了老师。老师打了查尔斯，还说大家都不准跟他玩，但大家还是跟查尔斯玩。"

第三天（幼儿园第一周的周三），查尔斯用跷跷板砸一个小姑娘的脑袋，砸得她头破血流，老师罚他在休息时间不准出教室。星期四，查尔斯必须在讲故事的时间到墙角罚站，因为他老是用脚蹬地板弄出响声。星期五，查尔斯被罚不许用黑板，因为他扔了粉笔头。

星期六，我问丈夫："你觉不觉得幼儿园的环境对劳里不好？他变得这么粗鲁，说话不文明，那个查尔斯听起来是个很糟糕的影响。"

"一切都会好的，"丈夫劝我说，"这世界上到处都是查尔斯这样的人。早遇到这种人早好。"

星期一，劳里回家晚了，带来了很多新闻。"查尔斯。"他远远地在山坡下就喊，我正焦急地等在前门。"查尔斯，"劳里上山坡的一路都在喊，"查尔斯又干坏事了。"

"快进来，"一等他走近，我就说，"先吃饭。"

"你知道这次查尔斯做了什么吗？"他一边问，一边跟我进门，"查尔斯大喊大叫，声音响到一年级的班上派来一个男生，要老师请查尔斯闭嘴，所以查尔斯被罚留校。而且全班同学必须跟他一起留下来。"

"他做了什么？"我问。

"他就坐在那儿。"劳里说着，爬上餐桌旁的椅子，"嗨，老爸，你这个老拖把。"

"查尔斯被罚留校，"我对丈夫说，"所有人都必须留下来陪他。"

"这个查尔斯长什么样？"丈夫问劳里，"他姓什么？"

"他个头比我大，"劳里说，"他没有橡胶鞋，他连夹克衫都不穿。"

那个周一的晚上是幼儿园的第一次家长会，但因为女儿感冒了，我没法去。我真想会一会查尔斯的母亲。周二，劳里回家后突然说："今天有个朋友来看我们的老师。"

"查尔斯妈妈？"丈夫和我异口同声地问。

"错啦，"劳里的语气里有鄙夷的意思，"来的人是个男的，他要我们做操，我们必须用手指头碰脚尖。看！"他跳下椅子，蹲下身触碰脚尖。"像这样，"他说着，庄重地坐回到椅子上，拿起叉子，"查尔斯连操都不肯做。"

"那没什么，"我这话发自内心，"查尔斯大概是不想做操？"

"错啦，"劳里说，"查尔斯对老师的朋友没大没小，所以他被罚不准做操。"

"又没大没小？"我问。

"他用脚踹了老师的朋友，"劳里说，"老师的朋友让查尔斯用手碰脚尖，就像我刚才做的那样，查尔斯踹了他。"

"你觉得他们准备怎么罚查尔斯？"劳里的父亲问他。

劳里夸张地耸耸肩。"我猜，会让他拍屁股走人。"他说。

星期三和星期四一切照旧，查尔斯在讲故事的时间大吼大叫，打了一个男生的肚子，把对方弄哭。星期五，查尔斯又留校了，其他孩子又被连累了。

到了幼儿园的第三周，查尔斯已经成了我们家的惯用语。如果女儿整个下午哭不停，我们就叫她"查尔斯"；劳里往玩具车里装满泥土，然后把泥土倒在厨房里，他也成了"查尔斯"；甚至有我丈夫，当他用力一拽缠在电话绳里的胳膊时，把话机、烟灰缸、花瓶统统带到了地上，事后他自己说："这像查尔斯才会干的事。"

不过，在第三周和第四周，查尔斯似乎有了一些改变。

第三周的周四，劳里在午饭时严肃地报告说："查尔斯今天表现良好，老师给了他一个苹果。"

"真的？"我说。丈夫也小心地问："你是说查尔斯？"

"是查尔斯，"劳里说，"他给全班派蜡笔，之后收集课本，老师说查尔斯是她的小帮手。"

"太阳打西边出来了？"我不敢相信。

"他是老师的小帮手，就是这样。"劳里说着，耸耸肩。

"真的吗？那个查尔斯？"那天晚上我问丈夫，"这种事真会发生？"

"我们等着瞧，"丈夫语带讥嘲，"如果你手上有个查尔斯，这很可能意味着他在打别的算盘。"

丈夫似乎错了。这之后的一整个星期，查尔斯都是老师的小帮手。每一天他都在帮忙发东西和收东西，没有人需要陪他留校。

"下周又有家长会，"一天晚上我对丈夫说，"我准备去会会查尔斯的母亲。"

"问问她查尔斯是怎么转性的，"丈夫说，"我想知道。"

"我也想知道。"我说。

那周的星期五，一切又故态复萌。"你知道查尔斯今天干什么了吗？"劳里一坐到餐桌旁就说，语气里流露出一丝敬畏，"他教一个小姑娘说一个词，小姑娘照说了，老师就用肥皂水冲她的嘴巴，查尔斯哈哈大笑。"

"什么词？"他的父亲不明智地问。劳里回答说："这我必须轻声跟你说，是个很糟的词。"他跳下椅子，走到父亲身边。父亲低下头，劳里乐呵呵地和他咬耳朵。父亲一听，双眼瞪直了。

"查尔斯真的叫小姑娘说那个？"他佩服地问。

"她说了两次，"劳里说，"查尔斯让她说了两次。"

"查尔斯呢？得到什么惩罚？"丈夫问。

"什么惩罚都没有，"劳里说，"他在发蜡笔。"

星期一早晨，查尔斯甩掉了这个小姑娘，他自己把这个恶毒的词说了三四遍，每次说完都被老师逼着用肥皂水漱口。他还扔了粉笔头。

那天晚上，我出门去开家长会时，丈夫送我到大门口。"家长会结束后，请她到家里喝杯茶，"他说，"我想见见她。"

"如果她去家长会的话。"我真心希望她会到场。

"她会去的，"丈夫说，"要是查尔斯的母亲不在，我不知道这家长会开了还有什么意思。"

开会的时候，我如坐针毡，目光扫视着每一张充满母爱的脸庞，渴望知道哪张面容里藏着查尔斯这个秘密。没有人看起来特别憔悴，也没有人在开会时起身，为儿子的行为向别人道歉，甚至也没有人提起查尔斯。

家长会结束后，我找到了劳里的幼儿园老师。她端着的托盘上有一杯茶和一块巧克力蛋糕，我的盘子上则是一杯茶和一块棉花糖蛋糕。我们小心翼翼地走近彼此，微笑致意。

"我一直很想来见你，"我说，"我是劳里的妈妈。"

"我们都对劳里充满好奇。"她说。

"喔，他很喜欢幼儿园，"我说，"他整天都在说幼儿园里的事情。"

"之前我们之间有些适应问题，大概是第一周的时候，"

她严肃地说，"但现在他是个很好的小帮手。当然，偶尔还是会犯些错。"

"劳里通常适应能力很强，"我说，"我猜这次靠的是查尔斯的帮忙。"

"查尔斯？"

"对，"我笑着说，"幼儿园里有查尔斯这样的孩子，肯定让你忙得焦头烂额。"

"查尔斯？"她说，"我们整个幼儿园里都没有孩子叫查尔斯。"

来与我共舞在爱尔兰

门铃响的时候，年轻的阿彻太太和凯茜·瓦伦丁以及科恩太太同坐在床上，一边逗弄她刚出生的孩子，一边闲聊。阿彻太太喊着"喔，天哪"，赶紧按下对讲机，打开公寓楼的大门。"我们跟住在一楼没分别，"她对凯茜和科恩太太说，"每个人动不动就按我们家的门铃。"

等她家的门铃响起的时候，她打开门，看到走廊上站着一位老人。他身披破旧的黑色长外套，胡子都花白了，手里捏着一把鞋带。

"哦，"阿彻太太说，"哦，我很抱歉，但是……"

"夫人，"老人说，"行行好，五分钱一根。"

阿彻太太摇了摇头，往后退了两步。"实在不好意思。"她说。

"不管怎么说，还是很谢谢你，夫人，"他说，"谢谢你说话这么客气。你是整条街第一个对我这个穷老头儿这么彬彬有礼的人。"

阿彻太太紧张地转动着门把手。"实在抱歉。"她说。正在他转身准备离开的时候，她喊着"等一下"，赶忙跑回卧室。"一个卖鞋带的老头儿。"她跟凯茜及科恩太太嘀咕着，打开梳妆台最上方的抽屉，取出手袋，在装零钱的袋子里摸着。"二十五美分硬币，"她说，"这应该够了吧？"

"足够了，"凯茜说，"很可能比他一天挣的还多。"凯茜和阿彻太太年纪相仿，不过还没结婚。科恩太太五十多岁，身材丰满。她俩都住在这栋楼里，时不时以看宝宝的名义，来阿彻太太家做客。

阿彻太太走回门口。"给，"她递出那枚二十五美分硬币，"我为每个人都那么粗鲁待你感到羞耻。"

老人准备递给她鞋带，但他止不住颤抖的手把鞋带掉在了地上。他吃力地靠向走廊一边的墙。阿彻太太看在眼里，惊慌急了。"上帝啊。"她说着，伸手去扶他。当她的指尖触到脏兮兮的旧外套时，她犹豫了。过了一会儿，她咬紧双唇，说服自己挽住他的胳膊，扶他进屋。"姐妹们，"她喊道，"快来帮忙！"

凯茜先跑出卧室，喊着："琼，是你在叫我们吗？"当她看到门口的一幕时，整个人都呆住了。

"我该怎么办？"阿彻太太问，手还挽着老人的胳膊。他的双眼已经闭起来了，看样子就算有她架着，他也没有足够的力气站着。"看在上帝的分儿上，过来扶着他的另一侧。"

"把他扶到椅子上去。"凯茜说。走廊这么窄，很难容下三个人并肩走，所以凯茜扶着老人的另一只胳膊走在前面，引着阿彻太太和他进客厅。"不要坐那把好椅子，"阿彻太太喊道，"坐那把旧皮椅。"她们把老人扶到皮椅上，然后站到一边。"我们现在究竟要怎么办？"阿彻太太问。

"你家有威士忌吗？"凯茜问道。

阿彻太太摇了摇头。"只有一点儿葡萄酒。"她的语气不是很肯定。

科恩太太这时才抱着婴儿走进客厅。"天哪！"她说，"他喝醉了！"

"瞎说，"凯茜说，"假如他是酒鬼，我不会让琼扶他进来的。"

"留心孩子，布兰奇。"阿彻太太说。

"这个当然。"科恩太太说。"小亲亲，我们回房去，"她对婴儿说，"接着我们就睡进可爱的小床，然后睡觉觉，来，说拜拜。"

老人惊了一下，睁开了双眼。他试着站起来。

"好好坐在那里，"凯茜命令道，"阿彻太太会给你一点儿葡萄酒。你会喜欢的，对吧？"

老人抬眼看看凯茜。"谢谢你。"他说。

阿彻太太走进厨房。她先是想了一下，然后从水槽上方取下一只玻璃杯，冲了冲，倒了一点儿雪利酒进去。她拿着这杯酒回到客厅，递给凯茜。

"我帮你拿着杯子，还是你可以自己喝？"凯茜问老人。

"你太客气了。"他说着，伸手接过杯子。凯茜把酒杯侧向他的嘴，他从里面吸吮，接着他把酒杯推到一边。

"这点儿就够了，谢谢，"他说，"足够让我恢复精力了。"他又试着起身。"谢谢。"他对阿彻太太说。"也谢谢你。"他对凯茜说。"我还是应该快点上路。"

"别忙，等你双脚有力气再走。"凯茜说，"你知道的，身体不容有失。"

老人微笑着说："我的身体可以有失。"

科恩太太回到客厅。"孩子放到婴儿床里了，"她说，"差不多应该睡熟了。他感觉好些了吗？我猜他准是醉了，或者饿了，或者其他什么。"

"这是肯定的，"凯茜也开始兴奋地做出结论，"他肯定是饿坏了。琼，这就是问题所在。我们真傻。这个可怜的老绅士！"她对老人说："阿彻太太肯定不会让你空着肚子回家的。"

阿彻太太又露出那种犹疑的表情。"我有几个鸡蛋。"她说。

"太好了！"凯茜说，"鸡蛋最好了，特别容易消化。"她对老人说："尤其是你已经……"说到这里她犹豫了一下，"一段日子没有吃过东西了。"

"黑咖啡，"科恩太太说，"如果你问我的建议。看他的手抖成这样。"

"神经疲劳，"凯茜斩钉截铁地说，"一碗热腾腾的肉汤是他现在最需要的，他必须喝得很慢很慢，直到他的胃重新适应食物。""人的胃啊，"她对阿彻太太和科恩太太说，"如果一直空着就会萎缩。"

"我不想给你添麻烦。"老人对阿彻太太说。

"瞎说，"凯茜说，"我们必须让你吃顿热饭。"她挽起阿彻太太的胳膊，拉着她一起走到厨房里。"就用几个鸡蛋，"

她说，"煎个四五个。等下我给你买六个回来。我猜你没有培根。这么说吧，再煎几个土豆。就算半生不熟的，他也不会介意。这些人经常吃煎土豆和鸡蛋之类的……"

"午饭还剩下一些罐头无花果，"阿彻太太说，"我正愁着怎么处理。"

"我得快些回去看着他，"凯茜说，"他可能会再次晕倒什么的。你就煎几个鸡蛋和土豆，如果布兰奇愿意，我让她来帮你。"

阿彻太太量好了足够两杯咖啡的咖啡粉，把壶放到灶头上煮，然后从碗橱里拿出煎锅。"凯茜，"她说，"我只是有点担心。如果他真的是喝醉了，我的意思是，要是吉姆听说了这件事情，因为家里还有宝宝……"

"哎哟，琼！"凯茜说，"你真应该去乡下住一段日子，我觉得。在那儿，女人总是把吃的分给饿慌了的男人。而且你根本不需要告诉吉姆。布兰奇和我肯定什么都不会说的。"

"嗯，"阿彻太太说，"你确定他不是酒鬼？"

"我认得出饿慌了的人，"凯茜说，"当像他那样的老人连站都站不起来，手抖成这样，而且样子看起来这么憔悴时，就说明他已经快饿死了。真的快饿死了。"

"我的天！"阿彻太太说，她赶紧打开水槽下的碗橱，取出两个土豆，"两个就够了对吧，你觉得呢？我猜我们真的在做一桩好事。"

凯茜咯咯笑了起来。"我们就是一班女童子军。"她正往厨房外走，忽然停下，转身看了看阿彻太太。"你有派吗？他们老是吃派的。"

"有，但这是为晚餐准备的。"阿彻太太说。

"喔，把派先给他吃。"凯茜说，"等他走了，我们可以出门买更多的。"

趁着煎土豆的时候，阿彻太太摆好盘子、杯子和碟子，再在餐桌上放好刀、叉、调羹。之后，她又想了想，以防万一，把碗碟先拿起来，从碗橱里取出一个纸袋，一撕为二，平铺在餐桌上，再把碗碟摆放回去。她拿出一只玻璃杯，灌满了冰镇的饮用水，然后切了三片面包，也放在盘子上，再是一小块黄油，搁在面包旁边。接着，她从碗橱的纸巾盒里取出一张纸巾，放在盘子旁边。过了一会儿，她又拿起纸巾，把它折成三角形，再摆回去。最后，她把盐和胡椒的瓶子放在餐桌上，拿出一盒鸡蛋。她走到门口喊道："凯茜，问问他想吃什么样子的煎蛋？"

客厅里传来一阵低声的对话，凯茜喊道："荷包蛋！"

阿彻太太拿出四个鸡蛋，然后又添了一个。她把鸡蛋一个接一个打到煎锅里。等鸡蛋煎好了，她大喊："好了，姐妹们！带他进来吧！"

科恩太太先走进厨房，检查了一下煎好的土豆和鸡蛋，她瞅了瞅阿彻太太，但是没有说话。接着凯茜进来了，手扶着老人。她把他扶到餐桌旁，让他坐在椅子上。"看哪，"她说，"阿彻太太已经给你准备好了一餐热腾腾的美食。"

老人看着阿彻太太。"我很感激。"他说。

"多美好的一幕啊！"凯茜说。她赞许地对阿彻太太点头。老人看着盛着土豆和煎蛋的盘子。"赶紧吃吧，"凯茜说，"姐妹们，我们也坐下。我从卧室里搬把椅子来。"

老人拿起盐瓶，往煎蛋上轻轻地撒了一点儿盐。"这看起来美味极了。"过了半晌，他说。

"你赶紧吃吧，"凯茜已经拿着椅子回到了厨房，"我们想看到你吃得饱饱的。琼，给他倒点儿咖啡。"

阿彻太太走到灶头边，拿起了咖啡壶。

"请别忙了。"老人说。

"没关系。"阿彻太太说着，给老人的杯子斟满咖啡。她也坐在餐桌旁。老人拿起叉子，接着又把叉子放下，他拿起纸巾，把它展开铺在膝盖上。

"你叫什么名字？"凯茜问。

"奥弗莱厄蒂，女士。我叫约翰·奥弗莱厄蒂。"

"你好啊，约翰，"凯茜说，"我是瓦伦丁小姐，这位是阿彻太太，那边那位是科恩太太。"

"你们好。"老人说。

"我猜你是从外国来的？"凯茜说。

"抱歉，你的意思是？"

"你是爱尔兰人，对吧？"凯茜问。

"夫人，我的确是爱尔兰人。"老人把叉子戳进一个煎蛋里，看着蛋黄涌出并流淌到盘子上。"我认识叶芝。"他忽然说。

"真的？"凯茜问着，凑近了一些，"让我猜猜——他是作家，对吧？"

"出于亲善，来与我共舞在爱尔兰。"*老人说。他站起来，

---

* 此句引用了诗句，来自叶芝的诗歌《我属于爱尔兰》(I Am Of Ireland)。——本书脚注均为译者注

双手抓着椅背,郑重地向阿彻太太鞠躬。"再次感谢你,夫人,你太慷慨了。"他转身往门口走去。三个女人站起来,跟着他。

"但你没有吃完。"科恩太太说。

"胃,"老人说,"就像这位女士指出的,已经萎缩了。是真的。"他忽然又显出怀旧的神色。"我认识叶芝。"

走到门口,他再次转身对阿彻太太说:"我不能无视你的善良。"他指了指仍旧落在地上的鞋带。"这些,"他说,"都给你,为感谢你的善良。和其他两位女士分一分。"

"但我根本没想着……"阿彻太太说。

"请收下,"老人说着,打开门,"这点儿东西不算什么,却是我所有的一切。你自己捡一下吧。"当他侧过身,把鼻孔对着科恩太太的时候,突然加上一句:"我恨透了老女人。"

"噢!"科恩太太发出了苍白的感叹。

"我可能是白吃了你们的东西,"老人对阿彻太太说,"但我从来不会让客人喝劣质的雪利酒。夫人,我们是来自两个不同世界的人。"

"我不是早就跟你说过?"科恩太太说,"我不是早就跟你说会有这种下场?"

阿彻太太眼睛还看着凯茜,手却在试图推老人出门,但是他拨开了她的手。

"来与我共舞在爱尔兰。"他说着,手扶墙壁,一步步走到公寓楼的门口,打开大门。"而时光飞逝。"

盐　柱[*]

不知为何，当和丈夫在新罕布什尔登上去纽约的火车时，她的脑袋里回荡着一支小调。他们已经快一年没去纽约了，但这支小调来自更久远的过去，她第一次听到的时候，才十五六岁的样子。那个时候，她还没去过纽约，只见过电影里对这座城的虚构，因此，她想象中的纽约是一间顶层公寓，里面住的全是诺埃尔·科沃德[†]那类人。当虚构的纽约炫耀着它的高度、速度、奢华和享受，当这一切被一个生活单调的十五岁姑娘收进困惑的双眼里时，这座城的魅力就显得更遥不可及，只能存在于电影里。

"这支小调叫什么来着？"她哼出这支小调，问丈夫，"应该是某部老电影里的，我觉得。"

---

* 盐柱（pillar of salt）的典故见于《圣经·创世纪》。耶和华派天使去毁灭所多玛和蛾摩拉时，罗得和妻女得到解救；在逃亡的路上，罗得的妻子不听天使的警告，回头看了一眼，结果变成了一根盐柱。

† Noel Coward，英国演员、剧作家、作曲家，因影片《与祖国同在》（*In Which We Serve*）获 1943 年奥斯卡荣誉奖。

"我听过，"丈夫说着，自己也哼起了这支小调，"但不记得歌名了。"

他舒服地靠在火车座椅上。他已经挂好了他们的外套，把行李箱放到了架子上，也取出了自己的杂志。"我迟早会想起来的。"他说。

她先是望着窗外，几乎是在偷偷品味这种新鲜感，享受坐在行驶的列车上的那种极度的幸福。在接下去的六个小时里，不需要做任何事情，可以自由地阅读、打瞌睡、到餐车里坐坐。每分每秒，她都在离孩子们越来越远，远离厨房的地板，就连家乡的小山丘都被她远远抛下，外面的景致已经被农田和树木取代，这么陌生，简直不敢相信是真的。"我喜欢火车。"她说，她的丈夫同情地冲着杂志点点头。

接下来的两周，会是不可思议的两周，所有事情都安排妥当了，不需要再做什么规划，唯一要想的大概就是到哪儿看戏，以及上哪家餐馆吃饭。一个拥有独立公寓的朋友正巧出门旅行。他们银行账户里有足够的钱可以承担去纽约的花销，而且并不妨碍给孩子们买滑雪衫。最初的障碍被克服之后，接下来的一切似乎都迎刃而解，仿佛一旦他们打定主意，就没有什么能够阻挡他们。宝宝的喉咙不痛了；通水管的工人上门了，两天就把所有活儿都搞定了；送出去改尺寸的裙子也按时改好了；当他们想着可以到城里去看看有没有新式的家用器皿时，他们就可以毫无顾虑地不去管家乡的五金店了。纽约城没有被烧也没有被封，他们的朋友刚好出城，布拉德的口袋里装着朋友家公寓的钥匙。每个人都知道怎么联系其他人。他们有张不可错过的戏剧清单，还有张要逛好几家商店才能完成的购物单：尿布、布料、高级食品罐头和耐脏的银器盒子。最后，当然还有火车，它还在正常运行，下午缓缓靠站，尽职尽力并且毅然决然地把他们送到纽约。

玛格丽特好奇地看着丈夫，他坐在午后的火车上一动也不动。玛格丽特也打量着其他幸运的旅客，看着窗外阳光下的乡村景致，她多看了一眼以确认自己不是在做梦，这才放心地翻开书页。那支小调还在她的脑袋里回响，她哼着，然后听见丈夫在翻动了一页杂志后温柔地接着哼了下去。

在餐车里，她点了烤牛肉，倘若此刻在家，她也会给自己做同样的菜。她不想一下子做出太大的改变，立即享用假日里新鲜刺激的美食。她点了冰激凌作为甜点，但是喝咖啡的时候忽然紧张起来，因为一小时后他们就要抵达纽约，她必须要穿上大衣，戴上帽子，恢复优雅的姿态；布拉德必须把行李箱取下来，收好杂志。他们站在车厢尾部等待无限冗长的出站人流，拿起行李箱又放下，放下又拿起，一步步往前移，心里焦躁万分。

车站是临时的庇护所，把参观者逐步转移到一个满是人群、喧哗和光亮的世界，给他们时间准备好迎接外面街道上的嘈杂。她先在人行道上望了一眼这个聒噪的现实世界，之后才坐进出租车，成为这现实世界的一部分。接着他们睁着疑惑的双眼，堵在上城区的车流里，之后又前进，最后被赶下车，来到另一条人行道上。布拉德付钱给出租车司机后，仰头看了看这座公寓大楼。"好吧，是这儿没错。"他说，仿佛他先前一直在质疑司机没法找对这个再简单不过的门牌号。他们乘电梯上楼，钥匙和锁眼相配。此前，他们没有来过这个朋友的公寓，但是一切看起来都合理而熟悉——这个从新罕布什尔搬到纽约的朋友随身携带着家乡的个人印记，这么多年来这些印记都未曾抹去——公寓里尚存的家的感觉足以让布拉德一进门就坐上正确的椅子，也让玛格丽特在床单和被子里找到了信任和归属。

"这是我们接下来两周的家。"布拉德说着，伸了个懒腰。过了一会儿，他俩不约而同地走到窗边，和预想的一样，下方就是纽约，街对面都是住满陌生人的公寓楼。

"棒极了。"楼下有车，有人，也有城市的喧嚣。"我很开心。"她说完，吻了吻丈夫。

第一天，他们去城里观光。他们在一家自助快餐店吃了早餐，接着去了帝国大厦的顶层。"现在都修好了，"在顶层时，布拉德说，"不知道当初那架飞机撞到哪里了 *。"

他们很想问问别人飞机究竟撞哪儿了，但羞于开口，只能试着从顶层的每个方向往下打探。"话说回来，"她试图用理性来分析，在角落咯咯笑着，"要是我身上有什么坏了，我肯定不想人们多管闲事地要看看这些坏掉的零部件。"

"要是你拥有整座帝国大厦，你不会担心这些。"布拉德说。

最初的几天，他们只坐出租车，其中有辆出租车的车门是用绳子固定的，他们指了指这扇车门，不出声地微笑对视。在第三天，他们搭的那辆出租车路过百老汇时轮胎爆了，他

---

* 1945 年 7 月 28 日，美国陆军航空军一架执行人员转移任务的 B-25 米切尔型轰炸机在浓雾中撞上了帝国大厦，事故并未破坏帝国大厦的建筑结构，但造成了 14 人遇难。

们不得不下车，再招一辆。

"我们只剩下十一天了。"有一天她说。过了一会儿，她补充道："我们已经来这儿六天了。"

他们见到了想见的朋友，还准备去长岛上的度假屋过周末。"房子现在看起来有点儿吓人，"电话那头女主人用欢乐的语气说，"我们自己下个礼拜也准备出城，既然你们来都来了，要是一次都不来看看，我们不会原谅你们的。"这几天的天气很晴朗，不热，有种秋天来了的意思，商店橱窗已经换上深色的衣服，甚至零星出现了皮草和天鹅绒大衣。她每天都穿自己的大衣，基本适合一天里的大多数时间。她带来的单裙都被挂在公寓的衣帽间里，她现在想着去某个大商场里买件毛线衣，或是任何只适合在长岛穿，而不适合新罕布什尔的衣服。

"我必须去买点儿衣服，至少能抽一天的时间去逛商店。"她一对布拉德说，他就发出了嘟囔声。

"别叫我拎袋子。"他说。

"你受不了逛一整天商店的，"她对他说，"你受不了整天这么走。要不你自己去看部电影或者做点儿别的事？"

"我自己也有东西要买。"他卖关子地说。或许他指的是她的圣诞礼物，她也依稀想过趁自己在纽约的时候把这些东西都买好，孩子们肯定会高兴收到来自城里的新事物，收到他们家门口商店里看不到的玩具。最后她说："你至少可以有时间去一趟五金店。"

他们正要去见另一个朋友，那位朋友奇迹般地找到了地方住，提醒他们不要介意公寓大楼的外观，也不要介意楼梯，或者所在的街区。这间公寓的外观、楼梯、所属社区都很糟，只有三层楼，楼梯又窄又黑，不过楼顶倒是可以住人。他们的朋友新搬来纽约，但一个人住着两个房间，而且轻易地迷上了细瘦的长桌及低矮的书架，这就让他家里有些地方看起来空落，而另一些地方看起来拥挤不堪。

"这地方挺好的！"她一进门就说，很快就为自己的话感到抱歉，因为她的朋友说："不用多久，这糟糕的境遇就会结束，我会想办法搬到一个真正能住人的地方。"

除了他们之外还有其他客人，这些人都坐着，聊着如今新罕布什尔人关心的话题，只是他们喝起酒来比在家乡的时候更没节制。很奇怪，他们都没醉。他们说话更大声，用词更夸张，但手势更内敛。有些时候，要是在新罕布什尔他们准会挥动手臂，而此刻在纽约他们只是摇了摇手指。玛格丽特重复了好几遍一样的话："我们只在这儿待两个礼拜，度度假。""这里好极了，一切都让人兴奋。""我们运气特别好，有个朋友正好出城……"

终于，她觉得房间太挤也太吵了，于是走到窗边的角落透一口气。一整晚，窗户开了又关，这取决于站在窗口的那个人有没有空着的手摆弄窗户；现在，窗户是关上的，外面是明朗的天空。有人过来，站在她的身旁，她说："听听外面的噪声，和里面一样吵。"

他说："在这种街区，每隔几分钟就有一个人被杀。"

她皱起眉头来。"可这声音听起来和之前的不一样。我是说，应该是发生了别的事情。"

"酒鬼，"他说，"街上全是醉鬼。一路上都有人酒后闹事。"

他拿着酒杯走开了。

她打开窗，探出脑袋。街对面的窗户有几个人抻长脖子在嚷嚷，隔着一条街她也能听到："女士，女士！"他们大概是在叫我，她心想，他们在看我这边。她探出身子，那些人的喊声不是很一致，但她总算听清他们都在叫什么："女士，你家着火了，女士女士！"

她赶紧关上窗，转向房间里的其他人，抬高了一点儿嗓门。"听着，"她说，"他们说这栋楼着火了。"她怕极了，担心人们会笑话她，怕隔着距离的布拉德觉得她脸红的样子像白痴。她再次喊道："这房子着火了。"之后因为担心自己听起来不够理性，赶紧补充道："他们是这么说的。"离她最近的人转向了她，有人叫起来："她说这房子着火了。"

她想要去到布拉德身边，却一时找不到他的踪影，公寓的主人也不知哪儿去了，所有站在身旁的人都是陌生人。他们不会听我的，她想，我最好不要待在这儿。她走到门口，打开门后，发现既没有烟也没有火，但她还是对自己说，我最好不要待在这儿。所以她在惊慌中抛下了布拉德，没戴帽子也没披大衣就冲下楼梯，一只手握着玻璃杯，另一只手还抓着盒火柴。楼梯长得不可理喻，但是楼道里空气清新，也很安全，她打开公寓楼的大门，跑到街上。一个男人抓住她的胳膊，问："所有人都出来了？"她说："没有，布拉德还在里面。"消防车在街角轰鸣，旁边几栋楼的居民都探出窗口张望他们。抓住她胳膊的男人说"下来了"，之后离她而去。火情隔着两栋楼之远，他们可以看到顶楼窗口窜出的火舌，看到涌向夜空的黑烟。十分钟不到，火被扑灭了，消防车开走了，一并消失的还有那种不惜动用一切设备来消除十分钟火警的殉道精神。

她慢慢走上楼梯，回到朋友的公寓，很难为情。她一看到布拉德，就要他带她回家。

"我刚才吓坏了，"等他们都安全地躺在床上时，她对他说，"我完全昏了头。"

"当时你应该设法找人帮忙。"他说。

"他们不会听我的，"她坚持说，"我一直在告诉他们，但他们不听，接着我想一定是自己弄错了。我就想着自己下去看看到底发生了什么。"

"还好情况没有变得更糟。"布拉德已经犯困了。

"当时我觉得自己被困住了，"她说，"被火困在了那栋老楼的顶层。就像一场噩梦。还在一座陌生的城市。"

"好了，一切都过去了。"布拉德说。

第二天，同样的不安全感仍然隐隐追随着她。她独自去购物，布拉德终于能跑一趟五金店。她乘着公交车去市中心，等到该她下车的时候，车里挤满了人，动都动不了。被夹在走道中央的她喊着"我要下车，请让一让""抱歉，让一让"。等她终于挤到门口，公交车已经启动，她只能在后一站下车。"没人听我的，"她对自己说，"大概因为我太礼貌了。"商店里的衣服价格奇高，而且那些毛线衣看起来和新罕布什尔的一样平凡无奇。给孩子们的玩具也令她失望，那些显然都是设计给纽约孩子的：全是可怕的成人生活的缩小版，玩具收银机、满载仿真水果的微型购物车、可以用的小电话机（仿佛纽约城这么多的电话还不够用）、装在篮子里的微型牛奶瓶。"我们的牛奶是从奶牛身上挤的，"玛格丽特对售货小姐说，"我的孩子根本不知道这是什么东西。"当然她是夸大其词，有一瞬间甚至为此感到羞愧，但身旁没有人指出来。

她脑海中浮现出一幅城里的小孩子都打扮得和他们父母一样的画面，紧随其后的画面是城市文明的微缩版，玩具收银机一点点放大，直到孩子习惯真正的收银机。成千上万粗制滥造的仿制品帮助他们做好准备，有一天他们会接过家长每天生活所依靠的那些无用的大尺寸玩具。她给儿子买了副滑雪板，她知道这套器材不足以应付新罕布什尔的雪；她给女儿买了个玩具马车，但布拉德用一个小时亲手做出的马车要比这个好上一倍。她没理会那些玩具邮筒、带微型唱片的小播放机、孩子的化妆套装。她离开商店，踏上回家的路。

此刻，她已经不敢再搭公交车了。她站在街角等出租车。她瞥了瞥脚下，看到身旁的人行道上有一枚十美分硬币。她想捡起来，但身旁人这么多，她先是担心连弯腰的空间都没有，再是怕别人会盯着自己看。她一脚踩在那枚硬币上，接着看到旁边还有一枚二十五美分硬币和一枚五美分硬币。有人弄撒了零钱包，她想着，伸出另一只脚踩在二十五美分硬币上，她踩得很快，想让自己的动作看起来自然。接着，她看到了另一枚十美分硬币，然后是又一枚五美分硬币，之后发现阴沟里还有一枚十美分硬币。行人经过她的两旁，没有人在看她，她却不敢蹲下捡钱。也有别人看到了硬币，但他们还是继续赶路，她意识到没人会捡这些钱。他们全都感到难为情，要不就是太赶时间，或者就是街上人太多太挤。一辆出租车刚好停下让乘客下车，她挥了挥手。她分别抬起了踩在十美分和二十五美分硬币上的脚，把硬币留在了原地，自己坐进了出租车。出租车开得很慢，一路颠簸，她开始留意到，出租车里也显现出这座城市无处不在的腐坏。公交车有着无足轻重的裂缝，皮制的座椅又破又脏，建筑也一样——在最好的一家商店里，门厅的大理石地板上有个大洞，你只能不动声色地绕过去，睁一只眼闭一只眼。这些大楼的角落似乎都在逐渐垮塌成粉尘，随风飘散，花岗岩也在悄然腐蚀。她在回上城区的路上所看到的每一扇窗户似乎都有破损，很可能每个街角都落有零钱。行人的步伐比以往任何时候都更快，出租车的窗户右上角浮现出一个戴着红帽子的女孩，你还没看清她的帽子，她就已经消失在窗户下沿。商店的橱窗如此鲜亮，这是因为你至多只会匆匆一瞥。人们似乎正在做出某种疯狂之举，让一小时变成四十五分钟，一天变成九小时，一年变成十四天。餐厅里的食物上得那样快，必须匆忙下咽，你总是觉得饿，总是赶着去和新的人吃新的东西。每一分钟，每样东西都在不经意地加速。她从道路的一边上出租车，从道路的另一边下车回家。在电梯里，她按下五楼的按钮，之后她很快又会下来，沐浴完毕，换好衣裳，和布拉德出门吃晚餐。他们吃完饭后又回来了，还是饿，赶着上床休息，为了明天能吃早餐，以及之后的午餐。他们已经在纽约待了九天，明天是星期六，他们准备去长岛，星期天回来，之后的星期三他们会回家，回真正的家。当她想到这些的时候，他们已经坐在去长岛的火车上了。火车很旧，椅面破着口子，地板很脏，一扇车门没办法打开，几扇窗户没法关上。穿过这座城市的郊区时，她在想，就好像所有一切都在高速行进，所以坚固的东西都抵御不了这种损耗，最后只能烟消云散，檐口被刮飞，窗户在塌陷。她知道她怕真的把这些说出口，怕面对这种对现实的认知：大家都自愿地跟上这种节奏，自愿地加速再加速，直到最后毁灭。

在长岛，女主人带他们看到了纽约的另一面。这是一间塞满纽约家具的屋子，很多都靠橡皮筋固定着，被专门运来，捆扎好，一旦房门再度打开，租约到期，就准备随时运回城里的公寓。"我们每年都来这儿度假，很多年了，"女主人说，"不然我们今年不可能弄到这间屋子。"

"真是个漂亮的地方，"布拉德说，"我很奇怪你们不是一整年都住在这里。"

"必须时不时回城里待一待。"女主人说着，笑了。

"不太像新罕布什尔。"布拉德说。他开始想家了，玛格丽特心想，他想诉说这种心声，哪怕一次都好。自从火灾之后，她就很怕一大群人聚在一起。晚饭后，看到越来越多的朋友来访，她就到门口一个人待了一会儿，对自己说他们在一楼，她随时可以跑到外面，所有窗户都是开着的。接着她找了个借口先回房睡觉了。布拉德很晚才钻进床褥来，她被弄醒了，他不耐烦地说："我们整晚都在猜字谜，这帮疯子。"她睡眼惺忪地说："你赢了吗？"还没等到他回答，她又睡了过去。

第二天早晨，她和布拉德出门散步，他们的男女主人都在读星期天的报纸。"如果你们出门右拐，"女主人鼓励他们说，"大概走三条街，会看到我们的海滩。"

"他们干吗要去海滩？"男主人说，"冷得要命，啥都干不了。"

"他们可以看看海。"女主人说。

他们走到了海滩。每年的这个时候，海滩光秃秃的，而且狂风大作，但它仍以为自己残有盛夏时的风光，对来客热情点头。沿路有几幢房子，都有人住。只有一家午餐铺孤零零地开着，大胆地宣传它的热狗和根汁汽水。午餐铺的男老板看着他们走过，他的脸冷冷的，没有表情。他们走到既看不到他也看不到那些房子的地方，走到一段铺着鹅卵石的灰色沙滩上，一边是灰色的海水，另一边是灰色的鹅卵石沙丘。

"想象在这儿游泳。"她说话的时候打着哆嗦。海滩叫她开心，有种奇怪的熟悉感和与之相配的安全感，与此同时，那支小调又回来了，带来了双重的回忆。海滩是她昔日想象中生活过的地方，她为自己编造出无数烂俗的爱情悲剧，故事的女主角总是走在汹涌的海浪边；这支小调则是一个金色世界的象征，这是她逃出单调的日常生活之后来到的世界，正是那些日常的单调驱使着她写出了那些有关海滩的悲情故事。她大笑起来，布拉德问："这个被上帝遗忘的角落到底有什么好笑的？"

"我只是在想，这儿和城市是多么不同啊。"她没说真话。

天空，海水和沙滩都这么阴沉，让人觉得这不是早晨而是日暮。她已经累了，想回去，但是布拉德忽然说："看那儿！"她回头，看到有个姑娘正从沙丘上跑下来，手里拿着她的帽子，长发被风吹起。

"这种日子只有这样才能让身子暖和起来。"布拉德说。玛格丽特不同意，说："她的样子像是被吓坏了。"

姑娘看到他们，冲他们跑来，等靠近他们的时候才放慢脚步。她急切地跑过来，可当她真到了日常对话的距离，又觉得难为情，不想让自己看起来像个傻瓜，这让她犹豫起来，她的眼神在玛格丽特和布拉德之间不安地来回摇摆。

"你们知道我到哪儿能找到警察吗？"她终于张口问道。

布拉德上下打量着贫瘠的鹅卵石沙丘，严肃地说："周围似乎没有警察。有没有什么我们能帮上忙的？"

"我觉得没有，"姑娘说，"我真的需要找警察才行。"

他们一有事情就找警察，玛格丽特想，这些人，这些纽约人，就像他们选了人群中的一小部分专门来解决各类疑难杂症，所以不论碰到什么都找警察。

"只要在我们能力范围之内，我们什么忙都愿意帮。"布拉德说。

女孩又迟疑了。"好吧，如果你们真想知道，"她气急败坏地说，"那上面有一条腿。"

他们礼貌地等待姑娘解释下去，但她就甩下这么一句："上来。"她示意他们跟着她。她领着他们翻过沙丘，来到毗邻一个小海湾的地方。那儿，沙丘突然转为一湾海水。一条腿就横在靠着海水的沙滩上，姑娘指了指那个方向，说："在那儿。"说得好像那是她自己的财产，而他俩硬要跟她分一杯羹。

他们走到那条腿的旁边，布拉德小心地俯身。"是一条人腿没错。"他说。那条沙滩上的腿看起来像蜡像的一部分，死白死白，从靠近大腿根的地方一直截到脚踝上方，切口非常平整，膝盖的部分稍稍弯曲。"是真的，"布拉德说，他的嗓音显出一丝不安，"你是应该找警察。"

他们一同走到午餐铺，布拉德打电话报警的时候，铺子老板没精打采地听着。等警察到了之后，他们又一起走回那条腿横着的地方。布拉德把他们的名字和住址留给警察，然后问："我们现在可以回家了吗？"

"你们还待在这里干吗？"警察故作幽默地问，"等着看他余下的部分？"

他们回到度假屋，和男女主人说起那条腿。男主人道歉，仿佛他的客人撞见一条人腿，作为东道主的他对这种不悦负有责任。女主人饶有兴趣地说："有条手臂被冲到了本森赫斯特的沙滩上，之前我在报纸上读到的。"

"这种杀害时有发生。"男主人总结说。

回到楼上后，玛格丽特突然没头没尾地说："我觉得这种事总是最先发生在郊区。"布拉德问："什么事？"她不安地说："人们开始四分五裂。"

为了让度假屋的男女主人觉得这条腿没有毁掉他们的旅途，他们一直待到下午的晚些时候才搭火车回纽约。再次回到公寓后，玛格丽特觉得连大楼底楼前厅的大理石都已经老了几岁，才过了两天，地板上就冒出几条新裂纹。电梯好像在生锈，公寓里的每个角落似乎都覆上了一层灰。他们回到床上的时候也觉得浑身不自在。第二天早晨，玛格丽特一醒来就说："今天我哪儿也不想去。"

"你不是还为了昨天的事情感到不舒服吧？"

"不是，"玛格丽特说，"我就是想待在家里休息。"

聊了几句之后，布拉德决定自己出门，他还有重要的人要见，还有想去的地方。在自助快餐店吃了早饭之后，玛格丽特独自回到公寓，拿着她在路上买的那本悬疑小说。她挂好大衣和帽子，坐在窗口，听着窗外传来楼下街道嘈杂的人声，望着楼房之上的灰色天空。

我不会为这种事提心吊胆的，她对自己说，没必要整天想着这种事情，糟蹋我和布拉德的假期。没必要担心，人们都是为了不必要的事情担心。

那支不依不饶的小调再次在她的脑袋里响了起来，带着不合时宜的温柔和怡人音质。街对面的大楼很安静，或许一天中的这个时候楼里没有人在，她让自己的眼珠随着小调的节奏转动，从一扇窗掠到另一扇窗，掠过窗台。她的目光迅速地扫过两扇窗户，小调的一句刚够她瞥过一层楼的窗户，接着她换了一口气，看到下一层楼。大楼的每一层都有着同样数量的窗户，小调的每一句也都有着一样的节奏，接着她再往下看一层，之后是更低的一层。她突然停下了，因为她觉得刚才看过的那个窗台似乎已经无声无息地垮塌，而且碎成了齑粉。等她往回看时，窗台还完整如初地待在原位，很快，她又疑心塌的是上方或者右侧的窗台，再或者是房檐的一角。

没必要提心吊胆，她对自己说，并且逼自己望向大街，不去想任何事情。盯着街道看了太长时间，她感到头晕目眩，于是站起来，走进公寓里狭小的卧室。像所有称职的家庭主妇一样，她在下楼用早餐前就铺好了床，现在她有意把床弄乱，一层层地抽掉床罩、被子和床单，接着重新铺床，花了很长时间塞好边角，抚平每一道皱痕。"弄好了。"她说着，又走回窗口。当她再次望向街对面的时候，那支小调又响了起来，从一扇窗到另一扇窗，窗台碎裂塌落。她探出身子，俯身张望自家窗户下方的窗台，这是她之前从未想过的事情。一部分窗台已经被腐蚀了，当她伸手去摸的时候，几块碎石脱落了。

已经十一点了，布拉德应该在找直喷式打火机，一点之前肯定回不来。她想着写封信给家里，但还没找到纸笔，就打消了这个念头。接着她觉得应该打个瞌睡，她从没有在上午打过瞌睡。她走进房里，爬到床上。躺下的时候，她觉得整栋楼都在震动。

没必要提心吊胆，她再次劝自己，就好像那是一道对付女巫的咒语。但她不一会儿就起身，穿上大衣，戴上帽子。我就出去买点香烟和信纸，她想着，就去街口。乘着电梯下楼的时候，她惊慌不已，电梯的速度太快了。等她走出电梯进了大厅的时候，要不是旁边站着人，她早就落荒而逃了。她疾步走到大楼外的街道上，有一瞬间在犹豫，想着走回去。来往的车子开得飞快，行人和往常一样健步如飞，但是来自电梯的恐慌感驱使她一往无前。她走到街角，跟着那些健步如飞的人，她跑到马路上，卡车的鸣笛仿佛轰在她的脑袋上，背后还有人在大吼，还有急刹车的声音。她盲目地跑着，来到马路的另一侧，停下脚步，四处张望。那辆卡车正在大型车的车道里拐弯。她左右两旁都有人在经过，她成了某种路障，人流在此分成两股，绕过后再汇合。

没有人留意我，她为此感到放心，每个看见我的人都早就走远了。她走进前方的便利店，问店员要了包香烟。此刻，对她而言，公寓楼似乎要比大街更安全——她可以走楼梯。从便利店出来，她走到街角，尽量贴着一侧的楼房走，不愿意把路让给从公寓楼里出来的人。到了四岔路口，她仔细地看着红绿灯，是绿灯，但它看起来随时都会变。多等一下总是更安全，她想，不要再走到另一辆卡车面前。

人群推搡着超过她，有些人在红绿灯变换的时候被困在马路中央。有个女人比其他人的胆子更小，绿灯换红灯的时候，她转身跑回到路缘上，但是其他人都站在路中央，一会儿前俯一会儿后仰，取决于两侧通行的车辆。有个人穿过车与车之间短暂的间隔抵达了马路的对岸，其他人则慢了几秒，只能再等。接着红绿灯再次变换，当汽车减速时，玛格丽特把一只脚伸到马路上准备过街，然而一辆小转弯的出租车忽然冲到她的面前，吓得她打道而回，她又站在路缘了。等到这辆出租车开走，绿灯又要变成红灯了，她心想，我可以等下一班，没必要被困在道路中央。她身旁的男人跺着脚，急不可耐地等着红绿灯变换。两个姑娘走到她前面，站在路缘前的马路上等着过马路，但凡车子开得太近时，她们就往后退两步，一直聊个没完。我应该跟她们站在一起，玛格丽特想。紧接着她们退回到她身旁，而绿灯又亮了，那个没耐性的男人冲到马路上，两个姑娘则等了一小会儿，之后慢悠悠地走，仍旧说个不停。玛格丽特起初跟在她们身后，随后又决定继续等。她身旁很快聚集了更多的行人，他们刚从公交车上下来，准备在此过马路。当红绿灯变了时，她忽然感到自己正在被这群人夹持着往前走，她害怕极了，用手肘挤出一条路来，让自己远离这群人。她贴着路缘内侧的大楼，在那里等着。她觉得，那些准备过马路的人似乎开始注意自己。他们怎么想我？她思索着，挺直了身子就仿佛在等人。她看了看手表，皱起眉头，接着心想，我肯定看起来像个白痴，这儿没有人看我，他们都走得太快了。她再次走到路缘，然而绿灯正又转成红灯。她想，我还是回到便利店买杯可乐，没必要回那间公寓。

看到她回来，便利店店员脸上没有惊讶的表情。她坐下，点了杯可乐，喝可乐的时候，惊慌感再次攫住了她。她想着自己第一次过马路时站在身边的人群，现在已经在好几条街之外了，他们肯定已经通过了数十盏红绿灯，这是因为他们一直在往前走，而她一直在试图鼓起勇气过第一个红绿灯。她很快付了可乐的钱，克制着没说"可乐没有一点儿问题，是自己必须回去，只是这样"。她又一次走到路口。

这一次，红绿灯一变，她就坚定地对自己说，没必要再等。但她还没准备好的时候，红灯就变绿灯了，而在她镇定下来之前，小转弯的车辆又吓到了她，她再次缩回到路缘。她用一种渴望的眼神望着街对面的烟草店，上边就是她的公寓。她想着，人们到底是怎么到达那里的？她知道，有着这样的疑惑，说明自己已经迷失在这座城里。红绿灯变了，她用憎恶的眼神看着它，蠢东西，变来变去，变来变去，一点儿意义都没有，一点儿意思都没有。她诡秘地看着左右两侧的人群，看有没有人在看她，她悄悄地往后退，一步，两步，直到离路缘远远的。再次回到便利店后，她等待着店员露出认出她来的表情，但是他没有任何表示。和她第一次光顾一样，店员用冷淡的语气招待她。当她要求使用电话的时候，他机械地指了指电话机。他不在乎，她想，对他来说，我打给谁都不重要。

她没有时间去觉得自己像个白痴，因为他们一下子就接起了电话，声音很和善，也很快就找到了他。他接过电话的时候，声音听起来既惊讶又平静，她只能用哭腔说："我在街角的便利店里，过来接我。"

　　"发生什么事了？"他听起来并不想过来接她。

　　"求求你，过来接我，"她对着黑色的话筒喊着，不知道话筒能否把讯息传达给他，"求求你，过来接我。布拉德，我求求你。"

这就是生活

"宝贝，"威尔逊太太不安地说，"你确定你自己没问题？"

"当然。"乔说。她再次弯下腰亲他的时候，他往后躲闪着。"妈妈，"他说，"别人看着呢。"

"我还是觉得不应该让他一个人去，"他母亲说，"你确定他会没事？"她问丈夫。

"谁，乔？"威尔逊先生说，"他没事的。对吧，儿子？"

"当然没事。"乔说。

"一个九岁的小男孩完全可以自己出门了。"威尔逊先生说，这几天他已经把这些话给他紧张的妻子重复了好几遍，但仍不失耐心。

威尔逊太太瞅着火车的样子就像在估算敌人的杀伤力。"万一碰上什么事情？"她问。

"看，海伦，"威尔逊先生说，"火车四分钟之后就要开了。他的行李已经上了车，海伦。他会一直坐在自己的座位上，直到火车开到美丽城。我跟行李员打过招呼了，我还给了他几美元小费，他保证火车一停靠美丽城，乔就会提着行李下车。海伦，他已经九岁了，他知道自己叫什么，要去哪里，应该在哪里下车，爷爷还会在站台等他，而且一到家就会给你打电话，还有行李员……"

"我知道，"威尔逊太太说，"你真的确定他会没事？"

威尔逊先生和乔短暂地面面相觑，然后看向别的地方。

威尔逊太太搂着乔的肩膀，趁着乔暂时没有表示异议，她又亲了亲他，但他仍来得及开溜，妈妈的吻落到了他的脑袋上。"妈妈！"乔抗议说。

"我不想我的小男孩有任何事。"威尔逊太太露出一丝勇敢的笑容。

"妈妈，我的天。"乔说。"我应该上车了。"他对父亲说。

"上去吧。"他父亲说。

"再见，妈妈。"乔说着，倒退着走向车门。他迅捷地瞥了瞥站台，之后冲向母亲，在她的面颊上匆忙地亲了一下。"照顾好你自己。"他说。

"别忘了一到爷爷家就给我们打电话，"他母亲说，"每天给我写信。跟奶奶说你每天晚上都要刷牙。要是天气凉了的话……"

"我知道，"乔说，"我知道，妈妈。"

"再见了，儿子。"他父亲说。

"再见了，爸爸。"他们严肃地握了握手。"照顾好你自己。"乔说。

"旅途愉快。"他父亲说。

乔走上火车阶梯的时候还能听到母亲在唠叨："一到那里

就给我们打电话，小心……"

"再见，再见。"他说着，走进车厢。父亲把他的座位安排在车厢尾部的双人座，一坐下，他就下意识地望向窗外。父亲脸上担心的神情让他看起来有些怯懦，他一边对乔挥手，一边重重地点头，仿佛在表示一切都会顺利，表示他们做对了所有的事情。但是母亲没有这么镇定，她的双手搅在一起，凑近火车车窗，她的唠叨只有身旁的人能听到，火车里的人听不见。她的样子让乔担心她已经改变了主意，正告诉他，她还是决定要陪他一起去爷爷家。乔点着头，微笑着，挥手，之后耸肩，表示自己听不见，但是母亲还在说，偶尔紧张地看看车头，仿佛在担心引擎随时启动，会在她还不能完全确保乔会安全的情况下就把他带走。在过去的几天，乔的母亲告诉他去爷爷家路上会经过的每一个环节，以及她对每一个环节的担忧，听了这么多次，此刻的乔觉得他光看妈妈说话的口型就知道她在说"当心""一到就给我们打电话""别忘了写信回家"。终于，火车发动了，稍微停了一会儿，之后再次缓缓开动。乔不再贴着窗户，但仍在挥手和微笑。他很肯定火车启动的时候，母亲在说："你确定你真的没事？"火车往前开的时候，她给他送了个飞吻，他躲开了。

火车把他慢慢带离母亲和父亲的身边，他开始审视四周，心里很高兴。应该只有三个小时多一点的车程，他知道目的地的站名，而且车票已经在外套口袋里放好了。虽然他不想像母亲那样神经兮兮，但他私底下摸了好几次口袋，确保车票在里面。他带了五本漫画书——平时他不会被准许这么做——还有一块巧克力。行李箱和帽子都在，之前他盯着父亲把自己的第一副棒球手套装进箱子里。他的裤子口袋里有一张一美元纸币，因为母亲觉得他必须有点钱以防万一——她每时每刻都担心会出事——比如火车脱轨（尽管父亲已经指出，如果碰到重大意外事件，受害者不需要支付额外的车费，至少在家人被告知之前），又比如碰上什么他爷爷的收入不够负担的事情。乔的父亲觉得乔的兜里应该有点钱是因为万一他想买点什么：一个口袋里没钱的男人没办法出门。"比如说火车上看到个漂亮姑娘，想给她买东西吃。"父亲曾乐呵呵地说。但是母亲严肃地看了看丈夫，说："我们还是希望乔不会做这种事。"当时乔和父亲相互挤了挤眼睛。所以，此刻，乔确认自己有漫画书、行李箱、车票和巧克力，感到口袋里的一美元纸币既轻微又至关重要。他靠着柔软的椅背，目光掠过窗外被火车匆匆抛下的房子，对自己说："这就是生活，孩子。"

在尽情享受漫画书和巧克力之前，他花了一些时间看着车窗外逐渐消失的家乡的房子。在他的前方，在爷爷的农场里，夏天意味着奶牛、马匹，以及在草地上举办的摔跤比赛；在他的身后，是学校和与之相关的无尽烦恼，还有他的母亲和父亲。他想着母亲是不是仍在站台上望着火车，还在嚷嚷他必须写信回家，但是不一会儿，他基本把她忘掉了。他欢快地吐出一口气，贴着椅背，选了本漫画书，关于一个厉害的魔术师在充满敌意的非洲土著部落里冒险的故事，完全是现实主义笔调。这就是生活，孩子。他又对自己说了一次。再次瞥了瞥窗外，有个跟他年纪相仿的男孩坐在篱笆上看火车驶过。有一刹那乔想跟那个男孩挥手，但很快觉得这么做有失旅行者的尊严。再说了，这个篱笆上的男孩穿着脏兮兮的汗衫，这不禁让戴着硬领、穿着西装外套的乔感到别扭。他忽然想念起那件印着"布鲁克林道奇队"的T恤衫，那么舒服，现在装在他的行李箱里。接着，他生出了一个念头：就在火车上把衣服换掉，这样他到爷爷家的时候身上穿的就不是西装了。他越想越带劲儿，这些叛逆的想法正在不必要地把理智逐出他的脑袋。就在这时，有人坐到他身旁的空位上，沉重地呼吸，空气中泛起了香水味和裙子的窸窣声。乔猛然意识到，他的天堂遭到了某个陌生女人的入侵。

"这位子上有人吗？"她问。

乔虽然转头看她，但拒绝承认她的存在。他没好气地说："没人。"没人坐这儿，他心里想，她没看见我想一个人坐在这儿吗？火车上有这么多空座位，她干吗偏要坐在我旁边？

他的样子像沉浸在对窗外景致的凝思中，其实他在心里默念，希望这个女人突然发现自己忘了带行李箱，或是没买车票，又或是想起家里浴室的水龙头没关——随便什么都成，只要能让她在下一站下车，还他清静。

"你要坐很远？"

还要跟我说话，乔心想，她真是打算坐在这里，然后没完没了地烦我，老太婆。"是啊，"乔说，"美丽城。"

"你叫什么名字？"

长到九岁，乔已经很熟悉这些问题的套路，他完全可以一口气答完她要问的——我九岁，我今年五年级，哦，不，我不喜欢学校，如果你想知道我在学校里学什么，我真没学什么，因为我不喜欢学校，我倒是喜欢看电影，我乘火车去爷爷家。说到底，我讨厌不请自来坐在我旁边，还要问我蠢问题的女人。要是我妈妈没有老是教我保持礼貌，我早就收拾好东西，坐到别的位置上去了，如果你再问下去……

"你叫什么名字，小男孩？"

小男孩，乔抱怨着这个称呼，讨厌死了，小男孩。

"乔。"他说。

"你今年几岁？"

他疲倦地抬起双眼，看了看正走进车厢的乘务员。现在指望这个讨厌的女人没有带车票可能已经太晚了，但是有没有可能她上错了车？

"你有车票，乔？"女人问。

"当然，"乔说，"你有吗？"

她笑了笑，说——显然是对乘务员说，因为她用的不再是刚才那种跟小男孩说话的声音，而是跟乘务员、出租车司机、售货员说话的语调——"抱歉我还没买票。我太急着上车了。"

"你去哪儿？"乘务员问。

他们会不会赶她下去？这是乔第一回扭头看她，眼神里充满急切的渴盼。他们能不能行行好，赶她下去？"我去美丽城。"她说。乔一直觉得成人世界唯唯诺诺、缺乏主见，此刻得到了证实。乘务员从一本随身携带的小簿子上撕下一页，往上面戳了个小孔，对这个女人说："两美元七十三美分。"当她翻着手袋找钱时——乔已经对她厌恶至极，要是她真打算买票，难道不该早就把钱准备好？——乘务员拿起乔的车票，对他微笑。"你儿子倒是已经买好票了。"乘务员说。

女人露出一丝微笑。"他比我快一步到车站。"她说。

乘务员给她找钱，继续往车厢的前方走去。"有意思，他以为你是我的小男孩。"女人说。

"是啊。"乔说。

"你在看什么书？"

乔厌倦地放下漫画书。

"漫画。"他说。

"好看？"

"是啊。"乔说。

"看，有警察。"女人说。

乔望着她指着的方位，真的看到——他之前并不相信，因为他知道大多数女人连警察和邮递员都分不清楚——一名警察！这名警察正小心地审视每个乘客，仿佛火车上正藏匿着一个谋杀犯或者国际珠宝大盗。在车厢里张望了好一会儿后，他往前走了几步，来到了车厢尾部乔和这个女人所坐的位置。

"叫什么名字？"他一脸严肃地问女人。

"约翰·奥尔德雷奇太太，警官，"女人立马答道，"这是我的小男孩，乔。"

"你好，乔。"警察说。

乔一下子蒙住了，呆呆地看着警察，点了点头。

"你从哪儿上的车？"警察问女人。

"阿什维尔。"她说。

"在阿什维尔上车的时候，有没有见过一个跟你个头、身材差不多的穿皮草的女人？"

"没见过，"女人说，"为什么这么问？"

"通缉犯。"警察简短地说。

"仔细留心着，"他对乔说，"可能会有赏金。"

警察继续去往下一节车厢，偶尔停下跟看起来落单的女人交谈。接着，车厢尽头的门关上了，警察已经走远。乔转身，认真地瞅了瞅这个坐在自己身旁的女人。"你做了什么？"他问。

"偷了点儿钱。"女人说完，冲他笑了。

乔也冲她笑了笑。如果真要他说实话，在迄今为止的人生经验里，他认为女人当中只有自己的妈妈既漂亮又讨人喜欢。然而，此刻——可能得益于某种非法之徒的光环——他觉得身边这个女人比他之前觉得的有魅力得多。她的样子很漂亮，发丝松柔，笑起来让人舒服，没有化很浓的妆或涂很重的口红，她的皮草温柔地蹭着乔的小手。更重要的是，当她冲他笑的时候，乔知道她不会像其他人一样问他年龄以及喜不喜欢上学等无聊的问题。他对她露出的笑容不自觉地洋溢着友善。

"他们会抓到你吗？"他问。

"会，"女人说，"可能很快。不过一切都值得。"

"为什么？"乔问。犯罪，他很清楚，没有好下场。

"是这样，"女人说，"我想在阿什维尔快活地过两周。我想要这件皮草，看到了吗？我只是想买很多很多衣服和东西。"

"所以？"乔问。

"所以我从我效力的那个小气鬼老板手里拿了点儿钱，逃到阿什维尔，买了几件衣服，看了几场电影，玩了些好玩的，过了一段愉快的日子。"

"听起来像度假。"乔说。

"是啊，"女人说，"我一直知道他们早晚会抓到我，这是肯定的。我一直知道我迟早要回老家，但是这一切都值得！"

"多少钱？"乔问。

"两千美元。"女人说。

"乖乖！"乔说。

他俩都舒服地靠着椅背。乔想都没有多想，就把自己那本有关非洲猎头族的漫画书借给这个女人。等刚才那名警察又走回来的时候，他用狐疑的眼神瞥瞥他们，但是他们紧挨着肩膀，女人显然被非洲历险故事深深吸引了，乔则聚精会神地看着一个会飞的报社记者侦查恶性黑帮罪案的故事。

"你觉得这本书怎么样，妈妈？"警察走过的时候，乔大声地说。女人笑着答道："挺好，挺好。"

警察走过后，车厢之间的门再次关闭。女人柔声说："你知道，我很想看看我能逃多久。"

"不能永远逃下去。"乔说。

"是的，"女人说，"但是我想自己回去，然后把剩下的钱还给他们。我已经有过开心的日子了。"

"就我所知，"乔说，"假如这是你第一次犯这种事，他们应该不会罚得很重。"

"我绝对不会再这么干，"女人说，"我的意思是，你基本上一辈子都在兢兢业业工作，为的就是想有一段这么开心的日子，过完了你就可以无怨无悔地接受惩罚了。"

"我不知道。"乔为难地说，想起了自己犯过的小过错，他拿过爸爸的火柴和雪茄还有其他人的午餐盒。"我觉得就算你现在认定自己不会再犯，有时候……嗯，有时候，你还是会再干。"他心想，反正我老是保证我永远不会再这么做。

"好吧，如果你再这么干，"女人指出，"你下次将得到双倍的惩罚。"

乔笑了。"有一次我从我妈妈的手袋里拿了十美分，"他说，"但我不会再这么干了。"

"和我做的是一样的事。"女人说。

乔摇着头。"要是警察打算像我爸打我那样打你……"他说。

他们不约而同地沉默了。过了一会儿，女人说："嘿，乔，你肚子饿吗？我们一起去餐车？"

"我应该要一直坐在这里的。"他说。

"但是没有你我哪儿都去不了，"女人说，"他们觉得我没问题，全是因为他们要找的女人绝对不可能跟她的小男孩一起出门。"

"别叫我'你的小男孩'。"乔说。

"为什么？"

"叫我'儿子'或者其他什么，"乔说，"就是别叫'小男孩'。"

"好，"女人说，"不管怎么样，我肯定你妈妈不会介意你跟我一起去餐车的。"

"难说。"乔说。但他站起来，跟着女人走出车厢，径直穿过下一节车厢。他们经过的时候，两旁的人都抬头看他们，不过很快又各自低下头。乔心里骄傲地想着，假如他们知道这个看起来无辜的女人和她的儿子每一步都比警察高明，他们肯定会刮目相看的。

他们在餐车里找到了一张空桌。坐下后，女人拿起菜单问："你想吃什么，乔？"

乔看着这个女人，心里美滋滋的，餐车里有忙前忙后的侍者、闪亮的银器、白色的桌布和纸巾。"一下子决定不了。"他说。

"汉堡包？"女人问，"意大利面？还是你更想点两到三道甜点？"

乔睁大了眼睛。"你是说，比如说，可以点蓝莓派和冰激凌，外加热焦糖圣代？"他问，"像那样？"

"当然可以，"女人说，"我们可以把这当作最后一次庆祝。"

"从妈妈的手袋里拿了那十美分之后，"乔对她说，"我花了五美分买软糖，另外五美分买硬糖。"

"是吗？"女人说，身子前倾，表情认真，"硬糖和软糖——是那样吗？我是说，你花钱买的东西跟平时一样？"

乔摇了摇头。"我怕有人看到我，"他说，"我站在大街上两口就把硬糖全吃掉了，那包软糖我连开都不敢开。"

女人点了点头。"这也是我为什么这么快回去的原因，我猜。"她说完，叹了口气。

"好吧，"乔做出实际的决定，"还是先吃个蓝莓派再说，管他的。"

他们静静地吃着午餐，聊着棒球、电视，以及其他乔长大以后想做的事情。有一次那个警察走过车厢，冲他俩愉快地点点头。在乔决定饭后再来一块西瓜的时候，侍者瞪大了眼睛，哈哈大笑。吃完后，女人结了账。他们发现再过十五分钟就到美丽城了，于是赶紧回到座位，把乔的漫画书收进行李箱。

"非常感谢你请我吃这么好的一顿饭。"再次入座的时候，乔对女人说，他很骄傲自己记得这么说。

"没事，"女人说，"你不是我的小男孩吗？"

"不许再说小男孩。"乔警告说。她改口说："我的意思是，你不是我儿子吗？"

乔父亲打点过的行李员打开车厢之间的门，探进脑袋。他微笑地跟乔确认说："五分钟之后就到站啦，孩子。"

"谢谢。"乔说。他扭头看女人。"或许，"他的语气着急起来，"如果你跟他们说你真的很抱歉……"

"不会再这么干了，"女人说，"我真的过了一段开心的日子。"

"我猜也是，"乔说，"但是你不会再那么做了。"

"嗯，我做的时候就知道迟早要受到惩罚。"女人说。

"是啊，"乔说，"现在也逃不掉了。"

火车缓缓进站，乔凑近窗户看爷爷是不是在站台等他。

"我们还是不要一起下车，"女人说，"你爷爷看到你跟一个陌生人在一起会担心的。"

"我猜也是。"乔说着，站起来，提起行李箱。"那就再见了。"他不情愿地说。

"再见，乔。"女人说，"谢谢。"

"没事。"乔说。火车停稳后，他打开车门，走下阶梯。行李员扶他下车，乔一转身就看到爷爷正朝自己走来。

"你好啊，小子，"爷爷说，"你一个人完成旅行啦？"

"那当然，"乔说，"货真价实。"

"从没觉得你不行，"爷爷说，"你妈妈希望你……"

"一到就打电话，"乔说，"我知道。"

"那走吧，"爷爷说，"奶奶在家等着呢。"

他领着乔走向停车场，让乔先上车，帮他把行李箱放好。等爷爷坐到乔身旁的驾驶位，乔扭头再望了一眼火车，那个女人刚下站台就被警察搭住了胳膊。乔探出窗外，猛力地挥着手。"再会。"他说。

"再会，乔。"女人喊道，也在挥手。

"太遗憾了，还是被警察抓到了。"乔对爷爷说。

爷爷笑了。"你漫画书看得太多啦，小子，"他说，"不是每个跟警察走在一起的人都是罪犯——他很可能是她的哥哥或者其他什么人。"

"是啊。"乔说。

"一路上顺利吗？"爷爷问，"碰到什么事没有？"

乔想了想。"我看到一个男孩子坐在篱笆上，"他说，"不过我没有跟他挥手。"

隔壁家的怪人

　　我不说闲话。如果说这个世界上有什么让我憎恨的事情，那就是背地里说人闲话。大概一个礼拜之前，朵拉·鲍尔斯又在杂货店里跟我讲哈里斯家的儿子的坏话，我立马告诉她，假如她再跟我多讲一个字，我这辈子都不会再跟她说话。已经过去了一个礼拜，我确实再也没跟朵拉·鲍尔斯讲过一个字，我就是这么讨厌背地里说人。汤姆·哈里斯太惯他的儿子了，这小子需要吃顿鞭子，这样他肯定不敢再这么胡闹，我已经跟汤姆·哈里斯说过不下一百次了。

　　现在一想起住在隔壁房子的邻居，我就不禁怒从心头起，假如不是他们，要是我看到镇上有人在杂货店或街角压低声音谈论仙子和妖精，肯定会笑出声的。他们每个人都清楚，世上根本没有仙子和妖精，而且从来就没有过，都是人们绞尽脑汁编出新的法子讲的故事。就像之前说的，我不在背地里说人，就算是关于神仙妖怪的事我也不说，而且我真心觉得简·多金脑子有点不好使。话说回来，多金一家的脑子到最后都不听使唤。简的妈妈在简现在的年纪就犯过糊涂，在给蛋糕节做蛋糕时，连鸡蛋都忘记放了。有人说她是故意为之，想报复不给她摊位的主办方，但大多数人说她是年纪大了，开始忘事了。我敢说她肯定时不时就真的在花园里守候精灵。多金家的人一到那个年纪，张口闭口就是那些东西，简现在就是这样，已经有六个月了。

我叫艾蒂·斯宾纳，住在主街上倒数第二栋房子里。在我家之后只有一栋房子，在那栋房子之后，主街就被森林取代——森林的名字叫"斯宾纳树丛"，为纪念我的祖父造了全村第一栋房子。在那些奇奇怪怪的人搬进来之前，我家后面的房子属于巴顿家，但是巴顿在城里找到了工作，之后一家子都搬走了，他们也是时候这么做了，因为这之前的一整年，夫妻俩都靠着大姨子和她老公的接济过活。

好吧，等巴顿一家终于搬走——假如你要我说实话，他们走的时候还欠镇上所有人的钱——没多久那些奇怪的人就搬进来了。我看到他们家具的时候就知道他们不正常。在那之前，我知道他们是一对年轻的夫妇，应该刚结婚没多久，因为我看到他们来看房子。当我看到他们的家具进屋的时候，我意识到我们合不来。

那天早上大概八点，搬家公司的货车就来了。当然，那个时候我早已经洗干净盘子，也收拾好屋子了，所以，我就准备坐到一边的门廊上看看那对邻居，然后真的注意到很多先前没有注意到的事情。那天很热，我刚给自己做了沙拉当午餐，边廊有庇荫，很适合大热天坐着吃饭，所以我没有错过任何一件搬进那房里的东西。

最先搬进去的是椅子，全是现代设计，没有正常的椅腿和座位。我总说，一个买那种变态家具的女人对自己的房子一点儿也不会上心，不说别的，清洁那种细瘦椅腿周围的地板太容易了，如果你扫地不愿费点力气，怎么可能扫得干净？接着，她有很多矮桌进屋，这种事情骗不了了：一旦你看到那些小矮桌，就可以肯定那屋子会招待很多酒鬼，那种小矮桌是专门给开鸡尾酒会的人准备的，因为他们需要很多地方搁玻璃杯。海蒂·马丁就有一张那样的小矮桌，她喝起酒来近乎犯罪。然后，我看到了一个又一个大酒桶被搬进屋子，我就百分百肯定了。而且，新婚的人既然有这么多碗盘，其中肯定少不了鸡尾酒杯，这事情你没法跟我辩。

那天晚些时候，等他们搬好家，我去了杂货店，正好碰到简·多金，她说她一点儿也不意外，因为那些新搬来的人有一个女佣——是女佣，跟着这家人吃住，而不是那种一个星期来打扫一次的保洁工。我说我没注意到女佣，简说大多数我没见着的东西，她也根本不愿相信真有其事，但是韦斯特家的女佣如假包换，就在十分钟前她还来杂货店买了一只鸡。我俩都不觉得她有足够的时间烹饪一整只鸡来做当天的晚餐，不过我们一想，可能鸡是留到明天吃的，至于今晚，韦斯特夫妇或许打算下馆子，女佣可以给自己炒个鸡蛋什么的。简确实点出了有女佣之后的一件麻烦事——她一辈子也没用过女佣，如果她是那种有女佣的人，我也不会跟她说话——你永远也别想有任何剩菜。不管预算是否充分，你每天都必须买新的肉。

回家的路上，我试着看能不能碰到那个女佣。从杂货店回我家最快的路是横穿隔壁房子的后院。尽管通常不这么做——你不会跟一个正在走捷径的邻居闲聊——但我觉得今天得早点回去做晚餐，所以就横穿了韦斯特家的后院。韦斯特是这对夫妇的姓氏，但我不知道女佣叫什么名字，因为连简也还没弄清楚。我抄近路的决定是明智的，因为正好碰到了女佣，她就在后花园里，跪在地上，双手在土里挖着什么。

"晚上好，"我尽量表现出礼貌，"地上挺潮湿的。"

"我不介意，"她说，"我喜欢地上长的东西。"

坦白说，她讲话很客气，但我觉得她这么大年纪，还出来做女佣怪可怜的。这家伙肯定是穷得揭不开锅，必须找活儿干，瞧瞧现在，她开心得跟吃了甜瓜似的。我觉得她也有可能是夫妇俩的老阿姨，他们用这种方式帮衬她，所以我仍旧用礼貌的口气问："我看到你今天刚搬进来？"

"对。"她答得很简略。

"这家人姓韦斯特？"

"对。"

"你是韦斯特太太的母亲？"

"不是。"

"姨妈？"

"不是。"

"不是她家亲戚？"

"不是。"

"你只是女佣？"说完后我才意识到她可能不喜欢别人这么说，可话一旦说出口就收不回了。

"对。"在这种情况下，她答话的语气十分客气了。

"我猜活儿很累？"

"不累。"

"只要服侍他们两人？"

"对。"

"我猜你不喜欢干这个？"

"活儿不坏，"她说，"当然了，我要用很多魔法。"

"魔法？"我问，"用魔法可以帮你快点干完活儿？"

"对啊，"她说话的时候既没有微笑，也没有挤眉弄眼，"你完全想不到，我现在跪在地上，双手挖土是为了做晚饭给主人吃，对吧？"

"没想到，"我说，"完全没想到。"

"看！"她说，"这是我们的晚饭。"她给我展示了一颗橡果，我发誓她真是这么做的，橡果里有一朵蘑菇和一小撮草。

"看起来完全不够吃啊。"我说，准备离开。

她朝我笑了笑，仍旧拿着橡果跪在地上。过了一会儿，她说："如果晚上有吃剩的，我给你盛一盘，你会发现这很填肚子。"

"你不准备烧鸡吗？"我说。我已经离开她有半码远了，但我确实想知道，如果她知道他们不准备吃鸡，干吗要买？

"哦，那只鸡，"她说，"是给我的猫吃的。"

天哪，谁会买一整只鸡给猫吃？不管怎么说，猫要怎么啃鸡骨头？我一回到家就给简打电话说，杂货店老板霍尼韦尔先生应该拒绝卖鸡给她，或者至少让她买些更合适猫吃的东西，好比肉酱。就算简和我冷静下来，也压根儿不信猫真的会吃那只鸡，又或者她真的有猫。疯子真是想到什么就说什么。

但我清楚那天晚上隔壁房子里没有人吃鸡。从我的厨房窗户能俯视他们的餐室，要是我站在椅子上，什么都看得清清楚楚，那晚他们吃的东西是从一只热气腾腾的棕色大碗里盛出来的。想到那颗橡果，我禁不住笑，因为那只大碗看起来确实像颗巨大的橡果。或许那是她疯狂念头的来源。当然，之后她真的送来一碗吃的，留在我的后门台阶上，因为我不想这么晚了还给一个疯婆子开门。我对简说，我当然不打算吃这个疯婆子做出来的奇怪东西。不过我还是拿着一把勺子搅了搅，闻起来没什么异样。里面有蘑菇和豆子，但其他东西我说不清。简和我都觉得我们一开始的想法应该没错，鸡是留给明天吃的。

我向简保证，我会设法看一眼他们屋里的样子，看那些华丽的家具是怎么摆的，所以第二天早上我把他家的碗送回去，而且正大光明地走到前门门口——镇上的大多数人都习惯从别人家的后门进出。既然他们刚来，而且因为我不知道要怎么跟那种有女佣的人家打交道，就走到前门并敲了敲门。我起了个大早做了一堆甜甜圈，所以把碗拿回去的时候里面是满的，也因为起得早，我知道隔壁屋子里的人也起来了，他是七点三十分出门上班的。他应该是在城里上班，所以必须这么早就出去。简觉得他是坐办公室的，因为她见过他走路去火车站，而且样子一点儿也不急。简说，坐办公室的人不需要踩点上班，但我不清楚她究竟是怎么知道这些的。

年轻的韦斯特太太开的门，我必须说她看起来很和善。我之前猜，既然有用人把早餐端进房里，她应该还躺在床上，那种有用人的家都是这样，但她已经换上了粉色的家居服，而且没有丝毫困意。她没有马上请我进门，所以我往门口挪了半步，接着她后退了一点儿，问我愿不愿意进去。我必须说，虽然那些家具样子滑稽，但她把它们布置得很漂亮，窗户上有绿色的窗帘。从我的房里，我看不出窗帘上的花纹，但是一进她家，我就看出是那种手工绣的绿叶图案，那地毯（我当然看到他们搬进去了）也是绿的。有些搬进屋的大箱子一定是用来装书的，因为书架上有这么多书。我还没细想就说："天哪，你一定整晚都在忙活，这么快就把东西全收拾好了。不过我都没看到你家开灯。"

"是马莉做的。"她说。

"马莉是你家用人？"

她微微笑了一下，说道："说实话，她更像教母，而不是女佣。"

我不想自己看起来总是一副多管闲事的样子，所以说："马莉一定忙坏了。昨天她在外面挖你们家的后花园。"

"对。"这些人说话都这么简略，很难套出什么话来。

"我给你带了些甜甜圈。"我说。

"谢谢你。"她把碗放在其中一张矮桌上——简觉得她们一定把酒藏了起来，因为我到现在为止连酒的影子都没看见——接着，她说："我们可以把甜甜圈喂给猫吃。"

哦，我可以老实说，我不太在意她们那样做。"你们一定养了只胃口很大的猫。"我说。

"对，"她说，"我不知道没有它，我们要怎么办。当然，猫是马莉的。"

"我没见过它。"我说。要是我们准备聊猫，我猜我有很多话可以讲，六十多年来，我养了一只又一只猫。不过我觉得两位女士聊猫显得不太得体。就像我之前跟简说的，这家女主人按理说应该想打探很多村里的事情，哪些人住在这里，买五金要上哪家买之类的——事实上，我已经成功地劝说了十多个人远离汤姆·哈里斯的五金店，因为就一磅*钉子，他要我付了十七美分——我就是那种可以帮她摸清镇上一切的人。但她仍然继续聊着那只猫。"……它很喜欢孩子。"她说。

"我猜它是马莉的伴儿。"我说。

"嗯，它一直在帮她。你懂的。"她说，就在那一刻，我觉得她可能也是疯子。

"那只猫怎么帮马莉？"

"用它的魔法。"

"这样啊。"我说。我赶紧道别，准备一回家就打电话，因为村里人有权知道村里发生的事。没等我走到门口，女佣就从厨房出来了，向我道早安，非常客气。接着她对韦斯特太太说会把前面那间卧室的窗帘弄好，她问韦斯特太太想没想好要什么图案。就在我站在那里目瞪口呆的时候，她拿出一把蜘蛛丝——我之前或之后都从没见人拿出过整理得这么干净的蜘蛛丝，也没见人想过这么做——手上还有一根冠蓝鸦的羽毛和一小卷蓝缎带，她问我觉得她的窗帘怎么样。

那一刻我吓坏了，我夺门而出，一路逃到简的房子。当然，简压根儿不信我。她把我送回家，这样她也可以看一眼

---

* 重量单位，一磅约等于 453.6 克。

那家房子的外观，要是她们没走，我这辈子都会吓得六神无主。她们真的给前面那间卧室装上了窗帘，柔软的白色丝绸，上面有蓝色花纹，简说样子像冠蓝鸦的羽毛。简还说她家的窗帘是她见过的最漂亮的窗帘，但是我每次看到它们都浑身发抖。

没过两天我就有了新的发现。都是些小事情，而且有些事情发生在我自家的房子里。有一次，我的后门台阶上出现了一篮葡萄，我发誓我们村子长不出那种葡萄。不说别的，它们亮得像撒过银粉，闻起来像某种异国香水。我把它们扔进垃圾桶，但留下了前厅餐桌上出现的一条绣花小手帕，这条手帕现在还收在我的梳妆台抽屉里。

有一天，我在篱笆柱上发现一枚彩色的顶针。还有一回，我养了十一年多的猫萨曼莎进家门的时候戴着绿色的项圈。我给它摘项圈的时候，它还对我呲牙咧嘴。还有一次，我在厨房餐桌上发现了一只用叶子编的篮子，里面装满了榛果，一想到有人问都没问就随意进出我家，而且还踪影全无，我就吓到腿软。

这家疯子搬到隔壁的房子之前，我从没有碰到过这种事情，有天早上在街角遇到阿克顿太太的时候我也跟她这么说。当时年轻的奥尼尔太太正好经过，告诉我们她带着孩子逛杂货店的时候，碰到了马莉。孩子因为长牙在哭，马莉就给了他一粒绿色的糖咬着。我们都觉得奥尼尔太太敢让自己的孩子吃那家人的糖，八成也是脑袋糊涂。我们这样跟她说了，我告诉她们那些蹊跷的事情：看不见的酒、一晚上就整理好的家具、在后花园里挖土。阿克顿太太说她当然希望那家人不要因为屋子带后花园，就觉得可以加入花园俱乐部。

阿克顿太太是花园俱乐部主席。简说按规矩，该当主席的人是我，因为我有镇上最老的花园。但阿克顿太太的先生是医生，我猜人们担心要是他的太太当不成俱乐部主席，他们生了病会不会被阿克顿先生耽误。不管怎么说，你一定觉得阿克顿太太本人可以决定谁能、谁不能进花园俱乐部。但我必须告诉你，关于那家人加入俱乐部的事，我们所有人都跟阿克顿太太统一阵线，尽管第二天奥尼尔太太告诉我们，她不觉得那家人都是疯子，因为她孩子的牙前一晚很顺利地掉了。

你知道吗，这段日子那个女佣每天都来杂货店，而且每天都买一整只鸡，别的什么都不买。简看到女佣去杂货店，她也每天跟着去，她说那个用人每天都是只买一只鸡。有一次，简跟这个女佣说他们家肯定很喜欢吃鸡，这话冒犯了女佣，她直直地看着简，当面告诉她，他们一家都吃素。

"除了猫，我猜。"简说，冒犯女佣的时候她自己也很紧张。

"对，"女佣说，"除了猫。"

最后，我们都断定，肯定是他从城里带吃的回家，尽管我说不清为什么那家人会觉得霍尼韦尔先生的杂货店不够好。奥尼尔家的孩子牙长好后，汤姆·奥尼尔给这家人捎了一袋刚摘下来的甜玉米。他们肯定喜欢极了，因为他们给奥尼尔家的孩子回赠了一条蓝色的绒毯。那条毯子这么柔顺，年轻的奥尼尔太太说孩子再也不想要其他毯子，不管是冬天还是夏天，不管毯子用得多旧。这孩子还开始长个子，长得壮壮的，你都认不出这就是当初那个病弱的孩子。但我觉得奥尼尔家一开始就不该接受陌生人的礼物，他们根本不知道这里面的羊毛干不干净。

　　接着我发现他们在隔壁房子里跳舞。一晚接一晚，每晚都在跳。有时候我躺在床上一直到十点十一点还睡不着，听着那些邪教的音乐，希望能鼓起勇气去敲门叫他们不要跳了。倒不是说噪声有多吵——我会说音乐很柔和，有点像催眠曲——但是人们无权那样生活。每个人都应该在适当的时间睡觉，在适当的时间起床，把白天花在做正事和家务上。做妻子的就应该煮饭给丈夫吃——而不是每天吃城里带回来的罐头——还应该时不时带一个自己做的蛋糕到邻居家聊聊天，关心镇上发生的事情。最重要的是，做妻子的应该自己去杂货店，她可以在那里认识邻居，而不是只派用人去买东西。

　　每天早上我出门都发现草地上有仙女环，这儿的人都会告诉你仙女环预示着早冬，隔壁那家人连煤都没想到要买。我每天都留意着亚当斯和他的卡车，所以很清楚隔壁家的地窖里没有煤——我只需在自家花园俯下一点身子就可以看清他们的地窖，他们把里面打扫得干干净净，什么杂物都没有，仿佛准备在那里会客。简觉得他们会是那种一到冬天就出门旅行的人，把扫雪的责任全部甩给邻居们。不过，他们的房子，你唯一能看见的就是地窖。其他窗户都被绿色窗帘掩得严严实实，一丝缝都不留给外面的人，而里面的人还在继续跳舞。我真希望那些晚上我能有勇气走到他们家的前门去敲门。

　　很快，玛丽·科恩也觉得我应该这么做。"你有权这么干，艾蒂，"有一天在杂货店碰到的时候，她这么跟我说，"你完全有权要求他们晚上保持安静。你是离他们最近的邻居，你应该这么做。跟他们讲，他们这是在糟蹋自己在村里的名声。"

好吧，我没有足够的勇气，那是不争的事实。偶尔我见到韦斯特太太在后花园散步，或者女佣马莉提着篮子从森林里走出来——毫无疑问，是去采橡果——我至多是对她们点点头。在杂货店里，我必须跟玛丽·科恩说我没法这么干。"他们是外国人，这是主要原因，"我说，"他们是外国人。他们听不懂我们说的话，总是答非所问。"

"假如他们是外国人，"朵拉·鲍尔斯插嘴说，她正好来杂货店买做蛋糕用的糖粉，"按照常理，他们本来就不该搬到这里。"

"嗯，我绝对不去外国人家里做客。"玛丽说。

"你不能用对待正常人的方式对待他们，"我说，"我去过他们家，记得吗？虽然算不上你们口中的'做客'。"

讲到这里，我必须再跟她们讲一次家具和喝酒的事情——按照常理，整晚跳舞的人肯定也在喝酒——我用奶奶的食谱做出来的这么好的甜甜圈被用来喂猫。朵拉觉得这家人来村里肯定没好事。玛丽说她不知道有谁能挺身而出打电话报警，因为谁都不能确定这家人的所作所为是否已经触犯了法律，接着我们必须停止说这些，因为女佣马莉进来买鸡了。

你可能会觉得我像某个委员会的主席，朵拉和玛丽拼命用肘部戳我，对我使眼色，仿佛我有义务代表她们跟马莉说话，但我跟你明讲，我绝不会犯第二回傻。最终，朵拉发现怂恿我没用，所以她行动了，趁女佣转身对她说"早上好"，朵拉立马站出来说："女士，村里很多人都想了解一些情况。"

"我想也是。"女佣说。

"我们想知道你们来我们村里做什么。"朵拉说。

"我们觉得这是个适合居住的好地方。"女佣说。你会发现朵拉一下不知该怎么接话，谁会只因为这是个好地方，就搬过来住？我们村里的人住在这儿是因为他们出生在这儿，不是说搬就搬的。

我猜朵拉也知道我们都在等她，她深深吸了口气，然后问："你们打算在这里待多久？"

"喔，"女佣说，"我不觉得我们会待很久。"

"就算他们不待很久，"玛丽之后说，"也可以造成很多破坏，比如带坏村里的年轻人。随便举个例子，我听说哈里斯家的孩子又被州警抓到无证驾驶。"

"汤姆·哈里斯对儿子太温和了，"我说，"那个野孩子需要好好吃一顿鞭子，而不是看到这些刚搬到村里的人每晚喝酒，跳舞。"

正说到这儿，简也进了杂货店，她听说村里的孩子们都开始造访我隔壁的那家人，他们学会了去森林里——我敢说，还有他们自己父亲的花园里——摘蒲公英和浆果。孩子们都在说我隔壁那家人养的猫会说话，说猫给他们讲了很多故事。

好吧，你可以想见，那又触碰了我的底线。现如今，孩子们有太多自由了，无法无天，所以那些乱七八糟的东西才会钻进他们的脑袋。安妮·李进杂货店的时候，我们问她的想法，她说应该有人报警，这样不用等到真有人受了伤害，一切才停止。她说，假如某个孩子在那家人的家里犯了错——

我们要怎么确保他不会永远被关在里面？对，我可以坦白告诉你，这想法不太妙，但安妮·李看事情的阴暗面总是很准。按照我的原则，我尽量不跟孩子打交道，只要他们离我的苹果树和甜瓜远远的就好，我连谁是谁家的孩子都分不清。我只认识马丁家的儿子，因为他有次从我家的前院偷了一块马口铁。我不得不报警，但我不愿去想那家人的猫会帮忙管教孩子，这根本不正常。

而且你不知道吧，就在第二天，那家人拐走了阿克顿家最小的儿子，连三岁都没满。阿克顿太太忙于花园俱乐部的事情，放任自家儿子和姐姐一起跑到森林里去，大家唯一能弄清的事实是那家人抓住了他。简打电话跟我说了这事。她是从朵拉那里听说的，朵拉在杂货店里的时候，正巧阿克顿家的姑娘跑到超市来找妈妈，说弟弟在森林里走失了，还说她最后见到弟弟的时候，女佣马莉就在附近挖土。简告诉我，阿克顿太太、朵拉、玛丽·科恩外加五六个邻居一起直冲我家隔壁的房子，她说我最好快点出门以防错过好戏，还说要是她到晚了，我得告诉她发生了什么。她们冲来的时候，我刚刚走出自家前门，大概有十到十二位母亲，浩浩荡荡地过来，她们都气坏了，没有时间去害怕。

"快来，艾蒂，"朵拉对我说，"这次她们终于要行动了。"

我知道要是自己退缩不前，简一辈子都不会原谅我，所以也走出门，来到主街，去到隔壁家的房子。阿克顿太太准备好上前敲门，她这么生气。但她还没敲，门就开了，门口站的是韦斯特太太和阿克顿家的小男孩，他俩笑得那么高兴，好像根本没事发生。

"是马莉在森林里找到他的。"韦斯特太太说。阿克顿太太一把将儿子抓到自己身边。你可以猜到这家人一直在吓唬他，因为他一到自己母亲身边就大哭起来。他唯一能说的词是"小猫"，你能想见，我们都吓得汗毛竖起。

阿克顿太太气到没办法说话，她最终还是说出："不许再接近我的孩子，听到了没？"韦斯特太太看起来很惊讶。

"是马莉在森林里找到他的，"她重复说，"我们正准备送他回家呢。"

"我们能猜到你们准备怎么送他回家。"朵拉大喊道。紧接着安妮·李突然在队伍后方高喊起来："你们为什么不滚出我们村？"

"我猜我们会的，"韦斯特太太说，"我们没料到事情会发展成这样。"

那真是一个热血沸腾的时刻，没什么比有人糟蹋这个村子更让我恼火的。是我的爷爷在这儿造了第一栋房子，所以我忍不住发言了。

"外国人！"我说，"你们都是信邪教的，坏坯子，整天跳舞，还雇女佣。你们早走早好。因为我最好把话跟你们说明白……"我用手指指着她的脸，"这村里的人不会再忍受你们的不良作风，你们听好——我是说，你们最好听着——现在就收拾好你们的家具、窗帘、女佣，还有猫，自己滚出去，不要逼我们赶你们走。"

简声称她没有听到我真这么说，但其他在场的人可以给我作证——除了阿克顿太太之外，她对任何人都没有好话。

不管怎么说，就在那一刻，我们发现这家人给了阿克顿家的男孩某样东西，为了收买他的好感，因为阿克顿太太掰开他的手掌，发现了这东西，而且他一直在哭。等她把东西展示给我们看时，真让人难以相信，但这家人有什么事情做不出来呢？这是一个小小的金苹果，闪闪发亮。阿克顿太太使出了最大的力气，把苹果砸到门廊上，小男孩则颤抖得像树叶一样。"你的东西我们一样也不要。"阿克顿太太说。正如我之后跟简说的，看到韦斯特太太脸上的表情真叫人难受。有一阵，她就站在那儿看着我们，接着她转身走回屋里，关上大门。

有人想往窗户扔石子，但是，正如我跟她们说的，破坏私有财产是犯法的，我们最好还是把需要使用暴力的事情留给男人，所以阿克顿太太把小儿子带回家，我回家给简打电话。可怜的简，这场好戏这么快就收场了，她都还没时间把塑形衣穿上。

我刚拨通给简的电话，就从前厅的窗户看到一辆搬家公司的货车停在隔壁家的门口。工人们开始搬出那些华丽的家具。我把这些说给电话那头的简听，她却毫不惊讶。"没有人能这么快搬家，"她说，"他们之前肯定在想着偷偷带走那个小男孩。"

"或者是女佣在施魔法。"我说着，简笑了。

"听着，"她说，"去看看有没有别的情况——我会等在电话这头。"

就算我走到前面的门廊上也看不到什么，只有搬家公司的货车和源源不断的家具被运出。我没看到韦斯特太太或女佣的身影。

"他还没从城里回来，"简说，"我从这儿能看到主街。他今晚回来，她们会有新闻说给他听。"

这家人就是这么走的。我在里面出了很大的力，但简偏要惹我生气，说主要的功劳非阿克顿太太莫属。等到他们带着大包小包彻底走人的晚上，简和我打着手电筒去他们家的房子看他们造成了多大的破坏。房子里一件东西都没有留——连一根鸡骨头、一颗橡果都没有——除了楼上有只冠蓝鸦的翅膀，这东西不值钱，拿回家也没用。我们下楼之后，简把翅膀扔进了火炉。

还有一件事，我的猫萨曼莎养了猫崽。你可能一点儿也不惊讶，但这绝对让我和萨曼莎都弹眼落睛，它已经超过十一岁了，生育年龄早就过了。这个老家伙！假如看到它像年轻的母猫那样手舞足蹈的样子，你会笑得合不拢嘴的。它轻手轻脚，跳得那么开心，仿佛觉得自己在做一件从来没有别的猫做过的事情，那些猫崽让我发愁。

人们当着我的面不会对我的小猫崽说什么，这是当然的，但他们还在继续说着有关精灵和妖怪的胡话。事实上，那些猫崽都有着亮黄色的毛、橘色的眼睛，个头要比正常的猫崽大很多。有时候，我在厨房里忙的时候，我看到它们全都在盯着我看，看得我脊背发冷。镇上有一半的孩子都求我送猫崽给他们——他们喊这些猫崽叫"精灵猫"——但是没有大人会要这些猫。

简说这些猫肯定不对头，话说回来，我很可能这辈子都不再跟她讲话。她连猫的闲话都要说，我这辈子就是忍受不了别人暗地里说闲话。

失踪的姑娘

她一边在房间的某个角落轻声摆放东西，一边哼着不成调的小曲儿，哼个没完。坐在书桌旁的贝齐收紧双肩，把头埋进书本，希望自己专注的样子可以让室友知道应该安静，但室友还在哼哼。贝齐犹豫着要不要做些什么把事情挑明，比如把书猛地扔到地上，或是大喊吵死了。虽然之前也几次陷入同样的困境，但自己没本事跟她发脾气，就是没本事，她这么想着，头更深地埋进书本。

"贝齐？"

"嗯？"贝齐仍旧努力装出专心学习的样子，但她突然意识到自己对房间里发生的一切了如指掌。

"听着，我准备出去。"

"这么晚了，你要去哪里？"

"我反正要出去。我有事要做。"

"那就去吧。"贝齐说，虽然她没法生室友的气，但这不意味着她必须要对对方的生活表示出兴趣。

"待会儿见。"

门"乓"的一声关上了。贝齐感到一阵轻松，继续读她的书。

事实上，等到第二天晚上，才有人问起贝齐她的室友去哪儿了。这个问题听起来就像随口问问，所以完全没有引起贝齐的警惕。"你整晚都一个人？"那人问，"她出去了？"

"一整天都没见着她。"贝齐说。

这之后的一天，贝齐才开始觉得有点儿不对，主要是因为房里的另一张床一直空着。她才想到应该去"营长妈妈"那里报告，但这个念头让她备感压力。（"你知道贝齐做了什么吗？她冲到老阿姨简那儿说她的室友不见了，这么长时间这个糊涂的姑娘都不知道在……"）贝齐先跟其他人提了这事，每一次都用随意的口气问她们有没有见过她的室友，之后她才发现自从星期一的晚上，室友跟她说完"待会儿见"并离开后，就没有一个人再见过室友。

"你觉得我要不要去告诉老简？"第三天，贝齐问了一个营友。

"这个嘛……"她也在斟酌，"你知道，假如她真的不见了，你可能也会有麻烦。"

营长妈妈是个有耐心、幽默、让别人觉得舒服的人。她的年纪大到完全可以当任何营地教官的妈妈，她有足够的智慧，也让人觉得她阅历丰富。她仔细地听完贝齐的话，问："你是说她从星期一晚上起就不见了？今天已经是星期四了，你现在才来报告？"

"我之前不知道要怎么办，"贝齐老实说，"她可能只是回家了，或者……"

"或者……？"营长妈妈说。

"她说有事情要做。"贝齐说。

老简拿起电话，问："她叫什么名字，阿尔伯特？"

"亚历山大。玛莎·亚历山大。"

"给我玛莎·亚历山大家的电话。"老简对电话那头说。营地办公室设在一栋有着精致镶板的房子里，一端是办公室，另一端则是厨房、餐厅和综合休息室。老简和贝齐都可以听到老简的助理米尔斯小姐气呼呼的声音。"亚历山大，亚历山大。"她边说边开抽屉，翻着纸页，"简？"她突然喊道，"玛莎·亚历山大来自……"

"纽约，"贝齐说，"我记得。"

"纽约。"老简对电话那头说。

"好嘞。"隔壁房间的米尔斯小姐说。

"从星期一起就不见了，"老简看着书桌上她刚记下的笔记，提醒自己说，"说是她有事情要去做。有她的照片吗？"

"可能没有，"贝齐的语气不是很确定，"也有可能房间里有她的报名照。"

"哪一年的？"

"树精，我觉得，"贝齐说，"我是树精这一年的，我是说，他们通常让树精跟树精一起住，地精和地精一起住，资深猎人和……"听见老简桌上的电话铃响起来，贝齐不再说下去。老简接起电话，用轻快的口气说："你好，是亚历山大太太吗？我是菲利普斯十二至十六岁女子夏令营的尼古拉斯女

120

士。对，是的……我很好，亚历山大太太，你好吗？……听你这么说我也很高兴。亚历山大太太，我打电话主要是问问你女儿的情况……你的女儿，玛莎……对，对，玛莎。"她对贝齐扬了扬眉毛，继续说道："我们想跟你核实她是否已经到家，或者你知道她在哪里……对，确认她现在在哪里。她在星期一的晚上突然离开营地，出门的时候没有在前台登记，当然啦，我们要对所有姑娘负责，所以就算她只是回家，我们也必须……"突然她不说话了，目光炯炯地盯着远处的墙。"她没回家？"老简问，"那么你知道她在哪里吗？……会不会在朋友家？……其他人有没有可能知道她去哪儿了？"

营地的护理员叫希尔达·斯卡莉特，但是大家都叫她威尔，她负责的营地医务室也没有玛莎·亚历山大的记录。威尔坐在老简办公桌的另一侧，紧张地搓着手，坚持说星期一晚上留在医务室的两个姑娘，一个是得了毒藤性皮炎的地精，另一个是发癔症的树精。"我想你清楚这一点，"她抬高了嗓门对贝齐说，"假如她一离开，你就把这事跟我俩中的任何一个人说，事情都不会……"

"我并不清楚，"贝齐说，"我不知道她之后会不回来。"

"我觉得，"老简语气沉重地说，用那种想找人背黑锅的眼神看着贝齐，"我觉得我们不得不通知警方。"

这是警察局长第一次造访女子营地，他叫胡克，是个居家好男人。他自己的女儿从没去过这种夏令营，因为胡克太太不想让女儿在外面过夜。这也是胡克局长第一次被要求来做侦查工作。他之所以这么长时间都安安稳稳地坐在这个位子上，是因为镇上的人都喜欢他们一家子，也因为当地酒吧里的年轻人都喜欢他，还因为他二十年以来的工作表现完美无瑕——把醉鬼关起来，在小偷认罪之后逮捕他们。在像菲利普斯十二至十六岁女子夏令营附近的这种小镇里，罪案类型和小镇居民的脾性息息相关：偷狗或者打断鼻梁骨已经算是可能发生的最令人震惊的罪行。说胡克局长根本没能力处理夏令营姑娘的失踪事件，没有人会怀疑。

"你说她当时要去一个地方？"胡克局长问贝齐，看在营地护理员的分儿上，他把雪茄搁到一边，看起来很担心老简会觉得自己的问题很愚蠢。因为胡克局长习惯了抽着雪茄说话，一下子没了雪茄，他的嗓音变了调，几乎在发颤。

"她说她有事要做。"贝齐对他说。

"她是用什么口气说的？听起来像是真的，还是你觉得她只是随便说说？"

"她就是这么说的，"贝齐说，当大人显得不可理喻时，她就呈现出大多数十三岁女孩都有的执拗，"我都跟你说八遍了。"

胡克局长眨了眨眼，清了清嗓子。"她听起来高兴吗？"他问。

"很高兴，"贝齐说，"我记得，她整晚都在唱歌，当时我正想静下心来做我的自然笔记。"

"唱歌？"胡克局长说。他很难理解一个即将失踪的姑娘有什么理由唱歌。

"唱歌？"老简说。

"唱歌？"威尔·斯卡莉特说，"你从没跟我们提起这个。"

"就是在哼小曲儿。"贝齐说。

"什么曲子？"胡克局长问。

"就是哼哼，"贝齐说，"我已经告诉你了，就是随便哼哼。当时我已经为我的自然笔记焦头烂额了。"

"你猜她会去哪儿？"

"我不知道。"

胡克局长一下子想到了什么。"她对什么感兴趣？"他突然问，"你知道的，比如运动、男孩子或者其他。"

"菲利普斯女子夏令营里没有男生。"老简厉声说。

"但她还是有可能对男孩子感兴趣，"胡克局长说，"再比如，书本？你知道的，看书？又或者，棒球，也许？"

"我们还没找到她的活动表，"营地护理员说，"贝齐，她参加什么兴趣活动小组？"

"我的天。"贝齐费力地思索起来，"戏剧？我觉得她参加的是戏剧小组。"

"她参加的是谁的自然学习小组？小约翰，还是屹耳？"

"小约翰，"贝齐答得不是很肯定，"我觉得。我很肯定她在戏剧组是因为我觉得我记得她提过《煮扁豆时经过的六个人》*。"

"那应该是戏剧组，"老简说，"错不了。"

胡克局长已经开始觉得这些信息都只是让情况更加模糊，他说："唱歌怎么说？"

"《煮扁豆时经过的六个人》里面有唱歌。"威尔·斯卡

---

* *Six Who Pass While the Lentils Boil*，由斯图尔特·沃克（Stuart Walker）最初发表于 1921 年的短剧，讲的是一个男孩为母亲照看锅里正在煮的扁豆时，有六个人经过了他的身旁。

莉特说。

"她有没有提过男孩子？"胡克局长问。

贝齐又思索起来，她搜刮着自己对睡在房间里另一张床上的人记忆：扔在地上的脏衣服、摊开的行李箱、马口铁盒子里的饼干、浴巾、毛巾、肥皂、铅笔……"她有自己的钟。"贝齐说。

"你俩做了多久室友？"老简问，她的语气微带嘲讽，仿佛是为了尊重胡克局长她才尽力压制自己更尖刻的一面。

"去年和今年，"贝齐说，"我是说，我俩同时申请今年的营地，所以她们又安排我们住在一起。我是说，我大多数的朋友都是资深猎人，所以我当然不能跟她们做室友，因为她们只让资深猎人和……"

"我们知道，"老简的声音也开始尖了起来，"有没有人给她写信？"

"我不清楚那些，"贝齐说，"我只看自己的信。"

"她走的时候穿什么衣服？"胡克局长问。

"我不知道，"贝齐说，"她走的时候我没有回头看她。"她有些不耐烦地瞥着胡克局长、威尔·斯卡莉特，再后是老简。"我在忙我的自然笔记。"

这之后是房间搜查，贝齐被请到门外，老简和威尔·斯卡莉特都兴致盎然，胡克局长则感到有些尴尬。当属于贝齐的东西被排除在外之后，剩下的东西少得可怜。有一本打字机打出来的《煮扁豆时经过的六个人》剧本，一幅拙劣的埃科湖的油画，这个湖是营地的一部分。有本笔记本，和贝齐的那本有着同样的标签：自然笔记。但本子是新的，没有压扁的野花或冠蓝鸦的蓝色羽毛。还有本从营地图书馆里借的《格列佛游记》，老简肯定觉得这本书意义非凡。没有人说得出她走的时候穿什么衣服，因为衣橱里的衣服全是贝齐的，房里的夹克衫和鞋套都是贝齐的朋友留下的。第二个梳妆台的抽屉里放的是几件皱巴巴的内衣、一双厚袜子，还有一件红色套头衫，但贝齐很确定那件套头衫属于另一边营房里的某个树精。

仔细核对兴趣小组的列表之后，他们发现，虽然她报名参加了戏剧组、自然学习组和游泳组，但她在三个组的出勤率都很可疑。多数教官对出勤率的记录都很马虎，他们中没有人记得哪个姑娘哪一天来上课。

"但我能确定我记得她。"小约翰说。这是个二十七岁的热心姑娘，戴着牛角框眼镜，手势优雅地把脸旁的碎发拨到脑后，让人觉得到了冬天她会把头发盘起来。她对胡克局长说："我很擅长记人脸，我觉得我记得她是'兔子'的一个朋友和亲戚。对，我肯定我记得她，我很会记人脸。"

"啊，"图书管理员说，她给老简当助理的时候被喊作米尔斯小姐，在图书馆工作时则被叫作"炸药桶"，"这个年纪的姑娘长一个样。她们想的也一样，身材也一样，都有小毛病。我们大家都年轻过，胡克长官。"

"老天，"一个浑身是肌肉的年轻女子说，她被叫作"泰山"，因为她教游泳，"你有没有一次性教过五十个戴白色泳帽的姑娘？"

"榆树？"自然学习组的教官说，她的外号叫"蓝鸟"，"我是说，她难道不是榆树姑娘吗？她写了篇关于枯萎病的好文章？不对，好像是另一个姑娘写的，迈克尔斯？不管怎么说，不管是谁写的，那是篇好文章。你知道的，对我们来说，这种文章非比寻常，所以会特别记得。没有注意到这两个姑娘——假如她真的走失了，可能是去斯莫基道上找蕨类植物了。我让姑娘做个关于蕨类植物和野蘑菇的专题研究。"她说到这里停了停，眨了下眼睛，很可能是为了吸收更多的叶绿素。"蕨类植物，"她说，"认识更多的蕨类植物大有好处。"

　　"反正她们中没几个有天分，"绘画组的教官说，"在任何提倡进步教育的学校里，这种事情……"她疲惫地指着倚着树桩或堆在石头上的画布，紧张地耸了耸掩在她簇新的蓝黄格子衬衫下的肩膀，"当然只具有心理学上的意义。"她快速补充道："如果我记得这个姑娘，她应该是画了某种抽象的东西，几乎可以看到不情愿，或者说拒绝的姿态……如果我找到这幅画，你马上就能明白我的意思。"她毫无热情地翻着堆在石头上的画布，之后收回了手，说道："为什么我总是……"她擦去蓝色牛仔裤上的颜料印迹。"奇怪，"她说，"我可以发誓她有幅画留在了这里。不过是那种抽象的东西——毫无设计感，也没有眼界。"

　　"她有没有，"胡克局长问贝齐，"有没有提过她可能想去的地方？比如某个外国的地方？"

　　老简的声音听起来怪腔怪调的。"她的家长明天就到。"

　　胡克局长紧张地搔着前额。"去年秋天，霸道山上走失过一个猎人。"他暗示说。

　　随之而来的是对霸道山的搜寻。很意外，在对霸道山沿途每家每户的盘查中有了一个发现。当时，有位家庭主妇正在自家窗前看丈夫有没有打完牌回家，她觉得自己看到了一个小姑娘正沿着公路走，时不时地，过路车的车顶灯照出她的身影。

"不过，我不能打包票说那是个姑娘。"家庭主妇紧张地承认，"一般来说，吉姆晚上出门打牌的时候，我会去睡觉。但那天晚上我没睡，是因为我们炒了点蛤蜊做晚餐。我喜欢蛤蜊，但他们都不喜欢……"

"她穿什么衣服？"胡克局长问。

这个女人想了想。"是这样的，"过了半晌她终于说，"我觉得她是营地里的姑娘，是因为她穿的是裤子。话说回来，也可能是个男人，或者是男孩子。不知怎么的，我觉得是个女孩。"

"她有没有穿外套？有没有戴帽子？"

"穿了件外套，我记得，"女人说，"至少是那种短夹克。她沿着路走向琼斯关卡。"

琼斯关卡通往霸道山。要弄到姑娘的照片几乎不可能，她贴在夏令营报名表上的照片那么模糊，那么毫无个性，看起来就像营地里的其他近百个女孩。不过，从照片来看，她应该是深色头发。接着，他们发现有个男人曾经让一个女孩搭便车到琼斯关卡。据说那个女孩有深色的头发，穿着蓝色牛仔裤和一件短装的麂皮夹克。

"但我不觉得她是营地里的姑娘，"男人老实地说，"她说话的方式完全不像菲利普斯夏令营里的姑娘，她不像。"他说话的时候，瞅了瞅胡克局长。"比尔，你还记得那个去本·哈特家的年纪最小的姑娘吗？"

胡克局长叹了口气。"你有没有看到其他人开车经过这条路？"他问。男人很确定地摇了摇头。

营地里有位外号叫"小猪"的年轻教官当晚正从镇上开车回家，在临近琼斯关卡的公路某处时，她清晰地记得有人躲在树后的阴影里。她没法说这个身影是不是一个女孩，甚至不知道是人还是动物，但胡克警长还是无情地拷问了她。

"你能不能看着姑娘的家长，然后诚实地告诉他们，你当时就这么袖手旁观？"他斥责"小猪"，"看着这个无辜的女孩见死不救？"

威尔·斯卡莉特已经把自己关进了医务室，坚持服用镇静剂，而且要求任何人都不能打扰她。夏令营的宣传人员接听所有电话，统筹搜寻工作，面对报社记者有问必答，但当地报社老板的十七岁的儿子被给予所有事件动向的第一手资讯。这个男孩突发奇想，觉得应该派架直升机来搜寻霸道山，所以夏令营就斥巨资雇了一架直升机，但是六天的搜山工作一无所获。之后，报社老板的儿子跟父亲坦白，比起继承报业，他更想要一架飞机，最后这家报社由一个远房表亲接手。有人说，这个姑娘在七十五英里外的一座小镇出现过，烂醉如泥，试着在鞋店找工作，但鞋店老板没法核实她是否是照片上的姑娘，之后证实这个令人起疑的姑娘实际上是当地镇长的女儿。失踪姑娘的寡母悲痛难支，进了医院，之后是她的舅舅赶来营地，亲自督导搜寻工作。营地里的姑娘们在自然学习小组教官和资深猎人的带领下，足迹遍布霸道山，寻找折断的树枝或者做过标记的岩石。尽管当地最好的男女童子军加入帮忙，他们还是一无所获。之后大家才听说，那个戴着皮制裹腿和条纹头巾、出了名怕冷却百折不挠的老简，当着胡克局长的面醉得半死，男童子军不得不临时搭了担架把她抬出去。这让很多人误以为失踪姑娘的尸体曾经被找到过。

　　镇上大多数的人都相信女孩遇害了："你懂的"，她的尸体被埋在琼斯关卡以东的某座浅坟里，那儿有最繁茂的树林，而且从山坡一路绵延到泥泞河岸。在琼斯关卡和霸道山打过野味的有阅历的镇里人说，如果那边的森林里埋了具尸体，找不到天经地义。往山里走十英尺，保准迷路，况且泥沼早就这么深了。镇上的人都觉得这个姑娘是天黑后遭到了营地里某个教官（应该是某个平日不太说话的教官）的尾随，直到她走到喊破喉咙也没人会听见的森林深处……镇上的人还记得他们的祖父辈知道有人被那样干掉过，之后就再也没人知道那些失踪的人的音讯了。

　　在夏令营里，大家相信是镇上某个生性卑劣的人（他们试图用粗俗、懒惰、几代近亲通婚来解释，因此导致了家族中一半的后代都是白痴，而另一半则是人渣）引诱这个女孩去山里完成某项任务，之后就在那儿强暴并杀害了她，再把她的尸体埋了。营地里的人都相信可以用青柠来处理尸体——天知道这些乡下人在谷仓里堆了多少青柠，处理十具尸体应该都不在话下——等到搜救工作开始的时候，尸体早就被腐蚀得差不多了。营地里的人还相信这个镇就是世上某个封闭角落的一座落后的村庄，走得越深越能遇见低劣和愚蠢的当地人。营地里的人雄赳赳地指出，今年夏天早些时候的"营地达人秀"让人大跌眼镜，就是因为他们邀请了当地人参加。

搜救行动进行到第十一天，胡克局长已经清楚自己会丢掉饭碗，他静静地坐下和女孩的舅舅、老简、威尔·斯卡莉特开了个会。斯卡莉特在第九天的时候从医务室出来，宣布自己很长时间以来一直是负有盛名的死灵法师，她愿意无偿提供任何性灵方面的帮助。

"我觉得，"胡克局长沉重地说，"我们应该放弃。男童子军一个礼拜之前收队了，今天女童子军也走了。"

女孩的舅舅点了点头。这些日子吃胡克太太做的饭，他长胖了，现在他的裤腰带放得和胡克局长的一样宽。"我们显然没有任何发现。"女孩的舅舅说。

"我告诉过你要去那棵被闪电劈过的橡树边的第四座廊桥下面找，"威尔·斯卡莉特抱怨说，"我告诉过你的。"

"斯卡莉特小姐，我们根本没找到被闪电劈过的橡树。"胡克局长说。"而且我们全都找遍了——这地方根本不长橡树。"他对女孩的舅舅说。

"好吧，我告诉过你要一直找下去，"这位死灵法师坚持说，"我告诉过你还要找通往埃克塞特的左手边的公路。"

"那儿我们也找过了，"胡克局长说，"什么都没有。"

"你知道。"女孩的舅舅说，他没说下去，仿佛这几个字就完整表达了他的想法。他用手背抚了抚前额，充满倦意，长时间肃穆地盯着胡克局长看，之后肃穆地看着老简，后者静静地走到自己的办公桌前，手里拿着一沓纸。"你知道。"他又说了一次。接着，他对着老简语速飞快地说下去："今天我妹妹给我写信了。自然，她很生气。"他打量着老简、威尔·斯卡莉特、胡克局长，看到这些人都在频频点头，他补充道："不过，她所说的当然是她深爱着玛莎之类的，当然没有人希望见到这样一个正当花季的姑娘失踪了，而且很可能遭遇了不测……"他再次看了看其他人，其他人再次点头。"但是我妹妹说，"他接着说道，"不管怎么说……嗯……她很肯定，我的意思是，她觉得菲利普斯女子夏令营负有主要责任。我的意思是，"他说着，又看了看其他人，"她另有三个女儿、一个儿子，我的妹妹，当然我俩都感到非常遗憾，当然我们还在想应该得到什么赔偿，但我的意思是……"他再次用手背擦了擦前额，"……我的意思是这样。最大的女孩叫海伦，她已经嫁到了旧金山，所以有她的份儿。然后——让我给你们看看我妹妹的信——第二个女儿叫简，她也结婚了，住在得克萨斯州的某个地方，有个两岁大的儿子。之后是第三个女儿——哦，她叫梅布尔，她现在和母亲待在家里，帮忙做做家务之类的。嗯，你们明白我的意思了吗？"

这一回没有人点头，女孩的舅舅神情紧张，接着说："她的儿子，他在丹佛，他的名字叫……"

"先不用说了，"胡克局长说，他疲倦地起身，从口袋里摸出一根雪茄，"差不多该吃晚饭了。"他没有特别说给谁听。

老简点点头，理了理手里的纸。"我这儿有全部的记录，"她说，"尽管有个叫玛莎·亚历山大的女孩报名参加菲利普斯十二至十六岁女子夏令营，但她的报名表归在'不符合要求'的档案里，而且没有记录显示她真的来过夏令营。尽管她的名字出现在几门兴趣课的名单上，但没有证据表明她本人参加过任何活动。就我们所知，她没有用过她的饭票，也没有用过洗衣房，没有坐过营地巴士，更没有参加过乡村舞会。她没用过高尔夫球场或网球场，也没去骑过马。按照我们的记录，而且我们有很全的记录，先生，她从没去过任何一个当地教堂……"

"她没用过医务室，"威尔·斯卡莉特说，"或者接受过心理辅导。"

"你怎么看？"女孩的舅舅问胡克局长。

"她也没有，"老简低声说最后一条，"她也没有打过疫苗，或做过任何维生素匮乏的检测。"

一具疑似玛莎·亚历山大的尸体被找到了，当然了，这是一年多之后的事情，当时已经是深秋了，这一年的第一场小雪已经飘落。尸体被埋在荆棘林里，之前没有任何搜救人员愿意去那里，直到两个想找牛仔藏身地的小男孩一点点地摸进了那片荆棘林。当然，已经没法断定女孩是怎么遇害的了——至少胡克局长说不准，他仍旧保有他的饭碗——能够确定的是，她遇害时穿着黑色灯芯绒短裙、一件两面穿的雨衣，戴了条蓝围巾。

她被悄悄地埋在了当地的墓园。贝齐在刚过去的夏天已经成了资深猎人，但没被安排室友。她在坟墓旁站了一会儿，认不出衣服或尸体的任何部分。老简作为营地的负责人参加了葬礼，坟前就站着她和贝齐两人。尽管老简没有为这个在自己手里走失的女孩掉一滴眼泪，但既然她是专程从纽约过来参加葬礼的，她就时不时地用块白色手绢擦一擦眼角。

胡思乱想

　　哈洛伦·贝雷斯福德先生上完一天班之后，刚好有点儿累了，但没到疲惫不堪的程度。在办公室待了八个小时后，他的头面还很干净，没有胡楂儿，裤子仍旧挺括。他特别高兴自己还没有忘记去糖果店拿订好的礼盒。此刻，礼盒已经夹在他的胳肢窝，他迈着轻快的步子走向街角。纽约的每条街至少都有二十个人穿着和贝雷斯福德先生一样的小号灰西装，有五十个人在吹了一天的办公室冷气后还是头面干净、西服笔挺，可能还有一百个小个子男人为自己还记得妻子的生日感到骄傲。贝雷斯福德先生拿着糖果礼盒，打算请妻子下馆子，还想着饭后上戏院碰碰运气，看能不能临时买到票。无论怎么说，今天一切都特别顺利，贝雷斯福德先生心情好极了，边走边哼着小调儿。

　　他在街口停下脚步，想着是坐公交车快呢，还是在繁忙的大街上招辆出租车快呢？去市中心还有很长的路，贝雷斯福德先生通常搭乘第五大道的双层公交车，大概半小时能到，他喜欢在观光层读报纸。他尤其讨厌地铁，也不喜欢坐出租车，因为他必须施展自己并不具备的在公开场合和别人争抢的能力。然而，今晚他已经在糖果店花了太多时间，为了排队给妻子买她顶喜欢的巧克力。如果他打算在晚饭时间之前赶到家，非加紧不可。

贝雷斯福德先生冲到大街上，一边挥手，一边大喊："出租车！"他的声音不可救药地飙向假声男高音。那辆他想招揽的出租车没能破解他的语言，扬长而去，他只好灰溜溜地退回到人行道上，无地自容。一个戴浅色帽子的男人正好停在贝雷斯福德先生的身边，在茫茫人海中，这个男人瞥了瞥贝雷斯福德先生，贝雷斯福德先生也瞥了瞥他——大城市里的人时不时这么做，倒不是真对对方感兴趣。贝雷斯福德先生看到的是浅色帽子下一张瘦削的脸和竖起的大衣领子。这家伙样子挺滑稽，贝雷斯福德先生想着，润了润自己的双唇。或许这个男人觉得贝雷斯福德先生无意识的动作很无礼，反正他皱起眉头，上上下下地打量了贝雷斯福德先生，紧接着转身离开。谁搭上这家伙谁倒霉，贝雷斯福德先生心想。

贝雷斯福德先生通常搭乘的第五大道公交车缓缓进站。他很高兴——这下不用为叫出租车发愁了——赶紧往车站跑去。眼看他伸长的手都已经够到公交车门的抓手了，刚才那个戴浅色帽子的低素质的人用手肘挡开他，硬生生先他一步挤上了车。贝雷斯福德先生嘴里嘟囔着，紧跟其后，但是公交车已经满员，司机把车门关上了。贝雷斯福德先生只能眼睁睁地看着公交车开走，那个戴浅色帽子的人还贴着车门对他咧着嘴笑。

"竟然出阴招。"贝雷斯福德先生自言自语道，别扭地耸了耸藏在大衣下的肩膀。气急败坏的他担心光喊没用，索性跑到大马路上对一辆出租车招手，险些被货车撞倒。贝雷斯福德先生赶忙跳回人行道，货车司机则探出脑袋，对他大吼了几句。贝雷斯福德先生没有听懂他喊了什么，但看到周围的人都在笑，他一发狠，决定往市中心的方向走去。两条街后，他会经过另一个公交车站，那个路口叫车更方便，那儿还有地铁站。尽管贝雷斯福德先生讨厌地铁，但迫不得已也会搭乘，这样才能按时到家。于是，他夹好糖果盒，往市中心进发，他的灰西装几乎没有受到刚才险情的影响，仍旧挺括。贝雷斯福德先生决定把一肚子的气抛诸脑后，想到今天毕竟是太太生日，他重又吹起了小调儿。

他边走边观察路人，刚刚消掉的气让他看人的眼光更为犀利：向他迎面走来的穿高跟鞋的姑娘一脸不开心，她肯定是那种小肚鸡肠的人，要么就是因为她的鞋跟太高；正在看橱窗的这对老夫妇肯定在闹别扭；穿过人群匆匆走来的这个戴浅色帽子、长相滑稽的男人看起来像是对谁怀恨在心……等一下，戴浅色帽子、长相滑稽的男人？贝雷斯福德先生在往前行进的熙攘人堆中迅速回眸一瞥，看到戴浅色帽子的男人正好一百八十度转身，往市中心的方向来，就跟在距离贝雷斯福德先生约十英尺远的后方。贝雷斯福德先生感到很惊讶，他开始加快脚步：怎么回事？大概是因为什么原因下了公交车，又或者是上错车了。就算是这样，干吗不等下一辆车，而非要走路去市中心呢？贝雷斯福德先生耸了耸肩，超过两个边走边聊的姑娘。

等他快走到准备坐车的路口时，贝雷斯福德先生忽然发现戴浅色帽子的男人就在他的右手边，不依不饶地和他并肩走着，这让他有点惊慌。贝雷斯福德先生把头侧向另一边，放慢脚步。这个男人竟然也放慢了脚步，没有看贝雷斯福德先生。

真是碰到鬼了，贝雷斯福德先生想，没为此多费心思。他把腋下的糖果盒夹紧，突然横穿过往市中心去的人潮，径直走进一家商店。进去之后，他才留意到这是家专门卖旅行纪念品的小店。里面客人不多：一位母亲领着女儿，还有一名海员。贝雷斯福德先生走到柜台最深处，开始摆弄一只精致的香烟盒，香烟盒上印有"纽约纪念品"字样，下面画着1939 年世博会主题建筑：特赖龙三角塔和佩里球。

"这东西好玩吧？"母亲对小女孩说，她俩都冲着一只做成马桶形状的火柴盒大笑。贝雷斯福德先生看到，火柴会收进马桶里，马桶盖上也画着特赖龙三角塔和佩里球，也印有"纽约纪念品"字样。

戴浅色帽子的男人也进了商店，贝雷斯福德先生故意背过身去，专注于柜台上的商品，拿起这个瞅瞅，又拿起那个看看。他一半的心思在找没有"纽约纪念品"字样的东西，另一半的心思在疑心那个戴浅色帽子的男人。贝雷斯福德先生先在想这人到底想怎么样，但这个问题很快就被这人到底想找谁给取代了。假如他是有意追随贝雷斯福德先生而来的，那么他一定怀有恶意，不然有什么不能明说？贝雷斯福德先生的脑海中闪过要跟这个戴帽子的男人当面对质的念头，但很快他就担心起由于他个子小和性格胆怯而将引发的很多尴尬局面，只好打消了这个想法。贝雷斯福德先生觉得，最好还是避开这个男人。想到这里，他不紧不慢地走向商店门口，准备和这个戴浅色帽子的男人擦肩而过，然后出去坐公交车回家。

还没等他走到戴帽子的男人身旁，店里的员工就从柜台里走出来，对贝雷斯福德先生露出一丝灿烂的微笑，并且热情地问："先生，有什么看得上眼的吗？"

"现在还没有。谢谢。"贝雷斯福德先生说，赶紧往左走避开店员，但是店员也迈着速度相仿的步伐跟着他，说："还有一些好东西我没放上货架呢。"

"不用了，谢谢。"贝雷斯福德先生说，试图让自己的低沉嗓音听起来坚定。

"看一看吧。"店员不依不饶地说。这个店员真的是死缠烂打，贝雷斯福德先生抬眼瞥了一下店里，看到戴浅色帽子的男人就站在自己的右手边，正低头瞅自己。除了这两个男人，贝雷斯福德先生看到此刻的商店没有别的客人。外面的街道忽然变得缥缈，街上的行人看起来越来越小，贝雷斯福德先生感觉自己在这两个男人的夹持中步步倒退。

"慢慢来。"戴帽子的男人对店员说。他们仍在缓慢地步步紧逼。

"等一下。"贝雷斯福德先生用普通人在这种危急情况下的无助嗓音说，胳膊仍然夹紧糖果盒。"等一下。"他觉得自己再退背后就是墙了。

"准备好了吗？"戴帽子的男人说。这两人同时绷紧了面部的肌肉。贝雷斯福德先生则发出一声大叫，从两人间的缝隙冲出去，夺门而出。他听到背后传来一声更像野兽发出的低吼，然后有脚步声向他逼近。我到街上就安全了，贝雷斯福德先生想着，他赶紧出店，冲进街上拥挤的人潮。大街上有这么多人，他们不能对我怎么样。贝雷斯福德先生继续往市中心走，他的左右两边分别是一个提着大包小包的胖女人和一对勾肩搭背的小情侣。他回头看了一眼，店员还站在店门口望着他，他没看到戴浅色帽子的男人。贝雷斯福德先生把糖果盒换到左手，这样他的右臂就可以腾出来。他想，没必要大惊小怪，现在是光天化日，他们逃不掉的……

　　戴浅色帽子的男人正在前方的街角等着，贝雷斯福德先生犹豫了一下，他心里想，这没有道理，这么多双眼睛看着呢。他鼓起勇气往前走，戴帽子的男人连看都没有看他，而是潇洒自若地靠着一幢楼的外墙点烟。贝雷斯福德先生一走到路口，就赶紧冲到街上，大喊着："出租车！"他发出了连自己都想象不到的超高分贝的音量。一辆出租车停下了，就好像它不敢无视这么大声的呼唤，贝雷斯福德先生充满感激，赶紧走过去。他用手抓着车门把手的时候意识到有只陌生的手压在自己的手上，贝雷斯福德先生注意到那顶浅色的帽子蹭着自己的脸颊。

　　"如果想走就快上车。"出租车司机说。门开了，贝雷斯福德先生没有臣服于来自身后的推搡，而是把手从那只陌生的手之下抽出来，跑回到人行道上。一辆连接上城区和下城区的公交车正好停在路口的车站，贝雷斯福德先生没再多想，冲了上去，往投币器里投了枚五分钱的镍币，走到车尾坐下。戴浅色帽子的男人也上了车，坐在贝雷斯福德先生和后门之间的位置。贝雷斯福德先生把糖果盒放在腿上，试着用理性来分析情况：很显然，我方才不过是无意识地舔了舔自己的双唇，这个戴浅色帽子的男人应该不可能对此怀恨在心，除非他对自己的胡楂儿敏感到神经质。不管怎么样，纪念品商店里还有那个店员呢——贝雷斯福德先生忽然意识到那个店员也是百年一遇的怪人。他先不去多想那个店员，而是把注意力集中在戴浅色帽子的男人身上。如果不是因为自己舔唇的行为引起对方的揣测，又是因为什么？想到这儿，另一个闪过的念头让贝雷斯福德先生猝不及防：这家伙究竟从什么时候起就开始跟踪自己了？他想起了今天更早的时候：下班的时候，他是和一群同事一起离开的，大家有说有笑，之后他想起了今天是太太生日；同事把他送到糖果店门口，然后各自回家。在这之前，他在自己的办公室坐了一整天，就午饭是跟办公室里的三个同事一起出去吃的。贝雷斯福德先生的记忆忽然从午饭时光跳到了他在公交车站第一眼看到戴浅色帽子的男人的那一刻。回想起来，那个戴浅色帽子的男人似乎是要把他推上公交车，推进这拥挤的人堆，而不是为了推开自己，这样他好上车。如果他只是自己要抢着上车，那么一旦上去就不会……贝雷斯福德先生左右张望，现在他乘坐的这辆公交车包括司机在内只有五个人：他自己，就坐在几排之前的戴浅色帽子的男人，另外两个人分别是提着购物袋的老太太和一个看起来像外国人的男人。外国人，贝雷斯福德先生想了想，禁不住多看了那人一眼，外国人，外国阴谋，间谍……最好不要指望外国人，贝雷斯福德先生想。

公交车迅速地开过道路两边的暗色高层建筑。贝雷斯福德先生望着窗外，觉得他们现在应该到了一个工厂区，他记得车之前是往东城方向开的，他准备等到某个有亮光的闹市区再下车。窗外的夜色越来越浓，他忽然注意到一件怪事：就在刚才，有个人站在写有"公交车站"字样的牌子下等着，但是这辆车没有停，尽管那个模糊的人影拼命挥动双臂。贝雷斯福德先生很惊讶，他抬眼看看路牌，这是东三十一街。也是在这个时候，他拉动了座位旁的线绳，告诉司机他想下车。等他站起来，走到车门区的时候，那个外国人模样的男人也站了起来，走到司机位旁边的前门，说："我要下车。"车减缓了速度。贝雷斯福德先生继续往前走，但他不小心踢到了老太太的购物袋，袋子里的小东西滚了出来：一包积木、一袋回形针，稀稀落落散了一地。

"对不起。"车门打开的时候，贝雷斯福德先生说道。他继续往前走，但是老太太猛地抓住他的手臂，说："别担心，我自己可以收拾，要是你赶时间，去忙你的。"贝雷斯福德先生想甩掉她的手，但是她还在说个没完："要是你要在这儿下车，别担心，没关系的。"

一根散开的粉色缎带绕在贝雷斯福德先生的鞋子上。老太太说："是我笨手笨脚，把袋子留在走道当中了。"

等贝雷斯福德先生好不容易挣脱她，车门已经关上，车子又往前开了。贝雷斯福德先生没辙了，只好单腿下跪，在左摇右晃的车上为老太太捡起地上的回形针、积木，还有一包散落的信纸和信封。"我很抱歉，"老太太慈祥地说，"都是我的错。"

他抬眼瞥了一下，看到戴浅色帽子的男人悠然坐在原位。这家伙在抽烟，他的脑袋靠在椅背上，双目紧闭。贝雷斯福德先生尽最大努力把老太太的东西收拾好，走到车头，站在司机旁边。"我要下车。"贝雷斯福德先生说。

"路当中停不了车。"司机头也不回地说。

"那就下一站。"贝雷斯福德先生说。

车子迅速地往前开着。贝雷斯福德先生探身看着前窗外的街道，他看到有个写有"公交车站"的路牌。

"就是这里。"他说。

"什么？"司机问完，已经开过去了。

"听着，"贝雷斯福德先生说，"我要下车。"

"我没问题，"司机说，"下一站。"

"你刚刚开过了站。"贝雷斯福德先生说。

"没人在那儿等，"司机说，"而且你不早点儿跟我说。"贝雷斯福德先生等着，过了一会儿，他看见另一个公交车站，说："这里。"

车子没有停，路过车站的时候甚至都没有减速。

"你可以投诉我。"司机说。

"你听着。"贝雷斯福德先生说。司机抬起一边的眼睛看他，就好像他看起来很滑稽一样。

"投诉我，"司机说，"名卡上有我的编号。"

"要是下一站你再不停车，"贝雷斯福德先生说，"我会把车门玻璃砸碎，叫人来帮忙。"

"你准备用什么砸玻璃？"司机问，"就用那盒糖果？"

"你怎么知道这里面是……"贝雷斯福德问，很快意识到如果他一直搭话下去，他连下一个车站都会错过。他一心想着只有在公交车到站的时候才能下车。此刻他看到前方的红绿灯，车子正好减速，贝雷斯福德先生恰好回头，看到戴浅色帽子的男人伸了伸懒腰，站起来。

车子向一个公交车站停靠，那附近有一排商铺。

"好吧，"司机对贝雷斯福德先生说，"要是你这么着急，就在这里下车吧。"戴浅色帽子的男人从后面下车了。贝雷斯福德先生站在前门口，犹豫了一下，说："我愿意再坐几站。"

"这是终点站，"司机说，"所有人都必须下车。"他用讥嘲的眼神看了看贝雷斯福德先生。"要投诉我的话，请随意。"他说，"我的编号就在那张名卡上。"贝雷斯福德先生下了车，径直走到站在人行道中央的戴浅色帽子的男人跟前。"这实在太荒谬了。"他用严肃的口气说，"我完全弄不明白，但我想让你知道我看到的第一个警察是……"

他没有说下去，因为他看到戴浅色帽子的男人没有在看他，他意兴阑珊，正注视着贝雷斯福德先生身后的什么。贝雷斯福德先生转身，看到一个警察就站在街角。

"你等着。"贝雷斯福德先生对戴浅色帽子的男人说着，奔向那位警察。跑过去的路上，他禁不住想：我到底要跟警察说什么呢？是说公交车司机有意不让我下车，还是说纪念品商店员工胁迫顾客，或是说这个戴浅色帽子的怪人？而且我要怎么解释呢？贝雷斯福德先生意识到他实在没什么可以跟警察说的，他看到那个戴帽子的男人在看自己，接着贝雷斯福德先生突然冲下了通往地铁站的台阶。他走到台阶最底端的时候，从裤兜里掏出一枚五分钱的镍币。他直接进站，向左转就是去市中心方向的站台，他朝那儿跑去。

他边跑边想，这家伙要是知道我往市中心方向去肯定觉得我很傻。假如我够聪明的话，应该反其道而行之；如果我真的绝顶聪明的话，应该不按照他的预想出招。所以他会觉得我到底是一般聪明，还是绝顶聪明呢？

戴浅色帽子的男人在贝雷斯福德先生到达地铁站台的几秒钟之后也出现了，他正往这边走来，手插在裤兜里。贝雷斯福德先生坐在长凳上，他累了，想着：没用的，做什么都没用，他知道我没那么聪明。

地铁呼啸着进入站台，贝雷斯福德先生跑进一节车厢，看到戴浅色帽子的男人上了另一节车厢。就在车门即将关闭的时候，贝雷斯福德先生往外冲，但有个姑娘正好抓住了他的胳膊，大喊着："哈里！看在上帝的分儿上，你这是要上哪儿去？"贝雷斯福德先生就这样被车门夹住了。

车门关了一半，贝雷斯福德先生的手臂还被车厢里的姑娘抓着，她似乎使出了吃奶的劲儿。"这多荒唐啊？"她对车厢里的其他人说，"他连老朋友都装作不认识。"

有几个人在笑，更多的人只是面无表情地看着。

"姑娘，抓着他别放。"有人说。

姑娘笑着，继续抓着贝雷斯福德先生的胳膊。"他还是会跑掉的。"她笑着对身边的人说。有个大个子男人微笑着走过来，说："假如你真这么想留住他，我们帮你把他拽进来。"

贝雷福斯德先生感到施加在自己手臂上的力量忽然变大了，他被拉回车厢里，这群人围在他身旁。此刻，车厢里的每个人都在笑他。大个子男人说："哥们儿，不能这样对待一位姑娘。"

贝雷斯福德先生四处张望，搜寻那位姑娘，但她已经消失在人群中。地铁启动了。过了一会儿，车厢里的人便不再看他。贝雷斯福德先生整了整大衣，看到自己的糖果盒完好如初。

地铁开往市中心方向。贝雷斯福德先生此刻正想破脑袋琢磨着要怎么办：用什么反侦查手段，或是用什么方法躲避这些怪事。然后，他想到了最保险的一招。他听话地待在地铁上，随着地铁接近市区，他在二十三街那站坐到一个位置。他在十四街下车，戴淡色帽子的男人紧随其后。贝雷斯福德先生走上台阶，回到地面。正如他所料，他面前的百货商场打着大广告牌说："今晚营业至九点。"商场的大门随着鱼贯进出的顾客而开开合合，贝雷斯福德先生也进去了。商场给他的第一印象是震惊——商品柜台向各个方向延伸，店里的光打得比任何地方都要亮，人声嘈杂。贝雷斯福德先生沿着一边的柜台慢慢走，先是看到了袜子，有薄的，有棕褐色的，有黑色的，还有丝袜。然后是手袋，打折的手袋被堆在一起，不打折的都是单独包装。再往后是医疗用品，柜台上摆着赤裸着的人体模型，十分不雅观，来这儿买东西的人总是露出一脸尴尬的表情。贝雷斯福德先生走到商店一角拐了个弯，来到了零售品柜台：这儿有便宜到没法摆上丝巾柜台的围脖、明信片，有个小圆桶写着"所有东西二十五美分"，还有墨镜。贝雷斯福德先生买了副墨镜，戴在了脸上。

他从距离他进店的那道门很远的另一道门出去了。他完全可以选择第八个或者第九个入口，但是他的决定已经够复杂的了。他没有再看到那个戴浅色帽子的人的身影。当贝雷斯福德先生向出租车扬招点走去的时候，也没有人横出来挡在他面前。虽然他还在犹豫要不要等到第二辆或者第三辆车再上去，但他最终还是坐上了第一辆停下的车，把自家的地址报给了司机。

他顺利地抵达了自家公寓所在的大楼，小心地下了出租车，小心地走进大楼。那个戴浅色帽子的人没有跟着，也没有其他奇怪的人盯着贝雷斯福德先生。电梯里也只有他一个，没有别人看到他按下的楼层号码。贝雷斯福德先生深深吸了一口气，开始怀疑今天所经历的一切是不是他瞎想出来的。他按下自家公寓的门铃，等着，之后听到了妻子走来的脚步声，累坏了的贝雷斯福德先生终于回到了自己的家。

"你迟到了这么久，亲爱的。"妻子充满爱意地说，但很快她就问："怎么回事啊？"

他看着她，只见她穿着蓝色的长裙，也就是说，她知道今天是自己的生日，而且正等着他带她出去吃饭。他用哆嗦的手把糖果盒递给她，她接过去，但没有心思评价这份礼物，因为她还为他担忧。"到底发生了什么事？"她问道，"亲爱的，过来坐，你的样子看起来糟透了。"

她把他领到客厅，坐在他的椅子上。椅子很舒服，他靠着椅背。

"发生什么事情啦？"她着急地问，她在设法安抚他，解开他的领带，整理他的头发。"你不舒服吗？路上遭遇了事故吗？到底发生了什么？"

他意识到他看起来要比自己实际感觉的更疲惫，而且他很喜欢成为她注意的焦点。他深深地叹了一口气，说："没事，没发生什么事情。我一会儿跟你说。"

"稍等，"她说，"我去给你倒杯水。"

她出去后，他把头枕在柔软的椅背上。当他听见门被妻子带上的时候，心里想着：没人知道那扇门要用钥匙才能打开。很快，他就起身，把脑袋凑在客厅的门上，听见妻子在走廊里打电话。

她拨通了电话，静静等着。"听着，"她说，"听着，他终于回来了。我抓到他了。"

史密斯太太的蜜月

她走进杂货店的时候，显然别人都在讲她跟她的丈夫。杂货店老板双手支着柜台，探出身子和一个顾客窃窃私语，看到她进来，突然站直了，警惕地瞥了她一眼。于是这位顾客立马心领神会，刻意地望向相反的方向，看了好一会儿才把头转回来，急不可耐地看了她一眼。

"早上好。"她说。

"你今天需要哪些东西？"店主问，他的眼珠左右转动，确保店里的所有人都在见证自己有勇气跟史密斯太太说话。

"我需要的不多。"她答道，"我可能周末会出城。"

店里涌起了接连不断的呼气声，她清楚地感到人们正在向她靠近，仿佛店主、店员，还有十多个顾客都在凑近她，竖起耳朵听着。

"一小块面包。"她吐字很清晰，"一品脱牛奶。你店里有的最小的豌豆罐头。"

"没给周末准备什么吗？"店主说完这句，觉得很畅快。

"我可能要出城。"她又说了一次，店里又现出了满意的呼气声。她想：我们每个人都是傻子，我也不比他们更聪明，我们每个人都只能靠猜的，所以我们弄不清楚任何事情……无论如何，不应该在家里没人的时候，让食物留在厨房里白白变坏……

"要咖啡，"店老板问，"还是茶叶？"

"我要一磅咖啡，"她微笑着对他说，"毕竟我更喜欢咖啡。我以前自己一个人就可以喝掉一磅……"

老板的那种充满期待的沉默催促着她继续说道："我还要四分之一磅黄油，还有两块羊排。"

肉柜台的店员尽管在假装自己没有偷听，但他立马称好两块羊排，走过大半个商店，把包好的肉递给收银台前的老板。

至少有一点好，她劝服自己，至少我上哪儿都不用等。就像每个人都知道我赶时间，所以会尽快让我继续上路，不过我猜也没有人愿意多留我，他们只想看看我，拿我当谈资。

等她把买好的东西都装进袋子里时，店主已经准备好送客。就在此时，店主忽然犹豫了，他此前也有过类似的经历，几次都想鼓起勇气对她说些什么。她察觉到了，也明白他想说什么：听我说，史密斯太太，本性难移。我们不是想招人嫌或者什么，而且这儿也没有人真相信这事，但我猜，事到如今，你自己也发现了事情不对头，所以我们只是想（他可能说到这里会打住，瞥一瞥周围的人，需要肉柜台或其他柜台的店员递个眼色），我们都讨论过了，好吧，我们只是觉得必须有个人跟你直说这些话。我猜一定有人犯过这个错，跟你说过一些不该说的，或者跟你的丈夫？当然了，没有人真的想跟你说这些事，尤其当他们知道自己不一定对。但这种事情被提得越多，人们就越难知道他们是对还是错……

酒柜台的店员跟她提过这些，说话的时候他手足无措，最后任凭他的嗓音在她冷冷的质询眼神下逐渐哑去。药妆柜台的员工也试过开口，但忽然面红耳赤，然后说："唉，这是别人的私事，不归我管。"公共图书馆里的女士，还有她的女房东都给过她这种紧张兮兮的眼神，她们想知道她对此事是否知情，有没有人跟她说过这事，想知道那些有勇气开口的人是否最终用的是那种最最温柔、最最宽容的口气，就好像他们在跟某个患了不治之症的病人说话。在他们看来，她和他们不是一类人，命运选中了她；如果这个可怕的事实不是真的（但他们相信此事是真的），她会处在这种最极端的难堪里，那么他们就更应该伸出援手。如果这可怕的事实的确是真的（他们都如此期望），那么他们就与此无关，女房东、杂货店老板，还有店员、药剂师，他们全都生活在空虚里，因为他们永远都不需要面对甚至接近这种恐怖的处境，当然他们也永远感受不到这种处境所能引起的兴奋。如果这可怕的事实就是真的（他们巴不得如此），史密斯太太就是他们的女英雄和救世主，他们之外的力量在操控着这个可怜、脆弱的生命。

史密斯太太提着购物袋走在回家的路上时，脑海中也浮现出其中一些念头。但她至少没有怀疑。经过过去的三周零六天，她几乎可以确信这可怕的事实就是真相。从她和他一起坐在海边长凳上的那刻起她就知道了。

"我希望你不会觉得我粗鲁。"这是他对她说的第一句话，"我总是得用天气来做开场白。"

当时她觉得他比任何人都勇敢，他粗犷得令人难以置信，但她不觉得他粗鲁，"粗鲁"这个词和他完全沾不上边。

"哪有？"当时她这么回答说，"我不觉得你粗鲁。"

要是她当时有时间想一想再开口（简直没办法跟任何人解释），她可能会用从周日礼拜牧师那里学来的含糊口吻说：她是被选中的人，就像她没法控制河水，河水偏偏把她送到这片海滩。她也可能会这么说，就像在此前的人生中，她从未质疑过父亲的任何决定，总是他说什么，她都乖乖照办。所以如今她也很高兴有人替她做出了这个决定，她会说她的人生走向总是清晰得很，一贯如此。或者她还有可能说（想到话里的隐藏含义，她或许会羞红脸），就像其他所有夫妇那样，他们是彼此冥冥中要找寻的另一半。

"男人有时候会很孤独，我觉得。"那晚一同进餐的时候，他对她说，他们坐在海边的餐厅里，就连纸巾都沾有海鱼的味道，桌子的原木还残留着海盐的痕迹，"一个孤独的男人需要找个伴。"紧接着，他仿佛意识到这些话不够温存，赶忙补充说："但不是所有人都有幸能找到像你这样魅力无穷的姑娘。"当时，她听了这话傻傻地笑，很快就意识到这是她命运的前奏。

三周零六天后的此刻，她正拐过街角，走进破旧公寓楼的大门，稍微想了想即将到来的周末。她从来都不喜欢买太多食物，但在那一刻，她想到，要是她必然有那个下场，那么就不可能在星期天买更多东西了。我们必须下馆子，她想，尽管他们在初次见面的那晚之后就再也没有出去吃过饭，即使不是非得省钱，他们也都很清楚，没必要去挥霍他们联名账户上所拥有的大笔存款。他们没有讨论过这些，但史密斯太太出于本能的对丈夫的敬重，让她对他的节俭心照不宣。

通往三楼的楼梯狭窄而陡峭，史密斯太太一下子就认出了她从小被灌输的这套象征符号。此刻，她正把这些知识照搬到自己身上，将脚下的台阶视作她不可违逆的命运旅程，她除了迎头攀登之外别无选择。要是她真的选择转身下楼，那之前付出努力所换回的小小进步就全白费了，她就只能选择另一级台阶从头开始攀登。此刻，她几乎明白，重新来过对她而言只会带来同样的结局。"所有人都经过这样的阶段。"上楼的时候她这么安慰自己。

骄傲不会容许她对当前的局面做出任何让步，所以她没有在走到二楼的时候做额外的停留。只是歇了一下脚，她就继续攀登下一级台阶，她以为自己已经安全度过，就在她几乎要走到自家门前的时候，二楼的房门突然开了，琼斯太太用尖细的嗓子召唤着她，仿佛是听到她的脚步声，琼斯太太特意从自己公寓的最深处跑到门口来似的。

"史密斯太太，是你吗？"

"你好。"史密斯太太对着楼下说。

"等一等，我这就上来。"琼斯太太的门锁"啪"地扣上了，她急匆匆地跑上三楼，追上史密斯太太后，不禁还喘着粗气。"我以为你已经走了，"她在楼梯上说，"天哪，你看上去累坏了。"

这是史密斯太太见惯了的一种态度，他们都把她视为某种珍宝。在她刚搬来的一个多星期里，但凡她表现出一点点异于常态之处，他们就会传得众人皆知，她稍显苍白的面色会坐实他们的揣测，还有她变化的嗓音、她恍惚的眼神、她裙摆上的皱褶——她邻居们的生活就指望这些。史密斯太太这周的早些时候曾想过，要是她的公寓里有什么东西砸落，传出一声巨响，这或许是她能为琼斯太太做的最体贴的事情，不过现在这些都不重要了：只要有一星半点来自史密斯太太的"生活渣滓"，都能充实琼斯太太的生活。

"我以为你不会回家了呢。"琼斯太太说。她跟着史密斯太太走进他们空空荡荡的小公寓。一间小卧室，一间脏兮兮的厨房，还有一间卫生间，这就是史密斯夫妇的蜜月套房。琼斯太太帮忙把购物袋提进厨房，史密斯太太把大衣挂到衣橱里，她还没有心思把行李箱里的东西都拿出来放好，所以衣橱看起来几乎是空的，里面只有两三条她的裙子，以及史密斯先生的一件单外套和一套替换西装——很显然，这只是他们暂时的家，一个歇脚点。史密斯太太没有觉得自己的三条裙子有什么不妥，也没有特别中意史密斯先生的西装，尽管他的衣服显得有点儿陌生，而且这么亲密地靠着她的裙子（就像抽屉里他的内裤这么亲密地挨着她的内衣）。史密斯先生和太太都不是那种花钱大手大脚的人，他们不会把精力花在打点嫁妆上，也不会想要囤积只属于他们两人的纪念品。

"好吧，"琼斯太太走出厨房，"这个周末，你显然不打算下厨。"

史密斯太太的处境让她知道隐私早已是一种奢侈。"我以为我会出城。"她说。

那种充满期待的沉默瞬间再次降临，琼斯太太抬眼看她，之后望向一边，很快，她在墙角边一张软塌的沙发上一屁股坐下，显然决定要说完她想说的才会走。

"是这样，史密斯太太，"她开口说，很快又扯开了，"干吗老是'太太'前'太太'后的？你可以叫我波莉，从现在起我叫你海伦。这样行吗？"她微笑着，史密斯太太回以微笑，心里却想：这些人是怎么知道我的名字的？

"好吧，是这样，海伦，"琼斯太太继续说，决定以此来建立她们之间的亲切感，"我觉得是时候有人坐下来好好跟你聊聊这事了。我的意思是，事到如今，你肯定知道人们是怎么说你的了。"

该来的果然躲不了，海伦·史密斯心想，两个性格截然不同的女人，一个尴尬地站在窗前，穿着棕色的裙子和棕色的鞋子，还留着棕色的头发，这些棕色彼此没什么区别；另一个则坐得这么敦实、笃定，穿的是绿底粉花的家居服和软底拖鞋，衣服和拖鞋风格不同，但是无关紧要。尽管我们会义正词严地否认自己与对方就是同一种人、最终会有同一种命运，史密斯太太想，但现在我们还得装模作样地聊聊天。

"我注意到，"史密斯太太用词很小心，"大家对我们非常好奇。当然了，我以前从来没有度过蜜月，所以我不知道是不是只是因为蜜月的关系。"她露出一丝无力的微笑，但她流露的感伤情绪打发不了琼斯太太。

"我觉得你清楚，这不光是蜜月的关系。"她说，"你不是那种围绕丈夫转的女人。"

"哦，我不是。"史密斯太太必须这么说。

"而且，再说了，"琼斯太太接着说，用挑剔的眼神看着史密斯太太，"你也不是羞答答的十八岁姑娘，你自己也知道，史密斯先生年纪也不小了。你俩都是有一定阅历的人。"琼斯太太似乎觉得自己把话说得很漂亮，她又说了一次："你们都已经不年轻了，所以没有人会期待你们到处买东西、打情骂俏。而且，再说了，你自己应该已经有足够的阅历看出这门婚事有问题。"

"我不知道你指的是什么阅历。"史密斯太太含糊地说。

"我的天！"琼斯太太绝望地摊开双手，"你难道不清楚自己的处境吗？每个人都知道。你看，"琼斯太太靠向沙发的更深处，决定要以理服人，"你一个多星期前来到这儿，刚结婚，和丈夫一起搬进这间公寓。你来的第一天，大家就觉得有些不对头。首先，你俩看起来就不像一对儿。你知道我的意思，你是大家闺秀的样子，但是他……"

粗鲁，史密斯太太心想，忍不住想笑，是的，他说他是个粗人。琼斯太太耸了耸肩，说："第二，你看起来根本不像这房子的女主人，也和我们这座小镇不搭，因为你根本不用担心钱，但是，相信我，我们这儿的人都为钱发愁。你总是一副你理应活得更好的样子。第三，"琼斯太太迫不及待地来到她最重要的一点，"直到两天前，人们才发现你的丈夫就是报上登的那个人。"

"我明白你的意思。"史密斯太太说，"但是报纸上登的那个人……"

"那才是真正让我们担心的事情。"琼斯太太说，她开始掰着手指数，"新婚妻子，便宜的公寓，你还留了遗嘱，说要把钱留给他？你肯定还有保险？"

"对，但那都很正常……"史密斯太太说。

"正常？他看起来就是报上登的那个杀……"她赶紧打住。"我不是想吓唬你，"她说，"但是你必须看清楚他的真面目。"

"很谢谢你关心我，"史密斯太太接过话茬儿，从窗口走到琼斯太太面前，逼得坐着的琼斯太太必须抬起头看她，"这些我都知道。但是有很多很多夫妇都在结婚的时候留下遗嘱，说要把钱留给对方，而且也把对方设为保险金的受益人。有很多很多三十出头的女人都嫁给了四十出头的男人。而且有时候，男人的样子看起来都像是报纸上登的那个男人。而且，这儿的人虽然整天都拿我们说事，但你也知道，没有人真正能拿出证据。"

"我前两天想打电话报警的。"琼斯太太绷着脸说，"但埃德不让我这么做。"

"他大概跟你说，"史密斯太太说，"这不关你的事。"

"但是每个人都这么觉得。"琼斯太太说，"当然没有人真的能确定。"

"这种事情你不可能确定，除非……"史密斯太太尽量保持严肃。琼斯太太叹了口气，说："我真希望你不要拿这事开玩笑。"

"好吧，"史密斯太太冷静地说，"你想要我怎么做呢？"

"你可以设法打听打听，"琼斯太太说，"打听一些可以帮你确定事实的信息。"

"我一直在跟你说，"史密斯太太说，"这种事情只有一种方法才能确定。"

"别这么说。"琼斯太太说。

"我可以离开我的丈夫。"史密斯太太说。琼斯太太被惊到了。"你不能离开你的丈夫,"她说,"要是这一切不是真的,你不能这么做。"

"我没有理由离婚。"史密斯太太说,"而且这种话要怎么开口跟他说?"

"这是当然,这种事情你们不能直说。"琼斯太太说。

"当然了,"史密斯太太说,"我也没办法搜寻他的衣服——他什么都没带来,只有衣橱里挂着的西装和外套,还有他的抽屉,我碰巧摸过这些口袋,不能证明什么。"

"为什么不能证明?"

"嗯,我的意思是,"史密斯太太解释说,"就算我发现了,比如说一把小刀——又能说明什么?"

"但他用的不是……"琼斯太太刚开口,就再次打住了。

"我知道。"史密斯太太说,"我记得那些细节——不过我没有读太多——他一般都用……"

"都在浴室。"琼斯太太说着,哆嗦着,"我不知道,但是刀子可能更容易上手。"

"这由不得我们做主。"史密斯太太苦笑着说,"你看我们听起来有多傻。我俩现在讲话的样子跟小孩子讲鬼故事差不多。我们最终会设法说服对方宁可信其有,不可信其无。"

琼斯太太迟疑了一会儿,不知该做何反应,最终决定要显出自己被轻度冒犯了。"我上来只是为了,"她庄严地解释说,"让你知道人们都在说什么。如果你能冷静下来想一想,你应该能理解为什么会有人想帮你。毕竟,这事情不是发生在我身上。"

"这就是为什么我觉得你不必担心。"史密斯太太柔声说。琼斯太太起身，不过当她把手伸向门的时候，又忍不住转身，她焦急地说："看，我只是想让你知道，假如你任何时候需要帮忙——帮任何忙——就开口大叫，好吗？因为我家埃德会第一时间冲上来。你所要做的只是大叫，或者用脚蹬地，或者，如果可以，冲下楼到我们家来。我们会等着你。"她打开门，尽量用一种开玩笑的语调说："不要泡澡。"接着离开了。到了楼梯口，她的声音又传进门里："记住，你只要大叫就可以了，我们会等着。"

史密斯太太等不及地关上门，在她重新想这事之前，她先到厨房去看看自己买的东西，不过琼斯太太已经帮忙把东西放好了。史密斯太太找到了那磅咖啡，在咖啡壶里倒进适量的水，想到她先前跟杂货店老板说她自己一个人就可以喝光一磅咖啡。史密斯先生很少喝咖啡，咖啡让他紧张。

史密斯太太在阴冷的厨房里忙着，她脑海中升起之前涌起过好几回的念头：她不希望把整个人生用在这些事情上。她父亲的人生不是这样的，他的生活安宁、充满秩序、有条不紊，虽然不精彩，但至少一切都充满熟悉感，或者说充满秩序所带来的美感；当时的史密斯太太还是海伦·伯特伦，总是花上整天整天的时间侍弄花园，或是缝补父亲的袜子，又或者是烘焙母亲教会她做的坚果蛋糕，她只是偶尔才会停下来想想往后的人生会发生什么。

父亲过世之后，她就很清楚，这种有条不紊的生活失去了意义，而且这是她父亲的生活而非她的。当史密斯先生对她说"我猜你从没想过嫁给一个像我这样的人"时，海伦·伯特伦点了点头，那时她就看到了自己注定要重蹈的命运轨迹。

结婚那天，她穿上了那条最漂亮的深蓝色裙子，史密斯先生穿的是深蓝色西装，这样他们一同走上街的时候，至少看起来是般配的。走到半路，史密斯先生硬要停下来，为刚刚成为史密斯太太的海伦买一只毛茸茸的小狗玩具哄她开心。有人正好在街口卖这东西，地摊上有好几只发条狗正在相互追逐，发出那种模仿犬吠的叫声。史密斯太太买了一只，她走进保险公司，把装着发条狗的盒子放在桌子上。在等着看医生的时候，她打开盒子，才发现没有可以用来上发条的锁匙。史密斯先生气坏了，说："那些家伙总想讹钱。"他们赶回那个街角，却发现那个地摊、那个贩子，还有那些发条狗统统不见了。

"这是最让我生气的事情，"他对史密斯太太说，"被这种家伙讹诈。"

如今，这只玩具小狗就站在厨房的碗架上，史密斯太太瞥了它一眼，心想，我可不能把往后的人生都花在这种华而不实的东西上。有时候，她会无限怀念她父亲的房子，意识到那种东西永远跟她无关了，但是此刻，她再次告诉自己："现在的我已经见过世面了。"她很快就想，或许不久之后，人们就开始把心里想的事情挂在嘴边了。每个人都在等着，要是再等下去他们迟早会失去耐心。等她的咖啡煮好后，她倒了一杯拿进客厅，坐在琼斯太太刚刚坐过的沙发上，心想，确实不能久等。毕竟没准备周末的食物，如果我还待在这儿，星期一我还得把裙子送到洗衣店里，明天就要付下星期的房租了。那磅咖啡会是她唯一不去关心的事情。

　　喝完第四杯咖啡的时候——此刻她喝得很快，感到很沮丧——她听见丈夫上楼的声音。他俩还是多少有些生疏，所以她犹豫着要不要多等一会儿再去迎接他，这样她到的时候他正好打开门。接着她尴尬地凑近他，她仍旧不太清楚他回来的时候是不是想亲她，所以就满怀期待地站在一边，等着他礼貌地走近，吻了吻她的面颊。

　　"你上哪儿去了？"她问，尽管这完全不是她心里想问的问题，她问出口的时候也知道他不会坦白回答。

　　"买东西去了。"他说。他手上大包小包的，他选了一个包裹递给她。

　　"谢谢。"她礼貌地说，之后才拆开包装。她从包裹的分量和药妆店的包装就能猜出这是一个糖果盒，当拆开包装的时候，她知道他为买了这盒糖果感到骄傲，她也知道这盒糖肯定会被剩下来，而且它的价值是为了证明这位新婚丈夫仍然会给他的妻子买礼物。她打开盒子，想拿一颗糖，又想，饭前不要吃糖，不过很快她又转念，今晚大概没关系了。

　　"你想来一颗吗？"她问他，然后他拿了一颗。

　　他的举止没有任何异样，也没有紧张的样子，当她说"琼斯太太下午上来过了"的时候，他很快接口说："这个爱管闲事的老女人想干吗？"

　　"我觉得她有点儿妒忌我们。"史密斯太太说，"她丈夫应该早就对她漠不关心了。"

　　"我猜也是。"他说。

　　"你想现在开饭呢？"史密斯太太问，"还是先休息一下？"

"我肚子不饿。"他说。

此刻是他第一次露出马脚，史密斯太太心想，我对周末食物的估计是对的，我猜对了。他没有问她肚子饿不饿——事到如今，两人都知道对方已经心知肚明——因为这一切无关紧要。

史密斯太太告诉自己，现在说什么都只会破坏气氛，所以她就挨着丈夫坐在沙发上，说："我觉得我有点儿累了。"

"一个礼拜的婚姻生活已经把你累成这样了。"他说着，拍了拍她的手，"我们得让你好好休息休息。"

他还在等什么？他到底还在等什么？史密斯太太想着，她再次起身，紧张兮兮地走到窗口，看到窗外的琼斯先生刚好回家，正走上大门口的台阶，他也正好抬头看到了她，向她招了招手。他究竟还在等什么？她又想着，转身对丈夫说："现在怎么样？"

"我猜是时候了。"史密斯先生说，不耐烦地从沙发上站起来。

巴　士

　　老小姐哈珀准备回家，但这个夜晚又湿又脏。哈珀小姐不喜欢出远门，尤其不喜欢坐这辆脏兮兮的小巴出门，但这是她回家唯一的交通方式。之前她就多次跟巴士公司投诉过，不管她要去哪里，他们似乎都没有像样的车给她坐。离开家已经够糟糕了——哈珀小姐总是跟巴士公司指出这一点——更糟糕的是回家也显得如此艰难。今晚哈珀小姐别无选择：要是不上这辆巴士，她就要再等上一整天才能走。她又气又累又郁闷，不耐烦地轻叩着小烟草店的柜台，这家烟草店同时也是巴士站点。您好，先生——她思考着如何开始写她的投诉信——尽管我是个经济情况一般的老妇人，尽管我必须压制外出的欲望，但请容我指出贵公司服务远低于……

　　烟草店外，巴士的轮胎发出响亮的磨蹭地面的声音，它显然一步也不想动。哈珀小姐觉得她已经能听到车子的链条因年久失修而摇摇欲坠的声音。我真的不能再这么折腾了，哈珀小姐想，就算是为了看斯蒂芬妮也不值得，他们真的费尽心思不让你好受。"您好，我可以买张车票吗？"她尖声说。柜台内侧的老头儿放下报纸，嫌恶地瞪了她一眼。

哈珀小姐说了她要到哪里，她懊悔自己气鼓鼓的嗓音，老头儿把票甩在柜台上，说："三分钟之后发车。"

他巴不得告诉我车已经开走了，哈珀小姐想，赶紧点了点他找的零钱。

大雨滂沱，哈珀小姐跑下暴露在雨中的几级台阶来到巴士门前。司机开门的动作很慢，哈珀小姐一边上车一边在想，先生，我真的不能再搭贵公司的车了，你们的售票员脾气很坏，你们的司机阴阳怪气，你们的车子脏到无法形容……

已经有几个人坐在车里了，哈珀小姐在想，他们都是要上哪儿去？难道真的有这么多小镇只有这辆车才会经过？真的有除了她以外的人为了去某个地方可以忍受这样的出行方式，即便是为了回家？我心情很糟，哈珀小姐想，糟透了。对我这种年纪的女人来说，出这样一趟门太消耗了，我得回家。她想着回家后要先泡个热水澡，再倒杯热茶，然后躺到自己的床上。她叹了口气，都没有人主动帮她把行李箱放到巴士上方的行李架上，她偷偷看了看那个背对她坐着的司机，心想：比起帮我，他肯定更希望能赶我下车。接着，意识到自己脾气很坏，她笑了。这家巴士公司或许已经写好了关于我的投诉信，她这么对自己说，心里觉得好受了一些。她很有先见之明地在出发之前就吞了一粒安眠药，希望能在车上尽可能多地睡觉。最后，当她坐到靠近车尾的座位上时，她安慰自己说不用过很久，就可以回家泡澡和喝茶了，然后继续遥想巴士公司写给她的投诉信。女士，像您这样阅历和年纪的淑女应当理解一个寒酸但诚恳的小公司所面临的问题，我们只想要……

她意识到车发动了，因为她的身子突然一震，之后屁股一弹。鞋底的那种咔嗒咔嗒上下颤动的感觉直到她入睡还没有散去。她不舒服地往后靠，头搁在椅背上，随着巴士前后晃动。她周围的人不是在打瞌睡，就是在小声说话，或者看着窗外的亮光和雨水发呆。

她睡觉的时候，有人挪到她身后的位置，把她弄醒了，她的脑袋被推了一下，帽子歪了。有一小会儿，哈珀小姐半睡半醒，抓着帽檐，迷迷糊糊地问："谁啊？"

"继续睡觉。"传来一个年轻人咯咯笑的声音，"我刚从家里逃出来了，就是这样。"

哈珀小姐没有全醒，不过她的眼睛睁开了一条缝，瞅了瞅巴士的顶部。"这是不对的，"哈珀小姐尽量把话说得很清晰，"这不对，回家去。"

又传来一阵咯咯的笑声。"太迟了，"这个人说，"继续睡觉。"

哈珀小姐确实继续睡了。她睡得很不舒服，也很别扭，嘴巴微张。大概是一个小时之后，她的头又被推了一下，那个声音说："我觉得我要在这儿下车了。再会。"

"你会后悔的，"哈珀小姐说，没有醒，"回家去。"

又过了一会儿，司机来摇醒她。"喂，女士，"他说，"我可不是闹钟。起来，该下车了。"

"什么？"哈珀小姐惊醒了，睁开眼睛，开始摸她的手袋。

"我可不是闹钟，"司机说，声音又粗又显得疲惫，"我可不是闹钟。下车。"

"你说什么？"哈珀小姐又问。

"这是你能乘到的最远的地方。你的票买到这里。你到了。我可不是闹钟。叫醒乘客，告诉他们下车，这可不是我的责任。你到了，女士，我没有职责提醒你下车。我可不是……"

"我会投诉你的。"哈珀小姐说，这次她醒透了。她继续找自己的手袋，最后在腿上摸到了，她活动了一下双脚，扶正帽子。她浑身僵硬，做任何一个动作都很吃力。

"投诉我好了，不过你得先下去再说。我还有很长的路要开呢。现在，能不能请你下去，这样我可以继续开车？"

他的嗓门很大，哈珀小姐突然意识到整辆巴士的人都齐刷刷地把脸转向她，他们在笑，在说着闲话，让她感到恶心。司机转过身，走回车头自己的座位上，脚步很重。他说："她把我当闹钟呢！"哈珀小姐笨拙地起身，仍然没有人帮忙，她费劲地取下行李箱，挣扎着拖着行李箱走过走道。行李箱一路上擦碰着其他座椅，她知道人们在看她，她很害怕自己随时会跌倒。

"我绝对会投诉你的！"她对司机说，司机耸了耸肩。

"动作快点，女士，"他说，"已经深更半夜了，我还有很长的路要开呢。"

"你应该为自己感到羞耻。"哈珀小姐气极了，很想哭。

"女士，"司机装出耐心的口气，"请下车。"

车门开了，哈珀小姐让自己镇定下来，把行李箱拖到陡直的台阶上。"她把所有人都当成闹钟呢，必须盯着她下车。"司机在她背后说。哈珀小姐下到了地面。行李箱、手袋、手套、帽子，她都拿好了。她都来不及想清楚，巴士就再次发动了，险些把她带倒。哈珀小姐生平第一次想要追上去挥拳打人。我会投诉他的，她想，我一定要砸掉他的饭碗。接着，她才发现自己下错了站。

哈珀小姐呆呆地站在大雨和黑夜里，意识到自己并没有回到家附近的那个车站，那儿才是这辆巴士应当载她去的地方。她站在大雨中空荡荡的十字路口，这儿没有商店，没有亮光，没有出租车，连人也没有。事实上，除了她脚下那条湿嗒嗒的土路和提醒两条路在此交会的路牌之外，这儿一无所有。不要慌，哈珀小姐几乎用耳语的声音对自己说，不要慌。没事的，没事的，你很快会知道什么事都没有，不要害怕。

她顺着巴士离开的方向跟了几步，但是巴士已经无影无踪。当哈珀小姐气喘吁吁地喊"回来""帮帮我"的时候，除了有节奏的雨声之外，没有任何东西回应她发出的骇人声音。我的声音真老，她想，但是我不会慌。她转了一圈，手里还拽着行李箱。她反复提醒自己：不要慌，没事的。

目力所及之处，没有可以避雨的地方，路牌上写的是"佝偻地"。呵，这就是我所在的地方，哈珀小姐心想，我来到了佝偻地，我压根儿不喜欢这里。她让行李箱立在路牌旁边，试图遥望这条路的尽头有什么。或许有幢房子，或者某种类型的谷仓或马棚，她可以进去歇脚避雨。她的眼泪掉了下来，感到无助和绝望，同时说着："求求了，真的没有一个人路过吗？"当她看到道路尽头有车前灯并意识到真的有人过来帮她时，她跑到马路中间，站在那里挥动双手，她的手套是湿的，挂在腰部的手袋左右摇晃。"这儿！"她喊道，"我在这儿，请过来帮帮我！"

透过雨声，她可以听到汽车引擎的声音。接着，车前灯照到了她，之后，她突然为暴露在大光灯下的自己感到尴尬，拿起手袋挡住自己的脸。这亮光来自一辆小型卡车，它在她旁边刹车停下，靠近她这侧的车窗被摇了下来，一个男人愤怒地吼道："你不想活啦？你是不想活了还是怎么着？平白无故跑到马路中间做什么？找死啊？"这个年轻人转过头对司机说："是个老太太，乱跑到马路中间。"

"求求你们，"看到他似乎准备关上车窗，哈珀小姐赶忙说，"求求你们帮帮我。巴士在我还没到的地方就把我赶下车，现在我迷路了。"

"迷路了？"年轻人狂笑起来，"我还从没听过有人在佝偻地迷路呢。多数情况下，他们都找不到这儿。"他又笑了。司机前倾着身子，几乎是压在方向盘上，仔细瞅了瞅哈珀小姐，他也笑了。哈珀小姐不得不摆出微笑，说："你们能载我一程吗？到最近的巴士站就行。"

"没有巴士站，"年轻人坚定地摇着头，"巴士只有每天晚上才经过，要有乘客下车它才会停。"

"好吧。"哈珀小姐的嗓音不自主地提高了。她突然很害怕跟这些比她年轻的男人正面交锋，或许他们会把她丢在这里不管，把她丢在大雨和黑夜里。"求求你们，"她说，"可以让我上车吗？至少让我避避雨。"

两个男人面面相觑。"送她去老姑娘那儿。"其中一人说。

"她会把车子弄湿的。"另一个人说。

"求求你们，"哈珀小姐说，"我可以付一些薄酬。"

"我们会送你去老姑娘那里。"司机说。"动作快点，你稍微往里挪一挪。"他对身边的年轻人说。

"等等，我的行李箱。"哈珀小姐跑回路牌那儿，不再在乎她的样子，在雨里磕磕绊绊，好歹把行李箱拖到了卡车边。

"她湿透了。"年轻的男人打开车门，从哈珀小姐手里接过行李箱。"我会把它丢到后车厢里。"他说完，转过身，把行李箱扔进卡车的后车厢。哈珀小姐听到了行李箱落到车厢底部时发出的响声，担心自己开箱的时候东西是否安好。我那瓶香水，她绝望地想。"快上车，"年轻男人说，"我的天，你湿透了。"

哈珀小姐这辈子还没有坐过卡车，因为被雨打湿的关系，她的裙子包在身上，手套很滑。年轻人没有伸手扶她，所以她只好一个膝盖跪在最高的一级台阶上，以此借力让自己爬上去。真不敢相信这是真的，她想着。哈珀小姐坐上来的时候，年轻人很嫌弃地往里移，和她保持着距离。

"你成落汤鸡了，"司机说，又压到方向盘上扭头瞅了瞅哈珀小姐，"下这么大的雨，你怎么会在外面？"

"是那个巴士司机，"哈珀小姐开始摘手套，她必须试着弄干自己，"他跟我说我到站了。"

"那应该是约翰尼·塔尔博特，"司机对身旁的年轻人说，"他开那班车。"

"哼，我会投诉他的。"哈珀小姐说。卡车里突然一阵沉默，接着司机说："约翰尼是个好人。他没有恶意。"

"他是个糟糕的巴士司机。"哈珀小姐犀利地说。

卡车没有启动。"你不能投诉老约翰尼。"司机说。

"我肯定会……"哈珀小姐想说下去,但是打住了。我在哪儿?她心想,到底发生了什么?"对,"她最终说,"我不会投诉老约翰尼的。"

司机发动了卡车,他们顺着道路慢慢往前开,一路上都是泥和雨水。前挡风玻璃上的雨刮器有节奏地左右摆动,很有催眠的效果,在他们的车前灯之前还有一道窄窄的亮光。哈珀小姐心想:到底发生了什么?她浑身哆嗦了一下,坐在身旁的年轻人不耐烦地捏着鼻子,往后靠。"她浑身上下都湿透了,"他对司机说,"我也被弄湿了!"

"我们现在去老姑娘那儿,"司机说,"她会知道怎么应付这种事情。"

"谁是老姑娘?"哈珀小姐一动都不敢动,甚至不敢转头,"附近有没有巴士站?或者出租车站?"

"你可以,"司机权衡着自己的话语,"你可以等到明晚这个时候,再上同一辆巴士。约翰尼会开那班车。"

"我只想快点回家。"哈珀小姐说。卡车的座位非常不舒服,她觉得又湿又黏又冷。此刻,家显得那么遥远以至于让她觉得未曾存在过。

"就沿着这条路再往下开一英里左右。"司机用确凿的口气说。

"我从没听过有佝偻地这个地方,"哈珀小姐说,"我不敢相信他怎么可以把我扔在那个地方。"

"可能其他人应该在那儿下车,但他误以为是你。"这个推理似乎触到了年轻人最敏感的神经:"听到没?是其他人而不是你应该在那儿下车。"

"这样的话，他还在巴士上。"司机说道。他俩都沉默了，似乎被这个推论吓到了。

在他们前方一道亮光在闪，透过雨帘隐约可见。司机指了指那里说："就是那儿，我们要去的就是那儿。"等他们靠近一些，哈珀小姐才意识到自己的失落感在膨胀。那道亮光来自看起来像是乡村酒馆的地方，哈珀小姐这辈子还从没有走进过一家乡村酒馆。在暗夜里，酒馆本身只能看出一个大概轮廓，侧门上的这道亮光只够照亮店牌。牌子挂歪了，上面写的是"啤酒和烤肉"。

"还有没有其他我能去的地方？"哈珀小姐怯声问，抓紧自己的手袋，"我觉得不妥，你们知道，我不知道自己该不该……"

"今晚这里不会有很多人。"司机说着，把车开上了酒馆前的车道，停在停车场里。哈珀小姐失望地看到，这个停车场过去应该是座花园。"可能是下雨的关系。"哈珀小姐看着窗外，看着雨，她突然感到一阵激动，好像是受到了欢迎。这是栋老房子，她想，当然啦，这是栋漂亮的老房子。过去，这里肯定是栋好人家的别墅，造得很用心、很结实，这里有着过去时代才有的那种好房子的典雅和得体。"但怎么会？"哈珀小姐问自己，她很想知道为什么这样一栋好房子竟然会在边门挂一盏灯，还歪吊着一块写着"啤酒和烤肉"的牌子。"怎么会？"哈珀小姐问道。但是司机说道："这就是你想去的地方。""把她的行李箱取下来。"他对另一个年轻人说。

"这儿？"哈珀小姐问，忽然为这栋典雅的老房子感到愤愤不平，"到这家酒馆？"哼，以前我就住在这样的房子里，她心想，他们对我们的老房子做了什么？

司机笑了。"你肯定会安全的。"他说。

哈珀小姐拖着行李箱，拿着手袋，跟着这两个比她年轻的男人来到被灯照亮的侧门门口，走过歪招牌底下。羞耻，她想着，他们都没有花功夫好好打理这个地方，这房子需要重新刷漆，螺丝要拧紧，可能屋顶也要换新。接着，司机说："动作快点，动作快点。"他推开这道沉重的门。

"以前我就住在这样的房子里。"哈珀小姐说，这两个年轻男人笑了。

"我敢说你确实住过。"他们中的一人说。哈珀小姐在门口驻足，盯着他们看，意识到刚才的话肯定让他们觉得自己是个怪人。曾经这儿应当有着好几个舒适的房间，天花板很高，房型四四方方，有着高大的门和锃亮的地板，而今这儿成了一整间酒吧，又大又脏，一侧是长吧台，五六张破桌子，角落里有台点唱机，地上是残损的油毯。"哦，不要。"哈珀小姐说。整间房很难闻，雨水正打在没有装饰的窗户上。

有五六个年轻人坐在桌子周围，或者站在点唱机旁，看起来很像把哈珀小姐带到这儿来的两个人，他们看上去都一个样，说话和笑起来都一模一样。哈珀小姐背靠着门，有一阵，她觉得他们都在笑话她。她浑身湿透，心灰意冷，这些吵吵闹闹的人根本不该出现在这栋老房子里。接着司机转身，用手比画了两下。"过来见见我们的老姑娘，"他说着，而后对着这个拉杂的地方说，"看，我们带来了客人。"

"求求你。"哈珀小姐说，但没有人真在注意她。她拉着行李箱，拿着手袋，跟着两个年轻人走到吧台。她的行李箱磕到了自己的腿，她想，我绝不能摔倒。

"贝尔、贝尔，"司机说，"看看我们发现的迷途小猫。"

吧台尽头，坐在旋转椅上的一个大块头女人转过身来，看着哈珀小姐。她上上下下地打量着，看哈珀小姐的行李箱，看她的湿帽子和湿鞋子，看她紧抓在手里的手袋和手套。这个女人似乎不想收回目光，她似乎不费吹灰之力就把哈珀小姐看了个透彻。"鬼话，"女人最终开口说，她的声音令人意外的柔和，"尽说鬼话。"

"她湿透了。"另一个年轻人说。两个男人一左一右站在哈珀小姐身旁，仿佛她是某个展品，大块头女人仍在上上下下地打量她。"求求您，"哈珀小姐说，至少碰到个女人，她或许能有些同情心，能理解我，"求您了，他们在错误的车站把我赶下车。我没法找到回家的路。求您帮帮我。"

"鬼话。"女人说着，笑了，但笑得很收敛。"她确实湿透了。"她说。

"求求您。"哈珀小姐说。

"你会收留她？"司机问。他转身，对哈珀小姐露出轻蔑的微笑，很显然他在等，他显然记得。哈珀小姐在手袋里摸她的皮夹。多少钱合适？她不清楚，但不想问，不是很长的路，但要是没有他们，我或许已经得肺炎了，还要付巨额的医药费。我已经感冒了，她的脑子清楚地转着，从皮夹里挑出两张五美元的纸币。一个人五美元他们肯定没话说，她想着，打了个喷嚏。这两个年轻男人和这个大个子女人都饶有兴趣地瞅着她，他们都看着哈珀小姐抽出两张五美元纸币，而且看到皮夹里还有一张一美元和两张十美元。钱没有弄湿，我想该为此感到庆幸，哈珀小姐想。她动作很慢地把两张五美元纸币分别递给两个年轻人，她觉得他们都在她不留意的时候相互递了个眼神。

"谢谢。"司机说。其实一个人一美元就足够了，哈珀小姐想。"谢谢。"司机又说了一次。另一个年轻人则说："听着，谢谢。"

"谢谢你们。"哈珀小姐用很正式的口气说。

"我会让你住一晚的，"女人说，"你可以睡在这里。明天再走。"她再一次上下打量哈珀小姐。"把身子烘烘干。"她说。

"还有其他地方可以去吗？"接着，哈珀小姐忽然害怕这么问会被认为不懂礼貌。她赶紧补充说："我的意思是，有没有可能今晚就走？我不想打扰。"

"我们有日租房。"女人侧向吧台，"十美元一晚。"

她给我留了回家的车钱，哈珀小姐想，或许我应该表示感激。"我猜我最好，"她说着，再次拿出皮夹，"我的意思是，谢谢您。"

女人收下纸币，又侧向吧台。"房间在楼上，"她说，"你自己选一间，没有别人。"她斜着眼瞄了瞄哈珀小姐，说："明早我保证给你留一杯咖啡。就算打发一只狗，我也会让它喝完咖啡再走。"

"谢谢您。"哈珀小姐知道这样的房子一般会把楼梯设在哪里，她转身，拖着行李箱，拿着手袋，走到曾经是前厅的地方。楼梯果然在那里，这么漂亮，仍然保有黄金比例，她不禁屏息。她退回来，看到大块头女人还在盯着她看，她说：

"以前我就住在一栋这样的房子里。我猜，房子是差不多同一时期造的。这种老房子造得很结实，会一直屹立不倒，房子里的人……"

"鬼话。"女人说，这一次她完全转向吧台了。

这个大房间里的年轻人四散着，彼此聊着天。房间一角，几个人围着把哈珀小姐捎来的那两个男人，他们时不时笑着。此刻，哈珀小姐有些伤感，看看这些人，这么开心地待在一个这么丑的房间里，完全不知道这里以前有多么漂亮。或许可以，她想，跟这些年轻人说说话，这样会很好，甚至可以成为他们的朋友，跟他们谈笑风生，或许他们会有兴趣知道他们聚会的地方以前是淑女的会客厅。哈珀小姐迟疑了一会儿，她不知道应该说"晚安"还是再道一声"谢谢"，又或者是"上帝保佑你们所有人"。接着，反正也没有人看她，她索性上楼去了。走到两截楼梯之间的平台，她看到一扇彩绘玻璃窗，哈珀小姐停下脚步，屏住呼吸。当她还是孩子的时候，她房子里楼梯平台上的彩绘玻璃窗总是透进阳光，洒在楼梯上的阳光披上了上百种颜色。童话般的色彩，哈珀小姐想着，陷入了回忆。我不知道为什么我们现在都不住这样的房子了，我很孤单，哈珀小姐想。接着她又想，但我必须快点换下这身湿衣服，我真要感冒了。

上楼之后，她没再多想就拐弯，走进左手边第一间房，那里过去一直是她的房间。房门开了，她瞥了一眼：显然这是用来出租的卧室，这么丑，这么呆板，看起来就很便宜。她扯了扯门旁边的拉绳，灯亮了，哈珀小姐站在门口，为脱落的墙纸和凹陷的地板感到伤心。他们到底对这栋房子做了什么？她想，今晚我在这里怎么睡得着？

最终，她还是走进房间，把行李箱放到床上。我必须弄干自己，她对自己说，我必须充分利用一切。床的位置是正确的，在两扇前窗之间，但是床垫这么硬，疙疙瘩瘩的。哈珀小姐害怕床垫上微弱的气味是之前的房客交合时留下的，她也怕弹簧里遥远的回声。我不去想这些事情，哈珀小姐想，我不能让自己在这些事情上纠缠，这像是我少女时代睡觉的房间。窗户几乎都在正确的位置：前面两扇，侧面两扇，门的位置也对。他们是怎么把这些老房间分割得四四方方的？哈珀小姐想，他们是怎么把这些四四方方的房间合到一起的？这个国家肯定有一千栋和这一模一样的房子。但是，衣帽间的位置错了。坐在床上的哈珀小姐发现：因为某个奇异的理由，衣帽间被设计在她的右手边，实际上它应当在她的左手边。当她还是小女孩的时候，这个大衣帽间曾是她的玩具屋和捉迷藏时的藏身所，它应该在左手边。

浴室的位置也不对，这倒不那么重要。哈珀小姐曾渴望睡觉前泡个热水澡，但是她看了一眼浴缸，即刻失去了欲望。她完全可以等到回家之后。她洗了脸和手，热水让她感到舒适。更令她欣慰的是，行李箱里的香水瓶没被砸坏，而且里面的东西都没有被雨淋湿。至少她还有干的睡袍，虽然床是冷的。

她一钻进冰冷的床铺就浑身颤抖，想起了孩提时候的床。她睁着双眼躺在黑暗中，仍在想自己身在何处，又怎么会来到这个地方：先是巴士，之后是卡车，现在她躺在黑黢黢的房间里，没人知道她在哪儿，又经历了什么。她只有自己的行李箱和皮夹里的一点点钱，她不知道自己在哪里。她非常累，觉得或许自己很长时间之前吞下的那粒安眠药的药力还没有完全过去，或许那粒安眠药一直在影响她所有的行动，因为无论她被带往何处，她都这么迷迷糊糊，言听计从。到了明天早上，她带着睡意对自己说，我会让他们看看我完全有能力自己做决定。

楼下的点唱机和年轻人的哄笑逐渐幻化为渺远的曲声。母亲正在会客室里唱歌，哈珀小姐想，其他人正坐在硬邦邦的小椅子上听着，父亲在弹钢琴。她不太能听出这是哪首歌，但一定是她听母亲唱过无数遍的曲子。我可以爬到楼梯口去听，她想。接着，她意识到衣帽间里传出一阵摩挲声。但是衣帽间的位置错了，它在右边，而不是在左边。与其说这是摩挲声，不如说是有什么东西在晃动，哈珀小姐想着，仍渴望去听母亲唱歌，衣帽间里的声音就像有什么木质的东西正被摇动。我该不该爬下床，让这个东西安静下来，这样我好继续听歌？我是不是太暖和、太舒服了？我是不是太困了？

衣帽间在错误的一边，但晃动声仍在继续，音量正好响到让哈珀小姐感到心烦。最后，她知道这声音不停，她是没办法睡着的，于是把腿试探性地伸出右侧的床铺，睡眼惺忪地赤脚走到衣帽间门口，她提醒自己要走去右侧而不是左侧。

"你在里边干什么？"她出声地问，说完便打开门。刚好有足够的光亮让她看到那是一条木蛇，头仰着，摇晃着身子撞着其他玩具。哈珀小姐笑了。"是我的蛇，"她出声地说，"是我以前的蛇，它回来了。"在衣帽间底部，她看到自己以前的玩具小丑，颜色仍然鲜艳，笑颜仍然灿烂。当她望着它出神的时候，小丑忽然懒洋洋地前后伸展，复活了。那条蛇在哈珀小姐的脚下盲目乱窜，先是撞上载满小人的玩具屋，撞得小人们直哆嗦，接着，蛇撞到了一堆积木，积木塌了，噼里啪啦掉了一地。接着，哈珀小姐看到坐在小椅子上的漂亮的大娃娃，娃娃有着金色长卷发、蓝眼睛、长睫毛，穿着硬质地的纱织公主裙。哈珀小姐满怀喜悦地伸出双手，娃娃睁开了眼睛，站了起来。

"罗萨贝尔，"哈珀小姐叫了起来，"罗萨贝尔，是我。"

娃娃转过头，睁大眼睛看着她，它的笑脸是人画上去的。娃娃张开了红色的嘴唇，嘎嘎地叫起来，那张小嘴蹦出刺耳的声音和无礼的话语。"滚开，老姑娘，"娃娃说，"滚开，老姑娘，滚开。"

哈珀小姐退后几步，瞪着娃娃。小丑一蹦一跳，也在张嘴对哈珀小姐说些什么；蛇探出它没有眼睛的脑袋，充满恶意地攻击她的脚踝；娃娃则转过身去，提起裙摆，嘴巴一张一闭。"滚开，"娃娃嘎嘎地说，"滚开，老姑娘，滚开。"

衣帽间内部的所有东西都活了过来。一只小娃娃发疯似的来回跑，动物们则庄严地在挪亚方舟的甲板上游行，一只毛绒熊发哮喘似的喘息着。这些声音越来越响，很快哈珀小姐就注意到它们都用仇恨的眼神看着她，而且都在向她涌来。娃娃一边喊"老姑娘，老姑娘"一边往前走。哈珀小姐关上衣帽间的门，还背过身压着它。在她身后，那条蛇用身子撞着门，娃娃的声音不依不饶。哈珀小姐大叫着，转身就逃，但是衣帽间在错误的一边，她转错了方向。紧接着，她蜷缩在靠里侧的墙角，房门离得这么远，而衣帽间的门正被慢慢撞开，先出来的是娃娃，带着那张笑脸，在找她。

哈珀小姐撒腿就跑。她一步也不敢停，更不敢回头看，直接穿过房间，冲出房门，冲下走廊，冲下宽敞漂亮的楼梯。"妈妈，"她尖叫着，"妈妈，妈妈。"

她尖叫着冲出门。"妈妈。"她喊着，然后摔倒了，径直落入无尽的深渊。她转着身子，试图抓住什么坚实的东西，她一直在哭喊。

"喂，女士，"巴士司机说，"我可不是闹钟。起来，该下车了。"

"你会后悔的。"哈珀小姐清楚地说。

"起来，"他说，"起来下车。"

"我会投诉你的。"哈珀小姐说。手袋、手套、帽子、行李箱。

"我肯定会投诉你的。"她说着，险些落泪。

"这是你能乘到的最远的地方。"司机说。

巴士再次启动，扬长而去。哈珀小姐几乎在大雨中跌倒。她的行李箱在自己的脚边，头上的路牌写着"佝偻地"。

一念之间

晚餐的味道不错。玛格丽特把书摊在大腿上，等待丈夫消化——他总是把这么多时间和精力用在消化食物这件事情上。她看着他下意识地放下雪茄，用另一只手给报纸翻页。忽然，玛格丽特不无骄傲地想，她的丈夫吃饱饭后不会犯困，这和她听说过的其他男人都不一样。

她漫不经心地翻动书页，这本书没什么意思。她知道要是她叫丈夫带她去看电影或出去兜风，再或者打金拉米牌，他都会微笑着答应的。他总是乐意配合她想做的任何事情，尽管他们已经结婚十年了。突然，她的脑海中闪过一个怪念头：应该拿起桌上那只笨重的玻璃烟灰缸，往丈夫的脑袋上砸去。

"想去看电影吗？"丈夫问。

"不太想，不过谢谢你，"玛格丽特说，"怎么突然想去看电影？"

"你看起来有点儿无聊。"丈夫说。

"你在看我？"玛格丽特说，"我以为你在看报。"

"就稍微看了你一会儿。"他冲她笑笑，这是一种结婚十年仍旧深爱着妻子的笑容。

玛格丽特以前从没起过拿烟灰缸敲丈夫脑袋这种念头，但是此刻，她简直打消不了这个念头。她在椅子上如坐针毡，心想：多么可怕的念头啊，我怎么会想到这个？可能是感情太深，所以有点儿变态。想到这里，她笑了。

"什么东西这么好笑？"丈夫问。

"没什么。"她说。

她起身，穿过房间走去门廊，没想干什么。她有点儿坐立不安，多看丈夫几眼也没能帮她安定下来。她瞥见系着窗帘的绳子，心里忽然想：勒死他。她对自己说：不是说我不爱他，我今晚大概有点儿不正常。她感觉有什么不祥的事情将会发生：要么是报告坏消息的电报，要么是家里的冰箱坏了。走过金鱼缸的时候，她仿佛听见鱼缸说：淹死他。

这一次，站在丈夫视线之外通往厨房的走道上，她很认真地告诫自己：你自己瞧瞧，这念头十足的荒谬，长这么大竟然还被这些傻念头纠缠着——就像小孩子怕鬼一样——笑死人了！他不会有事的，玛格丽特，她几乎说出声来，你和你丈夫，还有其他你爱的人都不会有事的。你安全得很。

"玛格丽特！"丈夫在叫她。

"什么事？"

"你有什么事吗？"

"没有事，亲爱的，"玛格丽特说，"我就倒杯水喝。"

在他杯子里下毒？把他推到马路上去，或者铁轨上？

我不想杀我的丈夫，玛格丽特对自己说。我从没想过要杀他。我要他好好活着。别瞎想，别瞎想。

她给自己倒了杯水，这是为了让自己的行为名副其实——她没想喝水——然后她折回客厅坐下。她进门的时候，他抬起头看了看她。

"你今天有点儿心神恍惚。"他说。

"是天气的关系，我觉得，"玛格丽特说，"天一热我就不舒服。"

"你真的不想去看电影？"他问，"或者我们可以去兜风，去乘乘凉？"

"不用了，谢谢你，"她说，"我会早点儿睡觉。"

"这也好。"他说。

没有他，我要怎么办？她心想。我要怎么过活？还有谁会再娶我？我要去哪里？我要拿这些家具怎么办？看到他的相片我就会哭，要不烧掉他以前写给我的信？他的西装我倒是可以送人，但是要拿这房子怎么办？谁来搞报税的事情？我爱我的丈夫，玛格丽特向自己强调说，我必须不再想这些事情，今天我脑袋里尽是这些傻念头。

她又站起来，这次是去开收音机。她不喜欢电台主播呆板的声调，所以马上就把收音机关掉了。她来到书架前，取出一本又一本书，翻动书页却没有看内容，她心里在想：这不是说我有动机，我从来没有过类似的动机。我干吗要杀我丈夫？她可以想象自己正泪水涟涟地跟某位警官哭诉："我爱他——我是最不能接受他死掉的人！"

"玛格丽特，"丈夫说，"你是不是在为什么事情发愁？"

"没有，亲爱的，"她说，"怎么会这么问？"

"你今晚看起来真的不太对劲。你发烧了？"

"没有，"她说，"可能有点儿小感冒。"

"过来，让我摸摸你的额头。"

她听话地走过去，弯下身子，让他摸前额。他冰凉的手一碰到她的额头，她就想，哦，天哪，多好的男人。她甚至差点儿为这种想法而激动得落泪。

"没发烧，"他说，"你的额头不烫。最好早点儿休息。"

"再过一会儿，"她说，"我还不累。"

"要不我给你倒点儿酒？"他问，"或者别的饮料,柠檬水？"

"亲爱的，真的很谢谢你，"她说，"不过我不想喝东西。"

人们说，假如你把香烟放在水里泡一夜，这杯水第二天一早就全是尼古丁，喝下去肯定会死人。你可以把香烟浸在咖啡里，这样尝不出味道。

"我给你泡杯咖啡？"她突然问，自己也被嘴里蹦出的话吓到了。

他再次抬起头，皱着眉头。"吃完饭的时候我都喝两杯了，"他说，"不过还是谢谢你。"

就算有什么事情发生，我也能挺过去，玛格丽特心想。百年之后，谁还在乎这些事情？我反正也死了，谁还在乎这些家具？

她开始认真地想，要是那些念头成真该怎么办。就说是强盗干的。先给医生打电话，然后报警，接下来打给她的姐夫和姐姐。跟所有人都说一样版本的故事，而且声音必须带着哭腔。倒不需要担心准备的过程，这种事情越是精心计划，露出马脚的机会就越大。假如她只是想着这个大计划，而不是计较那些小细节，她肯定可以脱身。一旦她开始担心像指纹这种小事，肯定要完蛋。永远都是你最记挂的那件事情最后逮住你。

"你有没有跟人结过仇？"她顺嘴问道。

"结仇？"他很认真地想了想，接着微微一笑，"大概有几百个仇家吧，都是秘密的仇家。"

"我不是有意问你这个的。"她说，再次被自己的话惊到了。

"我怎么会有仇家？"他问，之后突然严肃起来。他放下报纸，问道："玛格丽特，你怎么会觉得我跟人结仇了？"

"是我犯傻，"她说，"就一个傻念头。"她笑了笑。过了一会儿，他也笑了。

"我猜送牛奶的那家伙心里恨我。"他说，"我老是忘记把瓶子放到门口去。"

牛奶工才不会因为这些事情恨别人，他心知肚明，他的回答一点儿忙都帮不上。她的目光又落回了玻璃烟灰缸上，烟灰缸在阅读灯下闪闪发亮。那天早上，她还洗过这只烟灰缸，当时什么想法都没有。现在她却想：就用这只烟灰缸，第一个念头总是最好的。

她第三次起身，绕到他的身后，靠在他的椅背上。烟灰缸就在她右手边的台几上——就趁现在——她俯身亲吻丈夫的脑袋。

"我从没有像现在这么爱你。"她说。他没有仰头，而是伸出手深情地抚了抚她的头发。

她小心地把他的雪茄从烟灰缸里拿出来，放到桌子上。

他没有马上留意到，等他伸手去够雪茄的时候，看到它在桌子上，他赶紧拿起来，看了看桌面有没有被烧坏。"你差点儿烧了房子。"他随口说。等他重又专心地读起报纸来，她轻轻地拿起烟灰缸。

"我也不想这样。"她一边说一边抢起烟灰缸。

回家吧，路易莎

"路易莎，"电台里传出我妈妈的声音，把我吓了一跳，"路易莎，"她说，"回家吧。我们已经有三年没看到你了，整整三年。路易莎，我保证一切都会好好的。我们都很想你。我们想你回来。回家吧，路易莎。"

每年一到我离家出走的纪念日，电台总会响起我妈妈的声音，每一次我都会被吓到。一年到头，我又忘记了妈妈的声音，她哭诉的时候那么温柔，却那么陌生。我每年都听，我也读报纸上的报道："路易莎·特瑟一年前失踪"。接着"一年"换成"两年""三年"。我像盼望生日那样等待着六月二十日的到来。起初，我收着所有剪报，不过瞒着所有人。那些报纸的头版都登着我的照片，要是别人看到我把这些照片剪下来，肯定会起疑的。我现在躲着的地方叫钱德勒，离我的家乡很近，近到报纸肯定会大做文章。话说回来，钱德勒是我一开始就选定的地方，这个小城的规模足够我藏身。

你知道的，我不是某天忽然心血来潮离家出走的。我早就知道自己迟早要离开这个家，我也做了周详的计划，这样真打算走的时候才能走成。这种事情只许一次成功，因为他们通常不可能让你再试一次。当时，万一出了什么差错，我肯定看起来像个十足的傻帽，我的姐姐卡萝尔可不是那种会让人忘记丑事的人。我承认我是特意选在卡萝尔婚礼前一天出走的，而且在之后的很长一段时间里，我都在想象卡萝尔发现她的婚礼没了我这个伴娘之后的表情。报纸上说婚礼如期进行，卡萝尔还跟一个记者说她的妹妹路易莎会希望婚礼不受影响。"她从没想过要毁掉我的仪式。"卡萝尔说，但她心里清楚得很，我就是成心要她吃不了兜着走。我很肯定，当他们发现我不见的时候，卡萝尔的第一反应是去清点结婚礼物，看看我有没有顺走什么。

不管怎么说，虽然卡萝尔的婚礼出了一点儿小麻烦，但是我的计划很成功，事实上，一切比我预期的更顺利。家里的每个人都在忙里忙外，布置花卉、问礼服有没有送出来、打开装香槟的箱子、担心万一下雨要拿花园里的仪式怎么办。我呢，就光明正大地从前门走出去了。只有一瞬间，我被保罗看到了。保罗是我们家的隔壁邻居，卡萝尔讨厌他的程度甚至超过了讨厌我。我妈以前总是说，每次我做了什么让家族蒙羞的事情，保罗肯定是同谋。很长一段日子，他们都觉得是保罗帮助了我逃跑，就算他一再申明我那天下午怎样努力逃过他的视线都没用。报纸称呼他是"特瑟家的挚友"，我妈看到这提法肯定乐坏了。报纸还说他就我可能的出逃路线接受了警察的审讯。当然啦，他从没想到我会逃走。我把走之前跟我妈说的原话转达给他——我就是出去静静，屋子里太闹了；我就是去一趟市中心，很可能买个三明治吃，然后再看场电影。他纠缠了我一会儿，因为显然他想跟我一道去。我之前没计划要在街角搭公交车的，但因为保罗一直跟着我，一定要我等他把车开出来，这样我们就可以一起去旅店吃晚饭。我必须立马就走，所以就追着刚开走的公交车，把保罗丢在那里。这是整个计划中我唯一需要改变的部分。

我一直乘到市中心才下车，尽管原本的计划是走路过去。事实上，搭车反而更好，因为车上没人会在乎我去自己家乡的市中心，这样我还可以搭更早的火车出城。我买的是往返票，这很重要，这样他们就会觉得我肯定会回来。他们就是这么想事情的：你做每件事情都有理由，因为我妈、我爸，还有卡萝尔做任何事都有理由，所以，如果我买了往返票，唯一的解释就是我打算回来。此外，假如他们觉得我会回来，他们不会很快就担惊受怕。这样的话，在他们开始找我之前，我就有更多的时间躲起来。不过，人算不如天算，当天晚上卡萝尔就发现我失踪了。因为她晚上睡不着，到我房间去找阿司匹林，所以留给我找地方藏身的时间没有我预想的那么充裕。

我猜到他们会发现我买了往返票，我没有蠢到会以为自己什么蛛丝马迹都不会留下。我的计划都是按照以下这个事实依据来设想的：那些被逮到的人都是因为他们做了某些怪异或引人注目的事情，而我的打算就是隐藏到一个他们永远看不见我的地方。我知道他们会查到那张往返票，因为在一个你从没离开过的小城，搭火车出城是不寻常的事情，但那也是我干的最后一件不寻常的事。我买票的时候想，往返票会带给我爸妈某种安慰，他们会觉得不管我在外面待多久，我至少还有张回家的车票。事实上，我确实没有很快就丢掉回程票，我之前一直把它收在钱包里，当它是护身符。

我看了报纸上所有的报道。皮科克太太和我过去常常在早餐桌上读它们，在我们喝第二杯咖啡的时候。然后我才出门去上班。

"你怎么看罗克维尔城走失的那个小姑娘？"皮科克太太会问我。我会哭丧着脸摇摇头，说那姑娘肯定是脑子有病，离开这么有钱的人家；有时我会说我猜她或许根本没离开——可能是这家人把她关起来了，因为她是一个杀人狂。皮科克太太很喜欢听各种各样关于杀人狂的事情。

有一次我拿起报纸，仔细地瞅瞅报上的照片。"你觉不觉得她看起来跟我有点儿像？"我问皮科克太太。皮科克太太靠着椅背，先看看我，再看看报上的照片，之后又看看我，最后还是摇了摇头，说："不像。要是你的头发长一点儿，卷一点儿，可能脸圆一点儿，这样会有点儿像。要是你看起来像个杀人狂，我肯定一开始就不会让你踏进我的家门。"

"我觉得她的样子有点儿像我。"我说。

"你快去上班吧，别胡思乱想。"皮科克太太对我说。

当然啦，当我捏着往返票上火车的时候，根本不知道他们过多久会追来。但我猜我没太担心，因为要是我太紧张，可能会犯下什么让计划前功尽弃的错误。我知道，一旦他们明白我不会回罗克维尔了，他们就会追到克雷恩，因为那是我往返火车票上印着的目的地，也是我们城里的火车能去的最大的城市，所以我在克雷恩连一天都没待满。我去了一家在打折清仓的百货公司，那样就能混入前来抢购的人群里，事实证明我是对的。在当时，我能逃到的最远的地方很可能就是克雷恩那家百货公司的底楼。我必须拨开人群，冲到卖打折雨衣的柜台，然后必须挤开柜台边拥着的人群，从一个丑八怪的手里抢到我要的那件雨衣。没关系，反正那个老家伙太胖了，买了也穿不了。她那么撕心裂肺地叫，你肯定会觉得她已经付过钱了。我的手里早就准备好了足够的零钱，六美元八十九美分。我把钱往售货小姐手里一塞，抓过雨衣和她准备放雨衣的购物袋，在被挤死之前从人群中杀出一条血路。

那件雨衣值得花上六美元八十九美分。那一年，我一直穿它穿到冬天，一个纽扣都没掉。第二年春天，我把它忘在什么地方，然后不小心弄丢了。那件雨衣是茶色的，我在百货商场卫生间一换上它，就觉得它像我的"旧雨衣"。在那之前，我从没有过那样的雨衣，我妈听到了会晕过去。有件事情我觉得自己做得很漂亮：我出门时穿的是件轻型短外套，基本上可以算件夹克；我换上雨衣的时候当然把那件外套脱了。我只需把原来外套口袋里的东西挪到雨衣口袋里，再把那件外套装作无意地拿回柜台，往一大堆打折的夹克衫里一扔，就好像我刚才只是拿着试穿，结果还是决定不买。就我所知，根本没人注意到我。离开商店前，我看到一个女人拿起柜台上我的那件外套看了看。我应该告诉她，那件衣服只要三美元九十八美分。

我用那种方式处理掉自己的旧外套真是一绝。那件外套当初是我妈选的，我很喜欢。它的价格不便宜，但也很容易被认出来，所以我必须换掉。我很肯定，要是我把它装进袋子，然后把袋子扔到河里或者垃圾车里，它迟早会被人发现。就算没有人看到是我扔的袋子，它也肯定会被发现，然后他们就知道我是在克雷恩换掉那身衣服的了。

我的那件轻型外套从没被人找到。他们找到的最后一条有关我的线索，是一个罗克维尔人在克雷恩火车站瞥见了我，她是通过我那件轻型外套认出我的。那之后我去了哪里，他们再也没能查出来。这里面一半是运气，一半是我的精心计划。两三天后，报纸还说我在克雷恩，人们以为他们在街上看到我了。有个进商店买衣服的姑娘还被警察抓了起来，一直到有人过来相认，她才被放出来。他们真的在寻人，不过他们找的是路易莎·特瑟，而从脱下我妈买给我的那件轻型外套时起，我就已经不是路易莎·特瑟了。

我指望着一件事情：这个国家里，每天都有成千上万个金头发、高五英尺四英寸、体重一百二十六磅的十九岁姑娘。要是有几千个这样的姑娘，那在她们当中，肯定有很多很多穿着宽松的茶色雨衣。那天，我离开百货公司后就在克雷恩的大街上数有多少人穿茶色雨衣。我在一个街区就和四个那样的人擦肩而过，所以觉得自己隐藏得很好。那之后，我像先前跟母亲说过的那样，把自己变得更加透明——我在一家小咖啡馆买了三明治，然后去看了场电影。我一点儿都不着急，比起找个地方过夜，我觉得自己可以干脆睡在火车上。

有意思的是，根本没有人留意我。那天有好几百号人看到我，在电影院里还有个水手过来跟我搭讪，但没有人真的看见我。要是我真的去酒店住，那么酒店前台可能会注意到我，或者如果我穿着那件便宜的雨衣跑进某家高档餐馆用餐，肯定很醒目。那一整天，我所做的就是其他和我衣装打扮相仿的姑娘所干的事情。唯一一个有可能记得我的人大概是火车站的售票员，因为穿着像我那样的旧雨衣的姑娘，通常不会在晚上十一点还去买车票，不过那一点我也早就想过了。我买了一张到阿米蒂维尔的车票，是什么原因让我选择这个六十英里之外的小城呢？因为阿米蒂维尔不是什么花哨的小城，不像我前不久偷偷逃离的那种地方；它有一所大学。我的雨衣很符合那座大学城朴素、休闲的气息。我跟自己说，我是个在家过完周末准备回学校的学生。火车在午夜之后抵达了阿米蒂维尔，我走出站台进到阿米蒂维尔火车站的时候仍然不招人注意，因为就在我在车站里喝咖啡打发时间的时候，七个——我扳着指头数过——穿着和我一样雨衣的姑娘进进出出，一点儿也不觉得那个时间点去乘火车有什么奇怪的。她们中有几个提着行李箱，我也很希望我能在克雷恩弄到一个行李箱。但是如果拎着行李箱，我会在电影院里被人注意到。而且回家过周末的大学生没有行李箱也不奇怪。她们家里有睡衣裤，有一大把干净的长裤子，她们就在那种便宜雨衣的口袋里塞一只牙刷就好了。所以我当时不担心没有行李箱，但我知道自己早晚得有一个。喝咖啡的时候，我打定主意不再扮演回家过周末的大学女生了，而是要成为出去度假的大学女生。那一路上，我都尽可能从我所扮演的角色的角度去想问题，而且毕竟我已经当过一段日子的大学女生了。我那时在想，此刻学校给我爸发出的那封加急信应该在路上了，那封信会告知他我为何已经不是大学生了。我猜那是压垮骆驼的最后一根稻草，我决定出走是因为想到我爸收到信以后会做何反应。

那封信的信息也登在报纸上。他们觉得大学的决定是我离家出走的原因。如果只有那个原因，我觉得我不会选择离开。我很早就想要离开，从记事起就这么想。我一直计划着，直到我确定它万无一失，而且最后果真如此。

坐在阿米蒂维尔火车站里，我试着给自己找一个充分的理由，像我这样一个周末都基本不会回家的人，为什么要在周一深夜离开大学回家。我说过的，我老是试着从我扮演的角色的角度来想事情，而且我喜欢为做的事情找到充足的理由。没有人问过我这个问题，但是我觉得准备好问题的答案会有备无患。最终，我想到因为我姐姐明天要结婚，我必须周一回家去做她的伴娘。让我觉得有趣的是，我一点儿都不想因为任何悲伤的理由而回家，比如我妈生病了，或者我爸被车撞了，那样我就必须看起来伤心，而那样就会惹人注目。所以我决定因为姐姐的婚礼回家。我无所事事地在火车站里转悠，然后正好跟另一个正走出门的女孩擦身而过，她也穿着和我同款的雨衣，假如有人留意到这一刻，会觉得走出门的那个人是我。买票前，我先去了趟洗手间，从鞋帮里拿出另一张二十美元纸币。我从我爸的书桌抽屉里拿了近三百美元，基本上把它们都藏在鞋子里，因为我实在想不到更安全的地方。我的钱包里只放着手头需要用的钱。脚踩着一大沓纸币到处走确实不舒服，但是我的鞋子质量很好，是那种你不介意自己的外表时会穿的那种舒服的旧鞋子。我离开家之前还给鞋子换了新鞋带，所以可以把鞋带系紧。你看到了，我的计划特别周详，没有漏掉任何微小的细节。要是他们让我来策划姐姐的婚礼，肯定不会有这么多七手八脚、大呼小叫的场面。

我买了来钱德勒的车票，这是本州这一片区域里最大的城市，也是我这一路的终点。这是很好的藏身之所，因为来自罗克维尔的人除非有特别的理由，否则都只是途经此地——要是他们在罗克维尔或克雷恩找不到像样的外科医生、牙齿矫正医生、心理医生，再或者好布料，他们会径直去真正的大城市，比如州府。钱德勒的规模刚好大到能藏身，没到罗克维尔人会觉得是大都市的地步。阿米蒂维尔火车站的售票员肯定在一天的任何时候都见惯大学女生买票去钱德勒了，因为从收走钱到给我票的整个过程中，他连头都懒得抬一下。

真有意思，他们肯定来钱德勒找过我，因为他们不可能错过任何我可能落脚的地方，但或许罗克维尔人从不相信有人会自愿去钱德勒，反正我从没有一刻觉得真有人到这里来找我。我的照片当然也登在钱德勒的报纸上，不过就我所知，从没有人多看过我一眼。我每天早上去上班，去商店买东西，和皮科克太太一起去看电影，夏天的时候还时常去海滩，从不担心会被认出来。我的行为举止和其他人一样，穿的衣服也和其他人一样，甚至我脑袋里想的也和其他人一样。这三年来，我唯一见过的来自罗克维尔的人是我妈的一个朋友，我知道她来钱德勒只是为了给她的贵宾犬配种。她的样子不像会留意任何人，最多只会留意其他贵宾犬。所以，就算我大大方方地走进她路过的那扇门，她也不会正眼看我。

来钱德勒的火车上，除了我还有两个大学女生，或许她俩都是回家参加她们姐姐的婚礼的。她俩穿的都不是茶色雨衣，但其中一个穿了件蓝色的旧夹克，给人的感觉和旧雨衣差不多。火车刚驶离站台，我就睡着了。途中我醒过一次，迷迷糊糊地想我是在哪儿，又是在做什么？等我意识到自己在做什么的时候，意识到我真的在实施自己精心谋划的计划而且已经完成了一大半时，我差点儿在所有人都在打瞌睡的车厢里笑出声来。很快我又睡着了，而且一觉睡到第二天早上七点，火车抵达钱德勒的时候。

这就是我来到这儿的过程。前一天我刚吃过午饭就离开了家，后一天也是我姐姐大喜之日的早上七点，我已经逃之夭夭了，而且我知道他们找不到我。我有一整天的时间在钱德勒安顿下来，所以我先在火车站附近的餐馆里吃早饭，然后就找地方住，再找工作。我做的头一件事是买行李箱，而且有意思的是，要是你在火车站附近买行李箱，人们不会留意到你。行李箱和火车站很搭，所以我就在那种什么都卖的小店里选了一只便宜的行李箱、几双长筒袜、几块手帕，还有一只走时钟。我把所有东西往行李箱里一塞，提着它离开。如果你不是特别紧张或者激动，那么做什么事都不难。

后来，在皮科克太太和我一起读有关我失踪的新闻报道时，我问过她，她觉不觉得路易莎·特瑟有可能跑到钱德勒这么远的地方。她觉得不可能。

"他们现在说她是被绑走的，"皮科克太太对我说，"我觉得那才是真正发生的事情，绑架、谋杀，人们对被绑走的小姑娘做各种可怕的事情。"

"但是报纸上说从没有过任何要赎金的条子。"

"报纸虽然这么说，"皮科克太太冲我摇了摇头，"但我们怎么知道这家人有没有什么不可告人的秘密？或者假如绑走她的是个杀人狂，他怎么会寄条子要赎金呢？像你这样年纪轻轻的小姑娘不知道这个世界有多复杂，我跟你说。"

"我为那姑娘感到抱歉。"我说。

"说不清，"皮科克太太说，"没准儿是她自己愿意跟他走的呢。"

到钱德勒的第一个早晨，我并不知道皮科克太太那天就会出现，这是迄今为止我遇上的最幸运的事情。吃早饭的时候，我打算要做个从本州北部的一户好人家来的十九岁姑娘，一心存钱要来钱德勒念商学院并成为秘书。我打算念书的时候找份兼职继续存钱，商学院要到秋季才开学，所以我有一整个夏天来打工存钱，然后再决定是不是真的想念文秘课程。如果我决定不留在钱德勒，等失踪的风波平息之后，可以搬到别的地方。现在，这件雨衣看起来不是我这种一丝不苟的姑娘会穿的，所以我脱下来，把它搭在胳膊上。我觉得，我在衣服上的选择总体都很明智。我离开家之前还觉得自己必须穿套装，那种我能找到的最文静、最沉稳的套装。于是我选了套灰色的西服，配白色的衬衫，这样只要搭配不同的衬衫，或者在衣领上别个胸针，我就能扮演成自己打算成为的任何角色。如今，这套西装看起来正适合一个准备攻读文秘课程的年轻姑娘，而且我提着行李箱，胳膊上搭着外套，走在大街上的样子也和其他成百上千的人一样，下火车的人基本都是这副样子。我买了晨报，在便利店喝咖啡，顺便看看租房信息。一切都这么稀松平常——行李箱，外套，租房——我问卖饮料的店员怎么去报春花街，他回答的时候看都没看我。他当然不在乎我最终有没有去报春花街，但还是很有礼貌地告诉我怎么去，要乘哪辆公交车。我的经济条件没有穷迫到非乘公交车不可，但是一个正在省钱的姑娘要是搭出租车会显得很奇怪。

"我永远不会忘记你那天早上的样子，"距离我们初次见面很久之后，有一次皮科克太太对我说，"我一下就知道你是那种我愿意出租房子的姑娘——文静，有教养。你当时看起来好像被大城市吓坏了。"

"我没有被吓坏，"我说，"我是担心能不能找到好地方住。我妈妈提醒我租房的时候有那么多事情要长心眼儿，我怕我根本找不到能让她满意的地方。"

"任何当妈妈的都可以随时进我的屋子，然后她就明白女儿找对了人家。"皮科克太太的语气有点儿冲。

不过她说的是真的。我一走进报春花街上皮科克太太正在招租的房子，见到了她本人，就知道无论我再怎么计划，都不可能找到更好的。这是一栋老房子，很舒适，我的房间也很好，皮科克太太和我一见如故。我跟她说，我妈妈叮嘱过找房子务必要找房间干净，而且住区安全的，千万不能有会在天黑后尾随小姑娘回家的人，皮科克太太一听就喜欢我。等我告诉她我想存钱，然后上文秘课，这样就可以找份好工作，而且可以每个星期给家里寄点儿钱时，她对我更加满意了。皮科克太太相信孩子们长大后应该偿还父母养育他们所花的钱。我在这里才待了一个小时，皮科克太太就已经了解了所有我编出来的家庭背景：我妈妈守寡，我姐姐刚结婚，但是还跟新婚的丈夫住在妈妈家，还有我的弟弟保罗，他老是不想安定下来，让我妈操碎了心。我还告诉她，我的名字叫路易丝·泰勒。其实到那个时候，我觉得完全可以告诉她我的真名，她绝对不会和报纸上的失踪姑娘联系起来的，因为在那个时候，她觉得她几乎认识了我家里的所有人。她要我放心，要我写信回家的时候跟我妈说她会对我负责，我在城里的时候她会像妈妈那样照顾我。除此之外，她还告诉我，附近的一家文具店正在招女店员，我就这样找到了工作。离家出走还不到二十四小时，我已经是完全不同的人了：我叫路易丝·泰勒，住在报春花街上，在下街的文具店上班。

有一天，我在报纸上看到一个有名的算命先生写信给我爸，说能帮忙找到我。他说星象告诉他，可以在有花的地方找到我。我看了心里一惊，因为报春花街的关系。不过我爸和皮科克太太，以及全世界的人都觉得信里指的是我被埋尸的地方。他们挖开了最后有人看到我的火车站附近的空地，一无所获的消息见报时，皮科克太太很失望。究竟我是跑去做了流氓的姘妇呢，还是我已经被分尸，而且尸体被装在行李箱里送到了某个地方？皮科克太太和我无法就这些问题达成一致。过了一段日子，他们就不再找我了，偶尔会有零星的错误线索登上报纸副刊，但篇幅不长。皮科克太太和我也把兴趣转向了发生在芝加哥光天化日之下的银行抢劫案。等到来年的六月二十日，我才意识到自己真的已经离开家一整年了。我给自己买了新帽子，还在市中心的餐厅犒劳了自己一顿晚餐。等回到家时，正好是晚间广播的时间，电台里传出我妈的声音。

"路易莎，"她说，"回家吧。"

"可怜的女人，"皮科克太太说，"想想她心里有多苦。他们说她从没放弃过还能找到活着的女儿的念头。"

"你觉得我的新帽子怎么样？"我问皮科克太太。

我已经不再想着念文秘课程了，因为文具店决定扩张，他们会开一家图书馆，还会有专门的礼品商店。现在我已经是礼品商店的经理，假如生意兴隆，说不准哪天我会经营整个店。皮科克太太和我谈了谈，就像她真是我妈那样，之后我们都同意只有傻子才会放掉手上这么好的工作，非要跑到别处重新开始。我存的钱都在银行里。皮科克太太和我想着有一天我们可以把积蓄拼起来买辆小车，或者一起去旅行，甚至可以坐游轮。

我的意思是，我现在自由了，日子过得很好，从没起过回去的念头。但是好巧不巧，我偏偏和保罗撞个正着。我已经待得这么舒服，几乎没再想过他们，除非看到报纸上有关他们的报道，不然根本不会去想他们过得好不好。但是我下意识地肯定一直记得他们，因为我从未给自己机会停下来想。那天，我就站在街上，张大了嘴，然后喊了声"保罗！"。他转过身，然后我当然意识到自己做了什么，但为时已晚。他盯着我看了好一会儿，接着皱起眉头，然后露出一脸困惑。我能看出他在努力搜刮记忆，之后努力相信他所记得的事。最后，他说了句："这可能吗？"

他说我必须回去。要是我不回去，他会告诉他们在哪儿能找到我。他还拍拍我的头，说外面还在悬赏找我，但凡能提供重要线索，就可以得到放在银行里的赏金。他还说，等他拿到赏金，假如我还想逃跑，可以再跑，想跑多少次、跑多远都成。

或许我真的想回家。或许这么长时间我都在悄悄地等一个回家的机会，或许那才是我在大街上认出保罗的原因，那是一百万年都不会发生一次的小概率事件——他以前从来没来过钱德勒，而且只是在这里换乘火车；他前脚才踏出车站，后脚就发现了我。要是我没有刚好在那一刻经过车站，要是他仍旧待在应该候车的站台，我就永远不需要回去。我跟皮科克太太说我要回本州北部去探望家人。我觉得这一切像个玩笑。

保罗给我的爸妈发了封电报，说他找到了我，说我们会乘飞机回去。保罗说他担心我会再次溜掉，所以最安全的地方是高空，这样他可以确保我逃不了。

从罗克维尔机场到家的出租车上，我看着窗外，忽然紧张起来。我可以发誓，三年以来，我一次也没想过这座小城，没想过我如此熟悉的街道、商店、房子。但我发现自己竟然什么都记得，就好像我从没去过钱德勒，从没看过钱德勒的房子和街道；就好像我从没有离开过家。等出租车最终拐到我家所在的街道时，我再次看到那栋白色的大房子，差点儿哭出来。

"我当然想回来。"我说道，保罗笑了。我想到那张被我当护身符收在钱包里那么长时间的返程车票，想到有一天我清空钱袋的时候怎么把它扔了；我在想我丢掉它的时候有没有想过回家，之后会不会后悔扔掉车票。"一切都是老样子，"

我说，"那天我就是在这里上的公交车，我就是走下那条车道时碰到你的。"

"如果当时我能拦下你，"保罗说，"你可能之后都不会再尝试逃走。"

出租车停在房子前方，我下车的时候双膝打战。我抓着保罗的胳膊，说："保罗……等一下。"他给我使了个我以前非常熟悉的眼色，意思是："要是你现在跟我耍诈，我会让你好看。"我颤抖得这么厉害，必须挽着他的胳膊，之后我俩一起走到前门去。

我在想他们会不会在窗口打探我们。我很难想象我爸和我妈在这种情形之下会如何应对，因为他们总是要求我们举止文雅、庄重、符合礼仪。我觉得如果是皮科克太太的话，她会走下来迎接我们，但是我们眼前的大门依旧紧闭。我甚至不知道我们要不要按门铃，我以前从没按过自家的门铃。当卡萝尔给我们开门的时候，我还在七想八想。"卡萝尔！"我喊道。她的样子这么老，我都震惊了，但很快我就想，这是当然了，我已经有三年没见过她，她很可能也在想我怎么也变了这么多。"卡萝尔，"我叫道，"哦，卡萝尔！"看到她，我真的高兴坏了。

她很仔细地打量我，接着后退几步。我的爸妈站在那边，等我进门。如果没有停下想想，我大概会冲向他们。但是我犹豫了，不知该怎么办，不知他们是不是还在生我的气，还是庆幸我回来了？当然了，一旦开始思考，我发现自己能做的只有站在原地，用不太确信的语气喊着："妈妈？"

她走过来，双手按在我的肩膀上，花很长时间端详我的脸。她的双颊淌下泪水，我之前想过，我已经做好随时大哭的准备，尽管想的时候觉得哭不哭问题不大。但真到了这一刻，当眼泪会让一切更顺理成章的时候，我却只想笑。她的样子这么老，这么悲伤，我的样子这么傻。很快，她侧过身对保罗说："哦，保罗，你怎么能对我一再做出这种事？"

我可以看出保罗吓坏了。"特瑟夫人……"他说。

"你叫什么名字，亲爱的？"我妈问我。

"路易莎·特瑟。"我笨嘴笨舌地说。

"不，亲爱的，"她很温柔地说，"你的真名？"

这时候我哭得出来，但我不觉得眼泪能帮到我什么。"路易莎·特瑟，"我说，"那就是我的名字。"

"你们这种人为什么就不能放过我们？"卡萝尔说，她脸色苍白，浑身发抖，而且气到几乎在嘶吼，"我们已经花了好几年的时间很努力地找我失踪的妹妹，就是你们这种人把这看成是可以从我们家捞一票的机会——你们可能只是觉得能轻轻松松赚一笔，你们无所谓，但我们的心又要碎一次，伤疤又要被揭一遍。你们就不能放过我们？"

"卡萝尔，"我爸说，"你把那可怜的孩子吓坏了。""小姑娘，"他对我说，"我真心相信你没有意识到现在所做的事情有多么残忍。你看起来像个好孩子，试着想想你自己的妈妈……"

我试着想想我自己的妈妈；我现在正看着她。

"要是有人像这样占她便宜，我相信你肯定也不知道，这个小伙子……"我不再看我妈，而是看着保罗。"之前带了好几个姑娘给我们，都假装是我们走失的女儿。每一次他都说自己是真的被人骗了，而且从没贪图利益，但每一次我们都心存念想，希望这个真的是我们的女儿。第一次我们上了好几天的当，那个姑娘长得很像我们的路易莎，她的举止也像路易莎，她知道所有家里的笑话和发生过的事情，那些事情除了路易莎之外，不可能有人知道。但她是骗子。孩子她妈——我的太太——每次怀抱的期望越高，就被伤得越重。"他把手搭在我妈——他太太——的肩膀上，和卡萝尔一起，他们仨并肩看着我。

"瞧，"保罗斗胆建议，"给她一个机会——她知道她是路易莎。至少给她机会证明自己。"

"怎么证明？"卡萝尔问，"我很肯定，假如我问她什么问题——比如，她在我的婚礼上本该穿什么颜色的裙子……"

"粉红色的裙子，"我说，"我想要蓝色的那条，可你说必须是粉红色的。"

"我肯定她知道答案，"就像我什么都没说一样，卡萝尔接着自己的话说下去，"你之前带来的其他姑娘，保罗——她俩都知道。"

这事情不会有好结局，我早该知道。或许他们如今已经这么习惯到处找我的状态，以至于更愿意继续找我，而不是看到我回家。或许我妈刚才观察我的脸的时候，已经看不到路易莎的样子，或许我这么长时间如此专注成为路易丝·泰勒，我看起来已经不可能像路易莎了。

我为保罗感到些许歉意，他肯定不像我这样理解他们。他显然觉得仍然有机会说服他们，让他们张开双臂，大喊："路易莎！我们苦苦找寻的女儿！"他还觉得他们会给他赏金，并且在这之后，我们都可以永远幸福地生活下去。当保罗仍在试图和我爸争辩时，我走开了几步，望着久违的起居室。我猜我没什么机会再走进这房子了，那就最后再望一眼吧，让这一眼的记忆跟着我离开。姐姐卡萝尔一直紧紧盯着我。我猜先前来的那两个女孩子还试图行窃。我想告诉她，假如我真打算从家里顺走什么东西的话，我三年前就这么干了。我第一次走的时候想带什么走，就能带什么走。现在，我什么都不想拿，我从来就没想过要拿走什么。我明白我想做的仅仅是留下来——我多么想留下来，简直想抓着楼梯扶手尖叫。尽管发一通脾气或许能让他们想起某些有关他们亲爱的路易莎的零星往事，但我不觉得这就能说服他们容我留下。我能够想象自己被拖出自己家门的情景，还一边蹬地一边大叫。

"多么漂亮的房子。"我礼貌地对姐姐卡萝尔说，她还在提防我。

"我们家族已经在这里住好几代了。"她用一样礼貌的口气说。

"多么精致的家具。"我说。

"我妈很喜欢古董。"

"指纹。"保罗突然叫起来。我猜，我们可以去找个律师，或者保罗在想我们应该去找个律师。我不知道当他发现我们根本不打算找律师的时候，心里会怎么想。我无法想象当我的妈妈、爸爸、姐姐已经认定我不是路易莎之后，世上还能有哪个律师能说动他们接我回去。法律就能逼我妈看着我的脸，然后认出我来吗？

我觉得总有办法能让保罗知道我们做什么都无济于事。

我走过去站在他身边。"保罗，"我说，"你难道没看到这样下去只会惹特瑟先生生气吗？"

"你说的对，姑娘，"我爸说，他冲我点点头，似乎在说他觉得我是个讲道理的人，"他再恐吓我也没有用。"

"保罗，"我说，"这些人不想看见我们。"

保罗想要张口说些什么，但是他生平第一次做出了更明智的决定，他大步往门口走去。等我转身跟上他时（我想到好不容易回家一次，却连前厅都没进），我爸（不，应该是特瑟先生）突然走上来，抓住我的手。

"我女儿要比你小一点儿，"他和蔼地说，"但我很肯定你也有爱你、疼你、希望你幸福的家人。回到他们身边去吧，小姑娘。就当我真是你爸，让我给你一条真心的建议：离开这家伙，他卑鄙无耻。回到你真正的家。"

"我们知道家人会多么担心女儿，"我妈说，"回到爱你的人的身边。"

我猜，那意味着是皮科克太太。

"为了确保你能够回家，"我爸说，"让我们帮补你的路费吧。"我试图把手抽开，但他已经往我手心里塞了一张折起的纸币，我只能收下。"我希望有一天，"他说，"有人会为我们的路易莎做相同的事。"

"亲爱的，再见，"我妈说，她伸手轻拍我的脸颊，"祝你好运。"

"我希望你们的女儿早日回来，"我对他们说，"再见。"

那是一张二十美元的纸币，我把钱给了保罗。这看起来根本无法弥补他付出的精力，而且，毕竟我可以回到我的文具店里去。每一年，到了我离家出走的纪念日，我妈仍旧会在电台上喊我。

"路易莎，"她说，"回家吧。我们都想我们亲爱的孩子回来，我们需要你，我们很想你。你的妈妈、爸爸爱你，而且永远不会忘记你。回家吧，路易莎。"

美好的陌生人

  算起来，头一个不对的征兆发生在火车站。她带着两个孩子（儿子小约翰和还在襁褓中的女儿）来接刚从波士顿出差回来的丈夫。因为极度害怕迟到，甚至害怕被指责夫妻小别一周后都不惦记丈夫，总之，火车还有半个多小时才到，但她早已帮孩子们穿戴整齐，开车带他们来车站等了。结果当然是没完没了的等待。本应温馨的家庭团聚——全家人紧拥着归来的丈夫和父亲——最终也因为过久的等待而显得造作和尴尬。小约翰的头发一团糟，浑身黏黏的。小宝宝哭闹个不停，而且老在拽她的粉色帽子和精致的蕾丝边裙子。火车进站时，可以想见，没一个人在最佳状态。玛格丽特正在给女儿的帽子系缎带，小约翰的屁股已经挪离了汽车后座。他们手忙脚乱地下车，火车的嘶鸣让他们不安，他们全都没精打采的。

  父亲约翰刚走下火车，就跟他们挥手了。与他的妻子和孩子不同，他看起来神清气爽，准备充裕，就好像他早已经计划好一下火车就跟他们热情招手，这样好让自己真正这么做的时候显得潇洒自然。事实上，他就这样站着，在火车的台阶上热情地挥手。他挥了这么长时间的手，仿佛有半个小时这么长，为了确保动作万无一失，他的手刚好抬到能显示出自己特别高兴再次见到他们的高度。

他的妻子对发生在过去的事情有着异于常人的记忆。此刻，她站在站台上，怀里抱着宝宝，身边站着小约翰，有一瞬间她甚至想不起来他们是来车站接他的呢，还是来送他的。他离开前，他们一直在吵架；而他出差的这一周，她努力忘记他在家的时候自己有多么害怕，多么受伤。她对自己说，现在是把事情弄清楚的好机会；约翰不在，我可以重新做自己。此刻，当她分不清他们是在告别还是重聚时，她又担惊受怕起来，准备好要面对另一场风暴。这样下去不行，她想。她也相信这才是她的心声。当他走下站台，走向他们的时候，她微笑着，紧紧地抱着孩子，这样女儿散发的微弱的温热可以给她的微笑添加一丝真诚和柔意。

这样下去真的不行，她想。但是她笑得更热情，而且还在他走来的时候喊着"你好呀"。她满心犹疑，但仍然吻了他。接着他搂着她和孩子，宝宝往后缩，挣扎着，尖叫起来。每个人都带着怒气，宝宝不停地踢腿，喊着："不要不要！"

"怎么这样和爸爸问好？"玛格丽特说，她轻摇宝宝，心里有些得意，很感激女儿站在她这一边。约翰转向小约翰，一把抱起儿子，小约翰也在乱踢，而且发出无奈的笑声。"爸爸，爸爸。"小约翰吼着。宝宝还在尖叫着："不要不要！"

因为没法跟宝宝讲道理，他们只能无奈地转身上车。宝宝被放在轿车后座的粉色摇篮里，小约翰则被塞了另一根棒棒糖，这样他就可以安静地坐在妹妹旁边。这个可怕的安静瞬间急需用有意义的对话来填补。约翰坐在驾驶位上，玛格丽特先到后座安抚女儿，等她换到副驾驶位时，丈夫搁在方向盘上的手让她感到一丝敌意。我甚至对这种小事都介意，她心想，刚过去的一周，这辆车只有我一个人能开。但她很清楚这种想法毫无道理——毕竟，车子是丈夫和她共享的——她满怀兴趣地问："你一路还顺吗？那边天气好吗？"

"好极了。"他说。但他口吻里的温情让她生气，如果说她独占车子的念头不合情理，那么他独自旅行竟然这么开心也不合情理。"一切都很顺利，我觉得这笔生意肯定非我莫属，每个人都很高兴。两个礼拜之后，我再过去一趟把合同签掉。"

意料之外啊，她心想。他把话说得这么快，就是为了不让我听出话里的玄机。我应该为他谈成生意而感到高兴，也应该为每个人都很愉快而感到高兴，我应该忽略他还要再回波士顿去。

"或许下次我可以跟你一起去，"她说，"你妈妈可以帮忙看孩子。"

"好。"他说。但已经太迟了，他说话之前犹豫了很久。

"我也想去，"小约翰说，"我可以跟爸爸一起去吗？"

他们回到家，玛格丽特抱着宝宝，约翰拎着他的行李箱，和小约翰兴奋地争辩着提行李箱时谁出的力气大。房子已经打点好了，玛格丽特确保房子一尘不染，而且消去了那些能彰显她很享受单独和孩子们待在一起的证据。小约翰在充分自由时随便乱扔的玩具已经被收拾起来，宝宝的衣服（约翰不在家的时候，没人会来家里做客）也被从用作烘干机的厨房暖气机上收走。房子没有让人觉得是在等待某个重要人物的莅临，而更像是在守候一位有教养的、头面干净的人来住进这整洁的四堵墙之内。看起来像家的样子，玛格丽特想，甚至看起来像幸福和乐的一家子会住的地方。她把宝宝放进护栏里，给她摘去帽子，脱下外套，让她玩。她转身看到丈夫，只见他把身子俯得这么低聆听小约翰。这是谁啊？她突然起疑，他是不是长高了几厘米？这人不是我的丈夫。

她笑了，他们都看着她，小约翰显出一脸好奇，丈夫则双眼放光。她想着，啊，这人不是我的丈夫，他知道我看出来了。她没有感到惊愕，或许三十秒前她还会觉得这种事情根本不可能会发生，既然如今一切已经成真，再惊讶也没有用。她应该怀有其他的情感，但最初只有这些外在的反应：她的心跳得很快，她的双手在打战，她的手指冰冷。她的腿脚失去了力气，她需要扶着椅背来支撑自己。她发现自己还在笑。接着，她恢复了正常的知觉，她知道她感到宽慰。

"我很高兴你来了。"她走过去，把头靠在他的肩膀上。"在火车站连问好都很难。"她说。

小约翰在一旁看了一会儿，接着跑去摆弄他的玩具盒了。玛格丽特在想，这不是那个巴不得我天天哭的男人，我不用怕他。她调整了呼吸，冷静下来，不用多说什么。

这一天余下的时光她很开心。卸下了恐惧和难过的重负之后，她在这种宽慰中获得了持久的快乐。而且知道内心没有一点儿残留的猜忌和仇恨，这也让她开心。当她喊他"约翰"的时候，她叫得这么郑重，因为她知道他也在配合着这个秘密的游戏。当他这么礼貌地回答她时，她觉得他的话里藏着一丝笑意。他们似乎心照不宣：说出真相没有好处，还会糟蹋此刻的快乐。

准备晚餐时，他俩都笑不可支。约翰可不会给她调鸡尾酒，但是当她哄完孩子睡觉，下楼的时候，这个陌生人在楼梯口守着她，冲她微笑，挽着她的手领她到客厅。壁炉前的咖啡桌上，鸡尾酒杯和调酒器正等着他们。

"多好呀。"她说。她很高兴自己刚才抽空梳了头发，抹了唇膏。客厅里的咖啡桌是以前她跟约翰一起选的，约翰在这架壁炉里生了很多次火，有时候会在旁边的矮沙发上打瞌睡。她很高兴这一切完全没有给这位陌生人带来任何不舒服的地方。相反，他完全融入了这个环境。她坐在沙发上，朝他微笑，他给她递来酒杯，这所有行为都带着闯入法律禁区的那种刺激和兴奋。她正在"取悦"一个男人。但是这一幕有一个小缺憾：他给她调的马提尼既没有橄榄又没有洋葱；她喜欢的马提尼必须有那些，可这个陌生人怎么可能会知道？但她还是要自己相信，他来之前一定已经花功夫做了一番功课。

他微笑着举起他的酒杯。他来这里是因为我，她告诉自己。

"这儿让我很舒服。"他说。之前，开车回家的时候，他试过让自己说话的语气像约翰。不过，当他知道她发现他不是约翰时，他再也不逼自己说那些诸如"回家了""回来了"的词了。当然了，她不会指出这一点，指出这一点就穿帮了。她把手放在他的手里，背靠沙发，看着壁炉里的火焰。

"世上最糟的事情莫过于一个人孤零零的。"她说。

"你现在不觉得孤零零吧？"

"你会走吗？"

"除非你跟我走，不然我不走。"他模仿约翰的样子，把他俩都逗笑了。

吃饭时，他们紧挨着坐在桌子的一边。约翰跟她以前通常都是面对面坐在桌子的两侧，还礼貌地请对方递盐瓶和黄油。

"我准备在那儿放张架子，"他说着，朝餐室的一角点点头，"那儿看起来空落落的，需要一点儿东西，一点儿象征。"

"比如说？"她喜欢看他。她觉得他头发的颜色要比约翰的深一点儿，他的手更有力；这个男人想做什么，都能亲手做出来。

"我们需要一些象征我俩在一起的东西。我俩都喜欢的漂亮精致的小东西，比如象牙。"

如果是约翰，她肯定会觉得必须指出他们可买不起这种漂亮精致的东西，把这个念头掐死在萌芽中。但是面对这位陌生人，她说："我们得去找找看，不是每样东西都适合摆在这里。"

"我以前看到过一座象牙小雕像，"他说，"一个小人，镶着紫色、蓝色和金色的边。"

她把这番对话记在心里，仿佛话里有钻石般的真意。过了好一会儿之后，她会告诉自己这一切都是真事，约翰可不会说这样的话。

她感到幸福，整个人神采奕奕的，她不去管道德伦理。

第二天早上他得去上班，走到门口说再见的时候，他的脸上挂着一道可怜巴巴的微笑，似乎是在自嘲不得不做些约翰一直做的事情。她看着他走下台阶，告诉自己他会回来的。她不舍得每天有这么久的时间见不到他，尽管约翰离开的时候她什么感觉都没有；更重要的是，如果他一直做约翰做的事情，他很可能会变得越来越像约翰。她想，我们只有一个选择，离开这儿。想到这儿，她感到高兴，看着他坐进车里。她愿意把约翰拥有的一切都和他分享——真的，什么都可以给他——只要他保证永远当她的陌生人。

她笑着做家务、给宝宝穿衣服。她心甘情愿地把他行李箱里的东西一件件拿出来。他已经把行李箱忘在了卧室的一角，就好像万一发现她不是他想的样子或者不想让他留下的话，他可以提起行李箱就走。她把他的衣服放进衣柜，这些衣服简直就像约翰的衣服。她在衣柜前迟疑了一会儿，想道：他用约翰的东西会有所顾忌吗？接着她告诉自己不会，他都开始占有约翰的妻子了，想到这儿她又笑了。

宝宝一整天都在哭闹。当小约翰从幼儿园回来，说的第一句话（他抬头看她的眼神这么急切）却是："爸爸在哪儿？"

"爸爸去上班了。"她说完，又笑了，觉得这一幕简直是对约翰的讽刺。

这天，她动不动就上楼去，看他的行李箱，抚摩行李箱的皮革面。她走过餐室的时候，总忍不住瞥瞥墙角那个他说要摆上小架子的空位。她还对自己说，他们会找到一个镶着紫色、蓝色和金色的边的象牙小人。小人会被放到架子上，保佑他们的生活不受侵扰。

等孩子午睡醒来后，她带他们出门散步。在外面的时候，她突然重新陷入了过去那种寂寞的生活方式（独自带孩子们散步，提起老是不在家的孩子爸爸，渴望晚上能有个人说说话，强迫自己不用那么急于回家：只是担心他打电话回来的时候没人接），那种惊惶的感觉又回来了。倘若她一直弄错了？不会的，她不会弄错的。要是约翰今晚回家，那就实在太残忍了。

就在这时，她听见轿车停下的声音。她打开房门，抬头看他，心想，不，这人不是我的丈夫。她的快乐又回来了。从他的微笑里，她看出他已经察觉出她的疑虑。但他很显然是个陌生人，所以一见到他，她就什么都不用多说了。

那天晚上，她问他的问题全都没有意义，他回答的内容也无关紧要。因为她只是想把这一刻保存在记忆里，这样他不在家的时候，她好让自己有个依托。她问他，他们大学里教莎士比亚的教授叫什么名字，他遇见她之前喜欢过的那个姑娘叫什么。他微笑着说他完全不记得，说就算她把名字报给他，他现在也认不出来。她高兴坏了，他甚至都没有花功夫记下所有的往事，他只做了一点儿准备（孩子们的名字、家庭住址、她喜欢喝什么鸡尾酒）就过来找她了。是的，这点儿功课就够了，因为之后发生的事情不受他的掌控，她要么希望他留下，要么会打电话给真正的约翰，把他赶走。

"你最喜欢吃的东西是什么？"她问他，"你喜欢钓鱼吗？你以前有没有养过狗？"

"今天有人跟我说，"他说，"他听说我从波士顿回来了。

我一下子恍惚，以为他说的是听说我在波士顿死了。"

他也是个寂寞的人，她想到这儿有点儿伤感，这就是为什么他会过来，彻底改变他的生命轨迹：现在我每天晚上打开门看到他的时候都会想，这人不是我的丈夫；我等待他的时候也会记得，我是在等待一个陌生人。

"不管怎么说，"她说，"你没在波士顿死掉。其他事情都不重要。"

早上她送他出门的时候感到一丝自豪。她操持家务，给孩子穿衣服。等小约翰从幼儿园回来的时候，他没有问"爸爸在哪儿"，而是匆匆搜寻了家里，然后叹了口气。孩子们午睡的时候，她想下午可以带他们去公园，接着她想到明天下午、后天下午……每个独自带孩子的漫长午后，丧偶一般的每一个下午，她觉得自己没法这样过下去了。我已经受够了，她想，今天我必须看到一些除了孩子以外的人。没有人应该承受这样的寂寞。

她很快换好衣服，整理好房间，打电话给一个高中女生，问对方能不能带孩子们去公园。她不再理会上千条有关购买正确婴孩服饰的规定，而且毫无罪疚感。她也不在乎小约翰有没有爆米花吃，什么时候领他们回家。她逃走了，想着自己必须和别的人待在一起。

她搭出租车进城，因为她觉得唯一合理的借口是去给他挑一份礼物，她给他的第一份礼物。她想着，或许可以为他买一个镶着蓝色、紫色和金色边的小人。

她在城里的陌生小店里闲逛，挑选着那些簇新架子上的可爱摆件。她长时间地审视着象牙制品，看着小雕像，还看着色彩鲜亮但毫无意义的昂贵玩具。这些东西都适合送给一个陌生人。

当她提着大包小包，准备回家的时候，天已经黑了。透过出租车的窗户，她望向昏暗的街道，想到陌生人已经在家里等她，她感到高兴。他或许正在家里的窗口看她会不会一下车就奔向他。看到她回来的时候，他或许会想，这是个陌生人，我在等一个陌生人。"在这儿，"她喊着，敲着出租车驾驶室的隔离玻璃，"司机，就是这里。"她付了车费，下车，微笑着看车子驶离。我的样子看起来应该很好，她想，司机对我笑成那样。

她转身向家走去，很快又犹豫了：出租车真的没有开过头吗？不可能的，她想，不可能弄错的。但是我们家真的是白房子？

那个夜晚很黑，她只能看到一排排的房子，一排排的房子背后还是一排排的房子，无始无终。这里面有一栋房子是她的家，里面有位美好的陌生人，但究竟是哪一栋？她此刻感到了迷失。

家

　　埃塞尔·斯隆下车的时候哼着小调，穿过满是水塘的人行道，来到一家五金店门口。她身上穿的是簇新的雨衣和质地上乘的雨靴，虽然才在这座乡下小镇住了一天，她已经很会观测天气了。"这雨下不长的，"她颇有自信地对五金店员说，"每年这个时候，雨总下不长。"

　　店员识相地点点头。在乡下住一天足以让埃塞尔·斯隆和多数的本地居民打成一片。就说这家五金店，她也已经来了好几回了（"不住进老房子不知道，原来需要这么多零零碎碎的东西。"）；她还去了邮局更改地址，去杂货店让老板知道今后斯隆家会一直来这里买菜，去了银行、加油站、附近的小图书馆，甚至专门到理发店打了招呼（"……一两天后，我丈夫吉姆·斯隆会来光顾的！"）。埃塞尔·斯隆很高兴买下了这栋老的桑德森房子，她喜欢走在村子里的单行道上，不过她最喜欢的是这里的人都能叫出她的名字。

　　"他们让你觉得你完全融入这里，就好像你出生在这个

215

地方。"她解释给丈夫吉姆听。

私底下她觉得村子里的小店主们都专门花心思记下她的名字，她一天内带给他们的生意或许要比村里其他人一年贡献的还多。这地方不太有生人，她这么开释自己，他们需要一段日子才能信任外人，我们不过才搬来两天。

"第一，我想知道这里最好的水管工是谁。"她对五金店的店员说。埃塞尔·斯隆相信只有从当地居民那里才能得到最可靠的资讯。电话簿里的水管工或许也有保证，但是只有当地居民清楚谁才是最好的。埃塞尔·斯隆完全不想因为雇了个不受欢迎的水管工而得罪她的邻居。"我还需要衣柜的挂钩，"她说，"我丈夫吉姆修家具就跟他写东西一样好。"这是她的原则：总是告诉他们你是干什么的，这样他们就不用再问你了。

"我猜最好的水管工大概是威尔·沃森，"店员说，"这儿附近的水管一般都找他修。下这么大的雨，你还开车从桑德森路过来？"

"对啊，"埃塞尔·斯隆对这个问题感到有点儿奇怪，"我得跑很多地方，因为有很多事要忙。"

"河的水位很高。他们说，当河的水位高的时候，有时候会……"

"昨天我们来的时候，桥扛得住我们的搬家货车，所以我猜今儿也可以扛住我的小轿车。那座桥看起来一时半会儿塌不了。"她顿了一下，想想是不是不应该提"塌不了"，不过她想不用多久她说话就会像当地人。"不管怎么说，下雨又不算什么事。我们家里还有很多事情要拾掇。"她对"拾掇"

这个词很满意。

"好吧，"店员说，"当然了，没有人可以阻止你开车过桑德森路。假如你留心，你会发现这儿的人下雨天都避开那条路，包括我自己。我觉得这只是一种说法，不过我还是尽量避开那条路。"

"下今天这么大的雨，"埃塞尔·斯隆语气坚定地说，"那条路就是有点儿泥泞。河的水位高，过桥是有点儿吓人。你既然选择住在乡下，就要习惯这些事情。"

"我指的不是这些。"店员说，"衣柜的挂钩？我在想，我们可能没有衣柜的挂钩。"

在杂货店里，埃塞尔·斯隆买了芥末酱、肥皂、腌黄瓜和面粉。"我昨天忘记买这些了。"她笑着解释。

"下这么大的雨，你从那条路开过来？"杂货店老板问。

"没这么糟，"她说，仍然觉得他们大惊小怪的，"我不觉得下雨是什么大不了的事情。"

"这种天气，我们会绕开那条路，"杂货店老板说，"你可能听说过关于那条路的事情。"

"那条路似乎真的口碑不好，"埃塞尔说着，又笑了笑，"不过路况没有我在这儿经过的其他路那么糟。"

"好吧，我已经警告过你了。"杂货店老板说完这句，就不多说了。

我得罪了他，埃塞尔心想，我说我觉得他们的路很糟；这些人不喜欢听关于这地方的坏话。

"你当心点儿，"临别时，杂货店老板说，"不管你看到了什么。"

"我总是很当心。"埃塞尔哼着小调走出杂货店，坐进自己的车，转弯来到废弃火车站前方的环形公路。这座村子很漂亮，她想着，他们开始喜欢我们了，都已经担心起我的行车安全了。这种小地方最适合我跟吉姆，我们习惯不了市郊，或者那种艺术家聚集区，我们是真正过日子的人。吉姆会继续写作，我会找位当地的太太教我怎么烤面包，找沃森来修水管。

五金店员和杂货店老板都亲自送到门口看着她驾车离开，这让她特别感动。他们真的在担心我呢，她想，他们怕一个城里来的姑娘开不了他们村里的土路，我猜冬天肯定会更糟，但是我没问题，我现在住在乡下了。

她开出了村子，上了高架，之后下到农田之间的土路，偶尔见到几栋农舍，她开过河——下这么大的雨之后，水位确实高得瘆人——再转弯来到通往桑德森房子的陡峭的山路。埃塞尔·斯隆没过桥就看到这栋房子了，尽管夏天繁茂的树木遮挡了部分的视线。房子美极了，想到这儿她不禁感到自豪，我的运气真好，这栋房子就这么庄严地守在那里，等我回家。

很久之前，山那边的桑德森地产就被卖掉了，山丘上点缀着零星的小村舍和几片杂草丛生的农场。那边的居民用另一条坡度更低的公路，当埃塞尔·斯隆发现这条路和桥上的轮胎痕全是她的轿车留下的时候，她很惊讶，也有一丝不安。她沿着桑德森路开，心想，真没有别人在用这条路，可能因为路是私有的，也可能是因为他们整天说，说得让人都不敢开上这条路了。过桥的时候，她抬眼瞅瞅山顶的房子，然后发现路边有两个人静静地站在雨中。

天哪，她想，站在这么大的雨里。她赶紧停下车。"我可以送你们一程吗？"她摇下车窗，喊道。透过大雨，她依稀辨认出这是一位老妇人和一个孩子，没带伞，就这么淋着雨。定睛看了他们一会儿之后，埃塞尔·斯隆发现孩子浑身湿透，在雨中哆嗦、哭泣，可怜极了。她大声叫道："快点儿上车，你不能让这孩子这么淋雨。"

他们看着她，老妇人皱着眉头听着。或许她耳聋，埃塞尔想。于是她穿着她的好雨衣和好雨靴下车，走过去。她不想贸然和他们发生任何肢体接触，只能把自己的脸凑近老妇人的脸，气急败坏地说："快点儿。把这孩子抱上车，不要淋雨了。你们要去哪里我就送你们去哪里。"然后，她看到孩子只裹着一条被单，她吓坏了，而且被单下他穿的还是睡衣。更让她不安的是，这孩子光脚站在泥里。"快上车，"她说，赶紧打开轿车后座的门，"快上车，听到没？"

老妇人静静地把手伸向孩子，他瞪大眼睛，目光仿佛穿透了埃塞尔·斯隆。孩子走向轿车，老妇人跟在后面。埃塞尔看着那双光着的小脚踩过烂泥和石头，心里很不舒服，她对老妇人说："你真应该感到羞耻，这孩子准会生病。"

等到两人都上了后座之后，她"乓"的一声关上车门，坐进驾驶位。她瞥了一眼后视镜，但是他俩都缩在角落里，这是后视镜的盲区，于是她回头，看到孩子紧紧依偎着老妇人，老妇人则直视前方，满脸倦容。

"你们要去哪里？"埃塞尔抬高嗓门问，"我要送你们去哪儿？这孩子，"她对老妇人说，"必须赶紧进屋换身干衣服。你们要去哪儿？我可以在最短时间内把你们送过去。"

老妇人张嘴，用一种年迈但毫不慈祥的声音说："我们想去桑德森房子。"

"桑德森房子？"到我们家？埃塞尔心想，要来看我们？这两人？很快，她便意识到对当地居民而言，所谓的桑德森房子大概包括了那些小村舍在内的所有地产，他们可能把这一片都叫作桑德森房子。一想到这儿，她感到一种封建时代遗留下的奇异的骄傲感。我们是大庄园主，她想，她连问话时候的语气都变得更温柔了："你们在雨里等很久了吗？"

"对。"老妇人说，她的声音听起来遥远而绝望。他们的境况一定很凄凉，埃塞尔想。这么老、这么累，还要这样在雨里等人经过。

"没关系，很快送你们回家。"她说完就发动引擎。车轮在烂泥里打转，但终于找到了抓地力，慢慢地，埃塞尔感到车子开始爬坡。满地都是泥，而且雨下得更大了，她感到车子后边似乎拖着无法承担的重负。就像载着千斤顶一样，埃塞尔想，可怜的老太太，一定是岁月的重量。

"这孩子还好吗？"她问，抬起头，但是她此刻在开车，不能回头看他们。

"他想回家。"老妇人说。

"我想也是。告诉他很快就到。我会送你们到家门口。"这是我能为他们做的最微薄的事，她想，或许还可以随他们进屋，看看里面是不是足够暖和，他还光着脚呢。

开车上坡显得异常艰难，或许路况真的要比埃塞尔想象的更糟。她觉得盘山的时候必须全神贯注，一刻也不能开小差，甚至不能说话。雨水凶猛地打在前挡风玻璃上，车轮在泥里打滑。她只是说了一句"快到山顶了"，接着她必须保持沉默，双手紧握方向盘。等到车子最后一冲，终于驶上最后一段坡路，来到桑德森房子前的平缓车道，埃塞尔说："到了。"她笑了笑，又补充说："现在，我应该朝哪里开？"

他们肯定吓坏了，她想，我肯定这孩子被吓坏了，而且我不怪他们，我自己也有点儿紧张。她大声说："我们已经到山顶了，没事了，我们顺利到了。现在我应该朝哪里开？"

迟迟没有等到回音，她扭头看，车后座是空的。

"就算他们能在我没留意的情况下下车，"埃塞尔·斯隆那晚第十次跟丈夫提起这事，"他们也不可能凭空消失。我到处都找遍了。"她举起双手作为强调，说："我冒着雨在山顶的各个方向都找过了，还大声叫他们。"

"但车的后座是干的。"她的丈夫说。

"哼，你的意思是不是说这一切都是我幻想出来的？我才不是会幻想出老妇人和孱弱的小孩的那种人。里面肯定有什么道理，我才不会胡思乱想。"

"嗯……"吉姆刚开口，又迟疑了。

"你确定你真没见过他们？他们没有来敲门？"

"听我说……"吉姆说，但是又犹豫了。"是这样。"他说。

"我可从来不是那种幻想见过老妇人和小孩还到处跟人说的人。你知道我不是那种人，吉姆，你知道我不会到处……"

"嗯，"吉姆说，"是这样。"他终于说道："可能真的有一种说法，我听人说过，我一直没跟你说是因为……"

"因为什么？"

"因为你……嗯……"吉姆说。

"吉姆，"埃塞尔·斯隆噘起嘴巴，"我不喜欢这样，吉姆。到底是什么事情你没有告诉我？有什么事情是你知道，我却不知道的？"

"只是一种说法。"吉姆用无助的语气说。接着，他回避埃塞尔的眼神，说道："每个人都知道，但是他们不会多嘴。我的意思是，这种事情……"

"吉姆，"埃塞尔说，"一次性跟我讲清楚。"

"是这样，以前有个桑德森家的小男孩被人拐走，或者自己走失了，总之他不见了。他们觉得是个疯老太婆抓走他的。人们一直在说这事，但是他们从来没有证实过任何说法。"

"什么？"埃塞尔·斯隆起身走向门口，"你的意思是这栋房子里有个男孩被拐走，而且从来没人跟我讲过这事？"

"是的，"吉姆愣愣地说，"我是说，这是六十年前的事情了。"

埃塞尔第二天吃早饭的时候还在聊这事。"而且他们从来没被找到，"她高兴地对自己说，"所有人都帮忙找，最后认定两人淹死在河里了，因为那晚下的雨就跟现在一样大。"她满足地看着雨水敲打着家里餐厅的窗户。"喔，有意思。"她说着，叹了口气，伸了个懒腰，之后绽放出一丝微笑。"鬼魂，"她说，"我撞见了两个活脱脱的鬼魂。怪不得。"她继续说："怪不得这孩子看起来那么惨。惨死了！被拐跑，最后还淹死了。怪不得。"

"听着,"吉姆说,"假如我是你,我会忘了这事。这儿的人不喜欢谈论这件事情。"

"他们都不愿意告诉我,"埃塞尔说着,又笑了,"我们当地的鬼魂!没一个人肯告诉我。我一定要听到故事的每一个细节才满意。"

"这就是我之前没敢告诉你的原因。"吉姆绝望地说。

"别傻了。昨天,我跟每个遇见的人都提了要开车过那条路,我打赌他们全都巴不得要跟我说这事。我真想看看他们知道了我的经历会有什么表情。"

"别这样。"吉姆此刻正瞪着她,"你不能就这么到处跟人……炫耀这件事情。"

"我当然可以!现在我们真的在这儿安了家。我也真的见到了当地的鬼魂。今天早上我就要告诉每一个人,然后从他们那儿得到故事的全貌。"

"我真希望你不要这么干。"吉姆说。

"我知道你希望我不这么干,但我还是要做。如果我听你的,我必须等到一个合适的机会才能提起这事,或许到那个时候,我真的以为这一切是我自己幻想出来的呢。所以我决定,吃完早饭,我就去村里。"

"埃塞尔,拜托,"吉姆说,"拜托听我的劝。人们的反应不一定跟你预期的一样。"

"我们当地产的两个鬼魂。"埃塞尔又笑了,"我们当地产的,我真的等不及要看看村里人的反应了。"

她坐进车里之前，先开了后座的门，再次端详着后座，干的，一点儿褶皱都没有。接着，她冲自己微笑，坐进驾驶位，突然感到背后有一双冰冷的手。她回头看。"怎么？"她用近乎呢喃的声音说，"你们不会还在这儿吧。你们不可能还在这里！怎么回事，我刚才才看过。"

"房子里有两个陌生人。"老妇人说。

埃塞尔颈后的皮肤皱起来，就好像有什么湿漉漉的东西在上面爬。孩子的眼神穿她而去，老妇人的眼睛像死鱼的。"你们想要什么？"埃塞尔仍用近乎呢喃的声音说。

"我们必须回去。"

"我带你们去。"雨猛力地敲打着车窗，埃塞尔·斯隆看到自己的手颤抖着伸向车钥匙，她告诉自己：不要害怕，不要害怕，他们都不是真的。"我带你们去。"她说着，握紧方向盘，把车掉转头，面向下坡路。"我带你们去，"她说，几乎开始念叨，"我会带你们回家，我保证，我肯定做到，我保证带你们去想去的地方。"

"他想回家。"老妇人说。她的声音显得非常缥缈。

"我带你们去，我带你们去。"山路比先前更滑了。埃塞尔·斯隆对自己说，小心开车，不要害怕，他们不是真的。"去我昨天看到你们的地方，我带你们回去。"

"房子里有两个陌生人。"

埃塞尔意识到她驾车的速度过快了，她觉得从车后座刮来的湿冷的风正在推搡着她，逼迫她加快速度。

"我会带你们回去。"她一遍又一遍重复着对老妇人和孩子说。

"等陌生人走了，我们就可以回家了。"老妇人说。

开到桥之前的最后一个弯道，轮子打滑了，埃塞尔·斯隆紧紧抓着方向盘，大声喊道："我会带你们回去，我会带你们回去！"车子拐弯了，眼看就要冲进高涨的河水里，她能听见的唯有孩子疯狂的笑声。一个轮子打滑了，在半空中打转，她用尽全力抓着方向盘，终于把车救回到公路上，她刹住了车。

她泪水盈盈，简直透不过气来。她把脸埋在方向盘上，感到虚弱无力。我差点儿就死掉了，她对自己说，他们几乎要了我的命。她不需要再回头看轿车后座，那阵冷风不见了，她知道后座是干的，而且空无一人。

五金店的员工抬起头，看到埃塞尔·斯隆进来，礼貌地微笑，等他定睛看清楚后，皱起眉头。"今天早上你身体不舒服，斯隆太太？"他问，"下雨让你不舒服？"

"我差点儿在路上出事。"埃塞尔·斯隆说。

"在桑德森路上？"店员按在柜台上的手纹丝不动，"差点儿出事？"

埃塞尔·斯隆刚张开嘴，马上又合上了。"对，"过了半晌她说，"车打滑了。"

"我们一般都避开那条路。"店员说。埃塞尔想开口说话，但又打住了。

"那条路在这儿的名声不太好，"他说，"今早你想要点什么？"

埃塞尔想了想，最后说道："晾衣夹，我觉得我需要一些

225

晾衣夹。关于桑德森路……"

"嗯？"店员说着，他已经背过她去拿东西了。

"没事。"埃塞尔说。

"晾衣夹，"店员说着，把一个盒子放在柜台上，"对了，你跟你先生明晚会来参加社区里的联谊会吗？"

"我们一定到。"埃塞尔·斯隆说。

睡衣派对

　　这一切都是詹妮的主意。我是很勉强地被慢慢说动的，她满口甜言蜜语，还保证一定不会惹麻烦。事实上，詹妮甚至夸下海口，要是让她办睡衣派对，她保证这整个月都把房间整理干净。这个承诺没有兑现的可能，我只能据此认定她真的很想办这场睡衣派对。我丈夫觉得这一开始就是个错误。"你做了个糟糕的决定，糟透了，"他对我说，"别说我没提醒你。"我的大儿子劳里也说这是个错误。"天哪，"他说，"你会后悔的。你往后的人生都会问自己：'我干吗让那个蠢姑娘在那个晚上开睡衣派对？'这是你往后的人生，等你老了之后你会说……"

　　"我能怎么办？"我说，"我已经答应她了。"我们全家都围坐在早餐桌旁，这天是詹妮十一岁生日的早晨，七点三十分。詹妮没有在听，她的勺子悬在麦片早餐上，眼神迷离，已经开始想着那天晚餐后拆礼物盒的场面。她的生日礼物愿望单包括一匹真的小马、一双溜冰鞋、属于她自己的高跟鞋、美妆套装（要有真正的口红）、唱片机和唱片、能陪她玩的小猴子。她希望当晚可以实现其中的部分或全部愿望。此刻，她叹了口气，放下勺子后，又叹了口气。

"这你是知道的，"劳里对我说，"我的房间就在她隔壁。和平日一样，今晚我也要睡在那儿。你有没有想过我晚上回到自己的床上要怎么才能睡着？"他耸了耸肩。"她们会咯咯地笑，"他说，"咯咯地笑，咯咯地笑，咯咯地笑，笑个没完。一直到凌晨两三点，她们还在咯咯地笑，咯咯地笑，没完没了。谁都受不了。"

詹妮定睛看着他。"我们应该一把火把这家伙的出生证烧掉！"她说。

"咯咯地笑，咯咯地笑。"劳里说。

巴里挥动着烤面包片。"等詹妮拿到生日礼物之后，我可以一起玩吗？"他说，"要是我保证非常非常小心，可以让我一起玩……"

每个人都在同一时间开始说话，巴里的声音很快被盖过了。"咯咯地笑，咯咯地笑。"劳里抬高了嗓门。"别说我没警告过你。"我丈夫大声说。"不管怎么样，我已经答应了。"我说。"祝你生日快乐，姐姐。"萨莉唱起来。詹妮咯咯地笑起来。

"你听！"劳里说，"听到了没？就这么笑一整夜——有五个姑娘！"他拼命摇头，就像那个反复告诫说千万不能把木马带进特洛伊城的人。劳里离开，去拿他的课本和小号了。詹妮快活地叹着气。巴里刚刚张嘴准备说话，但他爸爸、萨莉和我都对他说："嘘——"

詹妮肯定吃不完麦片，兴奋过头了。这个早晨有霜冻，我叮嘱姑娘们裹上冬装，戴上暖和的帽子，我也帮巴里穿上滑雪衫。劳里相信自己的身体足以抵御寒冷，一下楼就说："疯子才穿这么多，我告诉你，只有疯子才这么穿。"他这话是冲我说的。他对他爸说了句"再会，老猫"，紧接着从后门出去，踏上他的单车。不管我怎么歇斯底里地要他穿上外套或至少加一件毛衣，他都毫不理会，扬长而去。

我检查了其他孩子，牙刷过了，头发梳好了，手帕放在了兜里。我提醒姑娘们过马路的时候要记得抓着巴里的手，告诉巴里要记得抓好姐姐的手才能过马路。我把给巴里当点心的饼干放到他的夹克衫口袋里。我第三次提醒詹妮要带上拼写本。开门的时候我得看着狗，这样狗才不会跑出去。我和所有人道别，又跟詹妮说了句"生日快乐"。我从厨房的窗户看着她们歪歪斜斜地走下家门口的车道，走走停停，指指这儿，指指那儿，扯闲天。我再次打开家门，催促她们加快脚步，这样下去准会迟到，但她们不听我的。"走快点儿！"我大喊起来，她们走快了几步，可等走到车道的尽头，上了人行道，她们加入了那群去上学的懒懒散散的孩子：红色连帽衣、蓝色夹克、条纹鸭舌帽。这幅慢吞吞的景象出现在每天早晨，每天中午午休，之后是吃完午饭返校，再是下午三点放学的时候。我回到餐桌旁，疲惫地坐下，伸手去够咖啡壶。"五个孩子太多了，"我的丈夫解释道，"家里来一个孩子就够忙活了。"

"一个客人办不了睡衣派对，"我有点儿来气，"而且不管她请了谁，另外三个姑娘都会生气的。"

到了午饭时分，我已经整理好四张小床，有两张床是从邻居那里借来的，邻居一听说这些床的用途就露出错愕的表情。"我觉得你肯定是疯了。"她说。詹妮的卧室实际上是两个房间，一个小房间，另一个面积更大的被她叫作书房，因为她的书架摆在里面。我把一张小床挨着她的床放在卧室里，几乎把小房间占满了。另外三张床，我并排摆在她的书房里，看起来像女生寝室。詹妮的书房隔壁是客房，除了劳里的卧室之外，其他卧室都在客房的另一边。劳里的房间和詹妮的书房之间只隔着一堵薄薄的墙。我把所有彩色的被子和有花纹的枕套都拿了出来，放在这五张小床上，还在房间里放足了备用床单。到最后，我连沙发上的靠垫都征用了。

　　等詹妮放学回家，我叫她先躺下休息，跟她说今天晚上她可能要很晚才睡——这是我人生里把话说得最客气的一次。才过了十五分钟，她就下楼问我能不能换上晚上派对的衣服。我跟她说派对要八点才开始，让她吃个苹果，再去躺一会儿。十分钟后，她又下楼了，解释说再过一会儿她可能会兴奋到连衣服都不知道怎么穿，现在穿衣服才是最合适的。我告诉她，假如晚饭摆上餐桌前，她敢再跑下楼来，我会亲自给她的四位客人打电话，取消这场睡衣派对。这样，她才终于在楼上的电话机旁停歇了半个小时，跟她的朋友卡萝尔打电话。

　　她当然兴奋得根本吃不下晚饭，但这些菜都是她之前自己点的。她在羊肉上咬了一小口，把土豆泥重新堆好，还跟她爸爸和我说，她不明白我们怎么能够容忍这么多生日。她爸爸说他多少已经习惯，而且事实上三十岁之后确实也不再感到兴奋了，詹妮将信将疑地叹了口气。

"再过一次这样的生日，会要了她的命。"劳里抱怨道。"卡萝尔，"他说，从语气中可以听出这个宾客单让他恐惧，"凯特、劳拉、琳达、詹妮。你肯定疯了。"他最后一句指的是我。

"你的意思是，你的朋友就很好？"詹妮说，"今天难道不是厄尼丢纸团才被叫去科科伦老师的办公室吗？难道不是查理……"

"你没这么讨厌查理。从学校走回家的路上，"劳里说，"你不是总跟他……"

詹妮的脸唰地红了。"当哥哥的就有权在我生日的当天羞辱我吗？"她问她爸爸。

因为是詹妮的生日，萨莉帮我一起收拾餐桌，詹妮坐着，两手团在一起，就这么看着。等桌子抹干净了，我们就留詹妮一个人在那儿坐着，其余人聚集在一楼的书房里。我的丈夫给粉色和白色相间的蛋糕点上蜡烛，萨莉和巴里把藏在衣橱里的礼物拿出来，这都是他们自己挑的并精心包装好的。巴里的礼物显然是手工皮艺，因为他经过最用心的包装也没有把盒子完全包好，"皮艺"的字样露出来了。萨莉准备的是三本书。劳里则亲自选了一套唱片。（"这是给我妹妹的，"他在唱片店里对店员说，双手各拿一张猫王的唱片，样子那么老实，"给我妹妹的——不是我的，是给我妹妹的。"）劳里还得帮忙把那台蓝色的小唱片机搬过去，丈夫和我都觉得这比小猴或高跟鞋更适合我们的大女儿。我还得把爷爷奶奶和外公外婆准备的礼物搬过去：一个盒子装的是有花朵图案的百褶裙和漂亮的小罩衫，另一个盒子装的则是蓬蓬裙的衬裙。丈夫捧着蛋糕走在最前面，我们其他人跟着一起拥到詹妮独自坐着的餐室。"祝你生日快乐。"我们齐声唱着，詹妮瞥了我们一眼，紧接着跃回到电话机旁。"等我一下。"她说。"卡萝尔？卡萝尔，听着，我拿到了，是唱片机！再见！"

七点四十五分的时候，詹妮换上了新的百褶裙和罩衫，百褶裙里面是那条硬邦邦的衬裙。巴里高兴地把皮革制品的礼品盒拆开，唱片机已经连上插座，我们都已经不太情愿地听完猫王的两张唱片了。劳里把自己关在房间里，不想被任何节日气氛干扰。"我愿意买唱片，"他解释说，"我甚至从银行账户里自愿取钱出来，但没有人可以逼我听。"

我把一张折叠纸牌桌搬到詹妮的房间，硬是在几张床中间找到空隙把它安插进去。我给它铺上漂亮的桌布，放上一篮苹果、一小碟糖果、一盘奶油纸杯蛋糕，还把五瓶葡萄味的汽水插在一只冰桶里。詹妮把唱片机搬上楼，放到桌子上。劳里帮她连好插座，条件是她必须等到他回房间关上门以后才开始播放。让劳里感到愤愤不平的是，家里完全忽视了他这个长子的合理需求：健康的心智和安静的睡眠。我的补救方式是在他的桌子上放了一摞塔罗牌，还有一本解梦的书。

一切准备就绪。第一位客人大驾光临时，詹妮和她爸爸还有我都忧心忡忡地坐在客厅里。是劳拉，她穿着蓝色的派对裙。她给詹妮带来了一只手镯，詹妮当场就戴到手腕上。接着是卡萝尔和琳达一同来了，一个穿着绿色的派对裙，另一个穿着漂亮的短裙和罩衫，就像詹妮的行头。她俩都喜欢詹妮的新裙子和罩衫，一个给詹妮送了本书，另一个则为她的娃娃买了裙子和帽子。凯特几乎是紧随其后，她也穿着和詹妮类似的蓬蓬裙，里面也穿着衬裙。她和詹妮比了比衬裙，两人都觉得对方的裙架子要漂亮得多。凯特给詹妮带来了一个钱包，里面放着一枚象征好运的一美分硬币。除了凯特之外，所有姑娘都带来了一个装着过夜用品的包，凯特则拖着一个小箱子。"我带了这么多东西，你们会觉得我这是要住上一个月。"她开玩笑地说。我觉得我的丈夫听到这话时在发抖。

每个姑娘都在赞美彼此身上穿戴的每一样东西。她们达成一致：詹妮的加州产的裙子要比佛蒙特州能买到的任何裙子都时髦。她们都觉得钱包是最好的礼物，因为它和詹妮裙子上的小红花特别搭。劳拉脚上穿的鞋子是所有人见过的鞋子里最漂亮的。琳达的派对裙是奥纶质地，所有人都羡慕得不得了。琳达说，要是让她有一句说一句，这裙摆可从不会走样。卡萝尔戴着一条珍珠项链，但所有人都说看不出这上面的珍珠是假的。琳达说我们家的房子是最漂亮的，她总是跟她的爸妈说她也希望她家能有这样一栋房子。我的丈夫说，我们随时都可以把房子卖掉。凯特说我们的狗太可爱了，劳拉说她爱极了那把绿色的椅子。我说了一句不怎么好听的话：她们都已经来过我们家这么多回了，这把绿椅子还是跟以前一样，没比上次劳拉在上面蹦蹦跳跳的时候变得更好看。詹妮赶紧说她楼上的房间里有纸杯蛋糕和猫王的唱片，这群姑娘就上楼去了。她们像马队一样踏上后楼梯，喊着："纸杯蛋糕，纸杯蛋糕。"

萨莉和巴里已经躺到了床上，但被允许晚一点儿睡，因为今天是星期五，而且是詹妮的生日。巴里已经把詹妮的皮艺拿回自己的房间，准备给他亲爱的姐姐做一双软帮皮鞋。因为萨莉和巴里都没有获邀参加派对，我给他俩各送去一个纸杯蛋糕、一杯果汁，还有三块糖。萨莉问她能不能一边放她的唱片机，一边读童话故事和吃纸杯蛋糕。我说当然可以。因为家里洋溢着兴奋的气氛，我觉得连巴里都不一定能很快睡着。当我正准备下楼时，巴里喊我，问我他能不能放他的唱片机，我当然无法说不。

我下楼后，丈夫正坐在客厅里读一本新手指南。"一切看起来挺……"他说。我以为他要说"安静"，但是詹妮的房间忽然传来了猫王的曲调。劳里的房间则传来一声怒吼，之后他的唱片机响了起来。作为对猫王的回应，劳里选的是一张路易斯·阿姆斯特朗的老唱片，音量不甘示弱。从楼上房子的前端传来《彼得与狼》童话交响乐的开场，那是萨莉的房间；然后，从巴里的房间远远传来一系列刺耳的音调，那是为了奏响《月亮上的太空人》。

"你刚才在说什么？"我问丈夫。

"喔，当圣人们，踏着步伐走来……"

"我说一切看起来挺安静。"丈夫扯着嗓子喊。

"猫，用低音单簧管吹响……"

"我渴望你，我需要你……"

"准备好发射：五—四—三—二……"

"我希望可以成为他们中的一员……"

"确实挺安静。"我用同样的音量回答丈夫。

"嘭——"巴里的火箭上到了太空。

有一段时间，巴里的声音最响，因为他可以唱出（吼出）

《月亮上的太空人》里的每一个词。但是很快狼来到了彼得的门前。詹妮把唱片换成《蓝色麂皮鞋》，劳里则拿出了他的小号。他把每个音符都吹得嘹亮，这是平日家里禁止的，所以好一会儿他都是遥遥领先。但很快詹妮的房间里蹦出无法否认的吉他声，之后当詹妮和她的客人们都高唱起来时，劳里怯场了，失去了他的圣人，很快就被《蓝色麂皮鞋》比了下去。他吐了句脏话，重新吹起圣人，但最后还是输给了"四—三—二——一—嘭"。有一分钟，彼得的快乐旋律清晰可闻。紧接着詹妮又换了唱片，现在房子被《伤心旅馆》震得连地基都在摇晃。

"妈妈，"萨莉下楼喊，"我都听不到猎人过来了。"

"发射！"

劳里的门"乓"地关上，他的脚步声响彻后楼梯，最终他拿着唱片机和小号出现在客厅里。"爸爸。"他喊道，样子看起来很可怜。

他爸爸点了点头。"放最响的音乐。"他说。

"明白！"他们最终决定演奏艾灵顿公爵的音乐。我坐进厨房，把所有的门窗都关上，这样听到的就只是一阵有秩序的音强，它们虽然让窗框发颤，让挂在墙上的锅子相互擦碰，但仍可以忍受。等时间到了九点三十分，我上楼去查看萨莉和巴里。萨莉不依不饶，已经把《彼得与狼》换成了一张以欢笑的啄木鸟为主角的唱片，她累得打起了瞌睡。我跟她道完晚安，接着去巴里的房间。巴里已经穿着他的太空服在月亮上的坑洼里梦游了，他的床上散满了皮革的碎料。我关掉他的唱片机，帮他盖好被子。等我回到萨莉的房间时，萨莉也睡着了，她的肚子上还放着摊开的童话书，她的小猫紧挨着她的小脸睡在枕头上。我收好她的书，把小猫赶到床脚。它在那儿待了一会儿，但等它觉得我已经走下楼梯，就蹑手蹑脚地爬回到萨莉的枕头上。萨莉舒服地转动身子，小猫发出呜呜声。我下楼后，发现劳里和丈夫正就着踢踏舞曲《搭 A 线列车》放松心情。

劳里准备换唱片，但是他犹豫着，仰起头，听了一会儿，看了看他的爸爸。他的爸爸也在听。楼上的唱片机停了，劳里闷闷不乐地摇摇头。"好吧，现在一切才真正开始。"他说。

他是对的。

过了大约半个小时，我来到后楼梯的底部，大声叫那些姑娘安静点儿，但是她们听不到我。她们显然在玩塔罗牌，因为我可以听到有人正说起一个高个子深肤色的男人，还有一个人则在冷冷地讥嘲某个朋友的嫉妒心理。我走到楼梯的中段，再次喊她们，但她们仍旧听不到我。我走上楼，猛地敲打房门，感觉自己像在用头撞一堵石墙。我能听见劳里认识的某个男同学的名字被这些姑娘反复提起，一同提起的——我觉得——还有劳里和课间休息时分蛋糕的事情，之后是一阵疯狂的尖叫，很可能是坏脾气的劳拉发出的。接着凯特提起了另一个名字，一同提起的还有琳达的名字，之后这群姑娘的语调更高了，琳达在大声否认。我把双手都握成拳头，拼命地捶打房门。有一秒钟房间里安静了，直到一位姑娘说："可能是你哥哥。"登时房间里传来一连串嘶吼："滚出去！不许进来！"

"詹妮。"我说，房间里一阵死寂。

"妈妈，什么事？"过了半晌，詹妮终于答复道。

"我可以进来吗？"我平声静气地问。

"哦，当然可以。"姑娘们齐声说。

我转动门把手，走进房间。她们全都坐在詹妮房间里的两张床上。唱片机上的唱针已经被挪开，但我还是看到猫王的唱片在不停地转着。纸杯蛋糕吃光了，糖果也没了。塔罗牌散得满床都是。詹妮穿着她的粉色短袖睡衣睡裤，在这么清寒的晚上她穿得太单薄了。琳达穿着蓝色的短袖睡衣睡裤，凯特穿着大学女生穿的那种冬季睡袍，劳拉穿的是有蕾丝边的睡裙，白底上印着粉色的玫瑰图样，卡萝尔穿的是黄色的短袖睡衣睡裤。她们的头发都披散着，双颊红扑扑的。她们挤在两张小床上，显然已经比平日的睡觉时间迟了好久。

"你们不觉得，"我说，"现在应该快点儿休息吗？"

"哦，不要。"她们都嚷嚷起来。詹妮补充说："派对才刚刚开始呢。"她们就像一束锦簇的花团。我让步说（劳里会把我的语气形容为缺乏应有的坚决），最多再给她们几分钟时间，然后必须睡觉。

"迪基。"凯特小声说。显然是接着之前的某句玩笑话，所有姑娘一听都笑得合不拢嘴，只有卡萝尔没有笑，她义正词严地喊起来："我才没有，我从没有这样，我不是这样的人！"

下楼后，我充满感伤地对丈夫和劳里说："我记得自己像詹妮这么大的时候……"

"我只希望邻居们都已经睡着了，"丈夫说，"或者至少他们不知道这声音是从哪栋房子里传出来的。"

"很可能整条街的人都看到这些姑娘进来了。"劳里说。

"妈妈。"詹妮突然出现在餐室黑黢黢的一角。我吓了一跳，赶紧走过去。

"听我说，"她说，"出了件很不好的事情。"

"怎么了？"

"嘘，"詹妮说，"是凯特和琳达。我以为她俩都想睡在我的书房里，但是现在凯特不想跟琳达讲话，因为今天在学校里，琳达拿了她的午餐盒，而且抵赖，还说她不会还盒子的，所以现在凯特不想跟琳达睡。"

"好吧，这样的话，为什么不让琳达……"

"是这样的，你看，我想让卡萝尔睡在我房间里，因为真的，不要跟其他人讲，她们当中卡萝尔才是我最好的朋友，只是现在我没办法让凯特和琳达睡在一个房间里，所以……"

"为什么不让她俩中的任何一个人睡到你房间里？"

"可我不能让卡萝尔跟劳拉睡在一起。"

"为什么呢？"一直这么压低声音说话都让我腻烦了。

"嗯，因为她俩都喜欢吉米·沃森。"

"喔。"我说。

"而且卡萝尔穿着短裤，但凯特和劳拉穿的都不是。"

"你看这样可以吗？"我说，"我现在从前厅绕道过去，然后把客房的床准备好。然后你可以让一个客人睡在那里。可能是吉米·沃森。"

"妈妈！"詹妮的脸唰地红了。

"对不起，"我说，"从你的书房里拿一个枕头出来，把一个客人安排到客房里。你先和她们一起玩一会儿，我马上把床铺好。我只希望家里还有两床被子。"

"哦，谢谢你。"詹妮转身离开，之后又停下来。"妈妈，"她叫着，"不要因为我刚才的话就觉得我喜欢吉米·沃森。"

"我从没这么想过。"我说。

我赶紧上楼，找到了两床备用的被褥，有点儿小，而且是白色的，也就是说原本我没打算要用到它们。当我走进客房，关上门时，还是劝自己往好处想：至少詹妮眼前的问题解决了，假如我暂时不去想吉米·沃森，还有其他姑娘跟卡萝尔这个金发娃娃之间的残酷竞争。

劳里放起了阿姆斯特朗的《麝鼠漫步》。一刻钟后，詹妮又跑到楼下的餐室来。看到我走过来，她说："嘘，凯特和琳达两人都睡到客房里去了。"

"我以为你刚才的意思是凯特和琳达……"

"她们和好了，凯特为不小心先错拿琳达的午餐盒道了歉，琳达也道歉说自己语气不好，一口咬定是她拿走的。所以现在两人又是好朋友了，只不过劳拉还在生气，因为现在凯特说她更喜欢哈里·本森。"

"超过喜欢劳拉？"话说出来我才意识到自己有多蠢。

"哦，妈妈。当然是超过喜欢吉米·沃森。可我觉得哈里·本森傻乎乎的。"

"假如他是那个让你弟弟巴里自己过马路的人，那么他确实很傻。事实上，如果我的脑子里自动生成一个词形容这位哈里·本森，这个词肯定是……"

"哦，妈妈，他不是那样的。"

我已经错过了自己的睡觉时间。"好吧，"我说，"哈里·本森不傻，而且如果凯特和卡萝尔一起睡在客房里，我不觉得有问题，只要她们不……"

"凯特和琳达。"

"凯特和琳达。只要她们不咯咯地笑，或者发出其他响声。"

"谢谢你。我能不能也睡在客房里？"

"什么？"

"那张床很大。我们都想在一起小声地聊……"

"行，"我说，"想睡哪里就睡哪里，赶紧去睡觉。"

十分钟后，她又跑下来。劳里和他爸爸在吃芝士和饼干，讨论着"酷"这个词的衍生用法，比如说"酷爵士乐"。

"是这样的，"詹妮在餐室里说，"凯特能不能也睡在客房里？"

"我还以为凯特已经……"

"哦，之前是这样的，但是她们现在都睡不着了，因为凯特确实是成心拿走琳达的午餐盒的，而且她还打破了暖水壶，被卡萝尔看到了，所以卡萝尔告诉了琳达，然后凯特就不肯让卡萝尔进客房睡了。但是我不能把卡萝尔留给劳拉，因为劳拉说卡萝尔的短裤傻里傻气的，琳达把这话告诉了卡萝尔。"

"琳达这样做很不好。"我自觉已招架不住了。

"所以接着卡萝尔说琳达……"

"没关系的，"我说，"只要告诉我谁睡在哪间房里。"

"好的，凯特和我睡在客房里，因为现在每个人都在生凯特的气。卡萝尔在生琳达的气，所以卡萝尔睡在我的房间里，琳达和劳拉睡在我的书房里，但我不知道之后会发生什么，"她叹了口气，"要是有人把琳达对杰里·哈珀的评价告诉劳拉。"

"为什么卡萝尔不能跟琳达换一下，跟劳拉一起睡呢？"

"哦，妈妈。你知道卡萝尔和劳拉都喜欢吉米·沃森。"

"我猜我一下忘记了。"我说。

"好吧，"詹妮说，"我只是觉得应该让你知道每个人在哪里。"

到了夜里一点半的时候，劳里举起手说："你们听。"我正在试图理解此刻的情况，就像狂风暴雨折磨了大树和窗户数个小时之后突然而至的寂静，而后雨停了。

"这是真的吗？"我的丈夫问。

劳里开始把唱片收起来，轻手轻脚的。我穿着厚袜子从后楼梯上去，不敢发出一点儿声音。我小心地转动门把手，缓慢地打开詹妮房间的门。

詹妮静静地睡在自己的床上，房间里的另一张床和书房里的三张床都是空的。一想到吉米·沃森这名字可能会带来的灾难性后果，我赶紧去查看另外四个姑娘：她们都在客房里睡熟了。她们都没盖被子，但我没有办法在不闷死其中一个的情况下把被子罩到她们所有人身上。我关上窗，踮着脚走开了。下楼后我跟劳里说现在安全了，他可以回房睡了。

接着我自己也上楼去睡觉了，一觉睡到凌晨三点十七分，这是卧室的座钟告诉我的，叫醒我的人是詹妮。

"凯特身体不舒服，"她说，"你必须马上起来送她回家。"

有花生的寻常一天

　　约翰·菲利普·约翰逊先生关好房门，走下公寓大楼门前的台阶，拥抱这个阳光灿烂的早晨。约翰逊先生觉得，在这么好的日子里，世间的一切都秩序井然：太阳不是暖洋洋的吗？他的鞋子换过鞋底之后不是舒服极了吗？他还知道自己选对了领带，在这么好的日子里，这么大好的阳光，穿着这么舒服的鞋子的时候就是应该系这条领带。说到底，这个世界多么美好啊！尽管他个头小，尽管领带或许太鲜亮了一点儿，但约翰逊先生从公寓楼台阶下到脏兮兮的人行道上时，还是幸福洋溢。他对街上的行人微笑，他们中甚至有人对他回以微笑。他路过街角的报亭时买了当天的报纸，还对报亭主人和另外两三个来买报纸的人说"早上好"，他情真意切地强调这个"好"字，之后继续蹦蹦跳跳地往前走。他记得往口袋里塞满糖果和花生，现在他出发去上城区。路过花店时，他买了一朵康乃馨插在自己的上衣扣眼里，之后看到婴儿车里的婴儿，他几乎想也没想就把这朵康乃馨给了他，孩子傻乎乎地瞅着这个陌生人，然后笑了，约翰逊先生也笑了，孩子的妈妈盯着约翰逊先生看了半晌，也露出了微笑。

等步入上城区，约翰逊先生穿过主街，随便选择了一条小路走。他不是那种每天都沿同一条路走的人，他喜欢东绕西绕来给自己的路途增添意义，更像一只小狗而不是一位做正经事的先生。今天早晨，他顺着小路走了一会儿，正好看到有辆搬家公司的车停在街边，从楼上公寓里搬出的家具一半挡在人行道上，另一半横在公寓大楼门前的台阶上。一小群人站在一旁看热闹，他们聊着餐桌上的刮痕和椅子上被磨损的地方；一个心神不宁的女人正试图同时盯着孩子、搬家工人，还有她的家具。看她的样子，她很努力地在这群围观自己财产的人面前保护着自己的隐私。约翰逊先生停下脚步，先是加入了看热闹的人群，接着他走上前去，抬了抬帽檐以示礼貌，说：“或许我可以帮你照看一下你的小孩？”

这位女士转过身来，用狐疑的眼神打量他。约翰逊先生赶紧补充道：“我俩会一直坐在这儿的台阶上。”他向小男孩招了招手，小男孩迟疑了一会儿，很快就被约翰逊先生和善的微笑所感染。约翰逊先生从口袋里抓出一把花生，和小男孩一起坐在台阶上。起先，小男孩拒绝了花生，他说妈妈不让他拿陌生人给的吃的；约翰逊先生说很可能他妈妈所说的吃的不包括花生，因为马戏团里的大象也吃花生。小男孩仔细想了想，庄重地接过花生。他们就坐在台阶上嗑花生，散发着同胞般的情谊，约翰逊先生问：“你们在搬家呀？”

“对啊。”小男孩说。

“搬去哪儿？”

"佛蒙特。"

"好地方。雪很多，还有很多枫糖，你喜不喜欢枫糖？"

"当然喜欢。"

"佛蒙特有很多枫糖。你搬到农场上住？"

"搬去和外公住。"

"外公喜欢花生吗？"

"当然喜欢。"

"该给他带上一份，"约翰逊先生说着，把手伸进口袋，"就你跟你妈过去？"

"对啊。"

"干脆这样吧，"约翰逊先生说，"你带些花生在火车上吃。"

在频频张望他俩好一会儿后，小男孩的妈妈似乎觉得约翰逊先生信得过，于是她全身心地投入到对搬家工人的监管中。和所有家庭主妇一样，她觉得搬家工人会把她上乘餐桌的桌腿摔断，会把厨房的椅子压在台灯的上面，然而搬家工人几乎不会犯这样的错误。此刻，多数家具已经装上车，但她还是焦虑不安，担心还有什么东西忘记打包了——或许藏在衣帽间的暗处，或者是忘在邻居家里，又或是还晾在窗户外的晾衣绳上——她试图在这种焦虑的状态下回想自己忘了什么。

"东西全了，对吧，太太？"搬家工人的负责人问。这一问让她更不安了。

她并不能确定，但还是点了点头。

"想跟着运家具的车一起走吗，孩子？"搬家工人笑着问小男孩。小男孩也笑了，对约翰逊先生说："我猜我会喜欢佛蒙特的。"

"你会的。"约翰逊先生说着，站起来。"走之前再吃几粒花生。"他对小男孩说。

小男孩的母亲对约翰逊先生说："真的非常感谢你，帮了我大忙。"

"没事，"约翰逊先生豪爽地说，"你们搬去佛蒙特哪里？"

母亲用责备的眼神看了看小男孩，仿佛他泄露了一个天大的机密，她不情愿地回答说："格林尼治。"

"好地方。"约翰逊先生说。他拿出一张卡片，在卡片背面写了一个名字。"我有个很好的朋友住在格林尼治。"他说。"如果需要任何东西，可以去找他。他太太做的甜甜圈是全镇最好的。"他严肃地对小男孩说。

"好极了。"小男孩说。

"再见。"约翰逊先生说。

他继续上路，踩着刚换了鞋底的鞋子，快活极了，感受着和煦的阳光照在他的后背和头顶上。走过了半条街，他看到一条流浪狗，喂了它一粒花生。

走到街角，他的面前是另一条主干道，约翰逊先生决定还是沿着上城区走。他迈着懒洋洋的步子，被左右两边赶时间的行人超过。他们皱着眉头，就连对面经过的人也急匆匆的，好像要火速赶往某个地方。约翰逊先生在每一个街口都驻足，耐心地等待红灯变绿灯，他给每一个看起来急匆匆的人让道。有一只小猫从公寓楼里跑到人行道上，却被困在街道上行色匆匆的人流里回不去了。约翰逊先生刚弯下腰抚摸它，就被一个走得太急的年轻姑娘撞个满怀。

"抱歉，"年轻姑娘说，着急地扶起约翰逊先生，准备继续赶路，"真的很抱歉。"

小猫不顾危险地冲回家去。"真的没关系，"约翰逊先生说，小心地扶正自己，"你看起来很赶时间。"

"我当然要赶时间，"年轻姑娘说，"我迟到了。"

她气急败坏，双眼间皱起的眉头似乎要就此凝固。显然她起晚了，没有花上足够的时间打扮自己，她的裙子也显得过于单调，既没有领子也没有配胸针，唇膏也涂歪了。她试图就此别过约翰逊先生，但约翰逊先生一把抓住了她的胳膊。不管她有多么不情愿，他还是说："请等一下。"

"听着，"她没好气地说，"是我撞到了你，但你的律师可以跟我的律师联系，我乐意支付所有的损失，以及由我造成的不便。现在请放我走，我已经迟到了。"

"什么事情迟到了？"约翰逊先生问；他展露出自己屡试不爽的微笑，却疑心自己的微笑至多只能阻止她再次把自己撞倒。

"上班迟到，"她从牙缝间挤出这句话来，"工作迟到。我有份工作，要是我迟到了，我会失去一小时的工资。我真的没办法承担和你闲聊所造成的损失，不管我们聊得有多愉快。"

"我可以付钱。"约翰逊先生说。这句话简直像魔法一样，倒不是因为这是真的，也不是因为她真指望约翰逊先生付钱，而是因为约翰逊先生平静的语调，没有一丝一毫的讥讽。说这种话的人肯定是负责任、真诚并且受人尊敬的绅士。

"这是什么意思？"她问。

"我是说，既然我造成了你的迟到，理应赔偿你的损失。"

"别犯傻，"她说，她终于舒展了眉头，"我不会指望你赔偿任何东西——几分钟前我还说要赔偿你的损失呢。再说了，"她补充道，几乎露出笑颜来，"这首先是我的错。"

　　"要是你不去上班会有什么后果？"

　　她盯着他看。"我拿不到工资。"

　　"所以说啊。"约翰逊先生说。

　　"你是什么意思，所以说？要是我二十分钟前没到，我每个小时损失一美元二十美分，或者说每分钟两美分，再或者……"她在心里计算着，"跟你说这些话的时间让我几乎损失了十美分。"

　　约翰逊先生笑了，她终于也笑了。"你已经迟到了，"他指出说，"你愿不愿意另给我等同于四美分的时间？"

　　"我不明白为什么。"

　　"你会明白的，"约翰逊先生承诺道，他把她带到人行道靠着大楼的一侧，"站在这儿。"说完，他就冲进来往的人流中。他在观察往来的行人，做着仔细的挑选和考虑，就像每个人在考虑人生大事时那样慎重。有一次他几乎做出了选择，最后还是决定不动，收回他刚准备迈出的脚步。终于，他在距离自己半条街远的地方看到了他想要的，他闯进了人流的中心，拦住一个年轻男子。这个小伙子也在赶时间，而且看样子也起晚了，也紧皱着眉头。

　　"喂。"小伙子说，因为约翰逊先生想着除了用刚才那位女士不小心撞到自己的方式，没有更好的办法拦下这个小伙子。"你这是要往哪儿去？"小伙子站在人行道上说。

　　"我想跟你聊聊。"约翰逊先生庄重地说。

小伙子紧张地站起来，拍了拍身上的灰，瞅着约翰逊先生。"要跟我说什么？"他问，"我哪儿惹到你了？"

"这就是现代人最让我来气的地方。"约翰逊先生冲着经过的行人抱怨说。"不管他们有没有做事情，总是断定其他人在找自己麻烦。我要跟你聊聊你准备要做的事情。"约翰逊先生对小伙子说。

"听着，"小伙子说，试着挤过他往前走，"我迟到了，我没时间听你说话。这里有十美分，你可以走了。"

"谢谢。"约翰逊先生说，把钱放进口袋。"看着，"他说，"要是你不赶着上路会有什么后果？"

"我迟到了。"小伙子说，还在试着绕过约翰逊先生，这家伙真是难缠。

"你一个小时挣多少钱？"约翰逊先生问。

"你是谁？"小伙子问，"现在你能不能让我……"

"不行，"约翰逊先生坚持说，"多少钱？"

"一美元五十美分，"小伙子说，"现在你能不能……"

"你喜欢探险吗？"

小伙子盯着约翰逊先生看了又看，最终发现自己被对方和蔼的微笑俘获了。他几乎想回以微笑，但他打住了，继续努力甩开这个陌生人。"我真的赶时间。"他说。

"你喜欢悬疑吗？或是惊喜？或是激动人心的不期而遇？"

"你准备卖东西给我啊？"

"是啊，"约翰逊先生说，"你愿意赌一把吗？"

小伙子犹豫着，恋恋不舍地望了望大街上他原本要去的方向，接着，当约翰逊先生用他独特的带有说服力的语气说

"我会为你的时间付钱"时，小伙子终于回心转意，说："好吧好吧，但是我必须先亲眼看看，你要我买什么。"

约翰逊先生喘着粗气，把小伙子带回到人行道的内侧，带到刚才那个姑娘等着的地方。她一直饶有趣味地看着约翰逊先生如何逮到一个年轻男子。现在，她腼腆地笑着，看着约翰逊先生，仿佛已经准备好面对失望。

约翰逊先生把手伸进口袋，摸出自己的钱包。"拿着，"他说，递给姑娘一张纸币，"这差不多是你一天的收入。"

"但是这不对，"姑娘说，她真的被惊到了，"我的意思是，我不能。"

"请让我说完。"约翰逊先生对她说。"拿着，"他对小伙子说，"这应该够你一天的收入。"小伙子收下纸币，完全摸不着头脑，但是他对姑娘比画嘴型说："八成是假钞。""现在，"约翰逊先生没有理会小伙子，而是问姑娘，"小姐，你叫什么名字？"

"肯特，"她无助地说，"米尔德里德·肯特。"

"好的，"约翰逊先生说，"你呢，先生？"

"阿瑟·亚当斯。"小伙子硬巴巴地说。

"好极了，"约翰逊先生说，"现在，肯特小姐，我介绍你认识亚当斯先生。亚当斯先生，这位是肯特小姐。"

肯特小姐呆呆地看着亚当斯先生，紧张地舔着嘴唇，做出一个类似要逃跑的动作，最后她说："你好吗？"

亚当斯先生挺了挺双肩，瞪了瞪约翰逊先生，也做出要逃的姿态，最后他也说："你好吗？"

"好了，这样。"约翰逊先生说着，又从钱包里掏出几张纸币。"应该够你俩一天用的了。我会建议去科尼岛，虽然我本人不太喜欢那地方。或者可以去吃顿不错的午餐，又或者去跳跳舞，去看日场电影，或者晚场电影也行，但是要找一部真正的好片子看，现在市面上有那么多差劲的电影。你们也可以，"他灵光乍现地说，"去布朗克斯动物园，或者天文馆。其实，只要是你们喜欢，"他最后说，"去哪里都行。祝你们开心。"

约翰逊先生正准备离开，阿瑟·亚当斯终于不再干瞪眼了，而是说："但是是这样，先生，你不能这么做。为什么……你怎么能知道……我的意思是，我俩根本不认识……我是说，你怎么知道我们不会拿了你的钱然后不照你说的做？"

"你们已经拿了钱，"约翰逊先生说，"你们不需要听从我的任何建议。你们大概清楚你们更想做的事情，比如说博物馆，或者其他。"

"但是你想，我也可以拿着钱自己跑掉，把她扔在这里？"

"既然你会问我这个问题，"约翰逊先生温和地说，"我知道你不会的。再见。"他说完，继续上路。

他顺着街道往前走时，留意到头顶和鞋子上的阳光，他依稀听见身后那个小伙子在说："看，你知道，假如你不想，你没必要照做。"那个姑娘回答说："不过，除非你不想这么做……"约翰逊先生对自己微笑，觉得自己应该快些离开；他一旦下决心加快脚步，就可以走得很快。没等那个姑娘回转心意，说出"好吧，你愿意，我就愿意"，约翰逊先生已经到了几条街开外的地方，而且已经停下过两次。一次是帮一位女士把几个大袋子放进出租车，另一次是喂了粒花生给海鸥。等走到有很多大商店和熙攘人群的地方，他一直被两旁的行人推搡着。那些人行色匆匆，面有愠色，要么是迟到了，要么是心情不好。有一次，他递了一粒花生给一个向他索要十美分的人；还有一次，他把一粒花生给了一个把公交车停在十字路口的司机。这个司机刚好摇下车窗玻璃，探出脑袋，仿佛渴望一些新鲜空气和车水马龙里的片刻安宁。那个想要十美分的人拿走了花生，因为约翰逊先生把花生包在一张一美元的纸币里。而公交车司机接过花生时，调侃地问他："小子，你想换乘吗？"

在一个拥挤的街口，约翰逊先生碰到了两个年轻人，有一瞬间他觉得自己又碰到了米尔德里德·肯特和阿瑟·亚当斯。这两人正焦急地翻着报纸，他们背靠着一家商铺的外墙站着，这样才不至于被来往的行人挤到，两颗脑袋都埋在报纸里。好奇心永无休止的约翰逊先生紧贴着他们站着，偷偷打探他俩，发现他们正在翻报纸里"租房信息"这一版面。

约翰逊先生想起了即将搬去佛蒙特的女人和她的儿子，想起了那间公寓所在的街道。他拍了拍身旁这个男人的肩膀，和善地说："试试西十七街。大概是那条街的中段，今天早上正好有人搬出去。"

"什么，你怎么……"男人说，但是，一看到约翰逊先生的笑脸，他的语气柔和起来，"好的，谢谢，你是说在哪里？"

"西十七街，"约翰逊先生说，"大概是街道的中段。"他再次笑了笑。"祝你好运。"

"谢谢。"男人说。

"谢谢。"一旁的女子说。接着他们一同走开了。

"再见。"约翰逊先生说。

他独自在一家不错的餐厅享用午餐。食物很丰盛，只有像约翰逊先生这样的好胃口才能消化两份他们家的奶油巧克力朗姆酥皮蛋糕。他喝了三杯咖啡，给了侍者慷慨的小费，之后再次走上街，拥抱灿烂的阳光。他的鞋子依然簇新，而且舒适。在餐厅外，他发现有个乞丐盯着他刚离开的餐厅看。他小心地摸着口袋里的钞票，走近乞丐，往他手里塞了几枚硬币和几张纸币。"这应该够点一份牛小排午餐了，还有小费，"约翰逊先生说，"再见。"

午餐过后，他准备休息一会儿；他走到最近的公园，把花生喂给鸽子。等他准备折返下城区的时候，已经是黄昏时分了。他给两场国际象棋比赛当了裁判，在一位母亲打瞌睡的时候照看了她的一儿一女。这位母亲醒来时又惊又怕，当她看到约翰逊先生时，这份惶恐转为欣慰。他口袋里的糖果几乎都发光了，余下的花生也都喂给了鸽子，是时候回家了。尽管夕阳美不胜收，尽管他的鞋子依然舒适，他还是决定乘出租车返回下城区。

叫车不怎么顺利，因为起先招到的三四辆空车他都让给了似乎更着急的人。然后，他只好孤零零地站在街角，像撒网捕鱼那样绝望地挥着手。终于，他招到了一辆空车，这辆出租车之前都在全速往上城区进发，此刻，似乎背离了自己的意志，停在了约翰逊先生面前。

"先生，"出租车司机对刚坐进车里的约翰逊先生说，"我觉得你像是一个兆头，我本来根本不准备过来接你的。"

"谢谢你。"约翰逊先生含糊地说。

"如果我现在让你下车，我大概会损失十美元。"司机说。

"真的？"约翰逊先生说。

"是啊，"司机说，"刚才下车的那家伙，他给了我十美元，要我拿这张钞票押在一匹叫'火神'的赛马上，而且要立即就去押。"

"'火神'？"约翰逊先生问，吓坏了，"星期三得到了一个跟火有关的兆头？"

"你说什么？"司机问。"反正之后，我对自己说，如果我从这儿到赌马站的路上做不到生意，我就拿那十美元去下注；如果有人要搭车，我就把这当成不该赌钱的兆头，然后把十美元拿回家给老婆。"

"你这么想很对。"约翰逊先生诚恳地说，"今天是星期三，你会输钱的。星期一行，或者星期六也行，但是绝对不要在星期三把钱押在跟火有关的东西上，放到星期天或许能成。"

"'火神'星期天不跑。"司机说。

"你多等一天。"约翰逊先生说。"就在这条街前面，司机，就在下个街角放我下车。"

"但他跟我说赌'火神'。"司机说。

"我跟你讲，"约翰逊先生说，因为车门半开而迟疑了一下，"你拿着刚才的十美元，我会再给你十美元，你往前开，把这笔钱用在星期四的任何名字里有……让我想想……嗯，名字里有稻谷的赛马上，或者地上长的任何食物。"

"稻谷？"司机问，"你的意思是赛马的名字可以是'小麦'之类的？"

"对对，"约翰逊先生说，"或者，事实上，这样更简单，任何名字里包含 C、R、L 字母的赛马。简单吧？"

"'高黍'？"司机问，眼里闪出一道光，"你是说比如名字叫'高黍'的马？"

"对极了，"约翰逊先生说，"这是给你的钱。"

"'高黍'。"司机说，"谢谢你，先生。"

"再见。"约翰逊先生说。

他回到了自己的街口，径直走回自己的公寓。他开门进屋，喊着："你好呀？"约翰逊太太从厨房里喊着："回来啦，亲爱的？你今天挺早？"

"我坐出租车回来的，"约翰逊先生说，"我还记得芝士蛋糕。晚饭吃什么？"

约翰逊太太走出厨房，吻了吻他。她令人舒服，笑起来跟约翰逊先生一个样。"今天不太顺？"她问。

"倒没有，"约翰逊先生说，把外套挂进衣帽间，"你怎么样？"

"一般。"她说。他坐进安乐椅，脱下舒服的鞋子，拿出早晨买的报纸，她则一直站在厨房门口。"东忙西忙。"她说。

"我其实过得还行，"约翰逊先生说，"帮年轻人结对子。"

"挺好，"她说，"我今天下午打了个瞌睡，一整天没做太多事。早上去了家百货公司，起诉我身旁的女士行窃，让商场的保安把她逮个正着。把三只狗送进了动物收容所——你知道的，就寻常的那些事。哦，听着。"她忽然想到了什么，补充说。

"什么？"约翰逊先生问。

"对了，"她说，"我上了一辆公交车，向司机要求换乘。

254

但是他先帮了别人，所以我说他这样很没礼貌，还跟他吵了架。接着我问他为什么不去参军打仗。我说得很响，让车上的所有人都听见。我还记下了他的编号，投诉到公交公司。或许他会因此被解雇。"

"挺好，"约翰逊先生说，"不过你看起来真的很累。想不想明天换一下角色？"

"我当然想，"她说，"我觉得调换一下也挺好。"

"好呀，"约翰逊先生说，"晚饭吃什么？"

"牛小排。"

"我中午吃过了。"约翰逊先生说。

度夏的人

　　艾利森夫妇漂亮的乡村别墅坐落在小山丘上，离最近的小镇有七英里远。房子的三面都俯瞰着松软的树木和草地，即便在仲夏季节，这些植物也很少有干涸或死寂的时候。剩下的那一面面向湖泊，湖边有艾利森夫妇修了又修的木码头。从艾利森家门前的长廊、边廊或者由门廊延伸至湖畔的木楼梯的任何一处望这汪湖水，风景都同样宜人。艾利森夫妇喜欢他们的度假屋，总是期待着在每年的初夏时节造访，到了秋天离开的时候还依依不舍。即便如此，他们从没花过功夫去修缮这栋屋子，不管是屋子本身还是旁边的湖滨栈道，基本上一开始是什么样，现在还是什么样。别墅里没有暖气，没有电，除了后院抽水机里时断时续的供给之外，连自来水也没有。在过去的十七个夏天里，詹妮特·艾利森一直用煤油炉做菜、烧水。罗伯特·艾利森每天从抽水机那里打来整桶整桶的水，晚上就着煤油灯看报。他俩都是爱干净的城里人，但到了乡下，他们对房子没有过多的要求，凑合度日。

最初的两年，他们的房子经历了各种杂耍表演或杂志幽默故事版里才有的桥段。到了现在，他们不再有访客需要取悦，所以对房子毫无怨言，也习惯了抽水机和煤油炉，这种舒适的安全感是他们夏天生活的无价之宝。

说到艾利森夫妇二人，他们都是再普通不过的人。艾利森太太今年五十八岁，艾利森先生六十岁。他们已经见证了孩子们一年年夏天在这座度假屋里长大，之后各自成家，去海边的度假胜地消暑；他们的朋友们不是死了就是一整年都待在舒服的房子里，侄子侄女和他们联系不多。到了冬天，他们说服彼此：他们能够一边忍受纽约的公寓一边等待夏天。到了夏天，他们告诉彼此：用整个冬天来期待回到乡村是值得的。

艾利森夫妇的年纪已经大到不需要为每年固定不变的日程而感到羞愧。他们每年都在九月劳动节之后的那个周二离开度假屋，回到纽约。他们总是觉得城里的九月和十月初天气虽然不错，但是万物凋零。每年，他们都感到纽约没有什么值得他们惦念的。直到今年，他们才克服了传统的惰性，并决定在九月劳动节之后还留在乡下。

"城里没什么东西吸引我们回去。"艾利森太太用严肃的口气对丈夫说，仿佛在说什么新的事情。他也用一种仿佛他们从来没有讨论过这件事的口吻说："我们可以在乡下待着，想待多久就待多久。"

于是，艾利森太太凭借着好心情和一丝类似冒险的兴奋感，在劳动节之后的那天去村庄里，用打破传统的骄傲语气对与她打交道的当地人说，她跟丈夫已经决定要继续在他们的屋子里多住至少一个月。

"我们没什么非回城不可的理由，"她对杂货店老板巴布科克先生说，"还是趁能享受乡村的时候好好享受。"

"从没有人在劳动节之后还住在湖边。"巴布科克先生说。他正把艾利森太太买的东西装进一只大纸板箱，他停下瞅了瞅一袋饼干。"从没有人这么做过。"他又说了一次。

"但是城里！"艾利森太太总把城市说得好像巴布科克先生做梦也想去一样，"太热了！你真的不知道。我们每次离开这里的时候心里都很不情愿。"

"不情愿离开。"巴布科克先生说。当地人总让艾利森太太不适应的一个习惯是：他们喜欢抓出别人说的某个无足轻重的词，用一种更平凡以至于呆板的方式重复出来。"我自己也不情愿离开，"巴布科克先生想了半晌后说，他和艾利森太太都笑了，"不过，我还从没听说过有人在劳动节之后还待在湖边。"

"好吧，我们今年来试试看。"艾利森太太说。巴布科克先生语气严峻地说："等你们试了之后再说。"

每次买完东西并和巴布科克先生聊得不欢而散之后，艾利森太太都觉得以巴布科克先生的身型绝对可以模仿前国务卿丹尼尔·韦伯斯特，但是智力上……想想这些新英格兰的北方佬退化到这份儿上真是可悲。坐进车里的时候，她也这么对艾利森先生说，他回答道："这是几代近亲联姻的结果。再加上这个闭塞的地方。"

他们每两周才去一趟镇上，买那些无法送货上门的东西，所以每回出门，他们都像郊游一样，花上一整天。他们会在卖报纸和汽水的商店买三明治吃，把购物袋堆在后车厢里。尽管艾利森太太可以定期从巴布科克先生的杂货店预订送货服务，但是她从没有办法用电话搞清楚这家杂货店的库存。而且她老是要往已经林林总总的购物单上加东西，几乎超出了他俩的日常所需。她总是想要巴布科克先生刚进的新鲜的当地蔬菜，或者新到的袋装糖果。这一趟出门，艾利森太太还对其他东西动了心，比如偶然在日用百货商店里看到的整套玻璃烤盘，它们似乎就是专门在那儿等着艾利森太太来买的。这些东西乡下人不懂得欣赏，乡下人本能地觉得只有树、石头、天空才是持久并且能够信任的，他们也是直到最近才开始用铝制烤盘取代铁制的。在这之前，这些当地人肯定还有印象，他们用铁锅替代了石锅。

艾利森太太要求这套烤盘得到细心的包装，好确保它们能平安度过崎岖的山路，完好地回到艾利森家的别墅。经营这家百货商店的是查理·沃波尔先生和他的弟弟阿尔伯特（这家店之所以叫约翰逊商店，是因为它坐落于约翰逊老宅的原址上，这间木屋在查理·沃波尔出生的五十年前被烧掉了），他费心地摊开一张又一张报纸，把这些盘子层层包裹。艾利森太太随口说："当然啦，我完全可以等回到纽约以后再买，但是我们今年不准备这么快回去。"

"听说你要继续待下去。"查理·沃波尔先生说。他老迈的手指费劲地拨弄着薄薄的报纸。他很想每次只抽出一张报纸，但是手指不听使唤。他说话的时候没有抬头看艾利森太太。"不知道继续待在湖边好不好，特别是劳动节之后。"

"嗯，你知道，"艾利森太太轻声说，仿佛沃波尔先生需要她的解释，"因为我们之前每年都赶着回纽约，现在没什么非回去不可的理由。你知道秋天的时候城里是什么样子。"她向查理·沃波尔先生会心一笑。

他仔细地用绳子把包装纸扎好。他给我的绳子长到可以留着以后用，艾利森太太想。她望向一边，以免显得自己没耐心。"我觉得，我俩大概感到在这里更有归属感，"她说，"等所有人都走了之后，还想留在这里。"为了证明这一点，她向商店另一头一位面熟的女人露出灿烂的微笑。这个女人或许在几年前卖过浆果给艾利森夫妇，或者只是偶尔在杂货店里帮手，也可能是巴布科克先生的姨妈。

"是啊。"查理·沃波尔先生说。他把包好的烤盘往柜台外侧轻轻推了推，意思是已经包好了，客人应该付钱了。"是啊，"他又说了一次，"以前，劳动节之后，来湖边度夏的人都走光了。"

艾利森太太给了他一张五美元的纸币，他熟练地找钱，连一美分硬币都仔细掂量。"劳动节之后都走光了。"他说着，对艾利森太太点了点头，接着严肃地走到商店后方招待两位正在看棉纺家居服的女顾客。

艾利森太太走出商店的时候，听见其中的一位女顾客尖声问："为什么其中一条裙子是一美元三十九美分，而这条裙子只要九十八美分？"

"他们都是好人，"艾利森太太对丈夫说，他们刚在百货商店门口会合，接着一起走在人行道上，"很质朴，很讲理，而且很老实。"

"知道现在这个时代还有这样的镇子，让你感到欣慰。"

艾利森先生说。

"你知道，要是在纽约，"艾利森太太说，"同样的烤盘我可能会少花几美分，但是买东西的时候不可能有这种私人性质的对话。"

"准备继续在湖边待下去？"马丁太太在报纸和三明治铺子里问艾利森夫妇，"听说你们要接着住下去？"

"我们想着要好好享受今年的好天气。"艾利森先生说。

相对而言，马丁太太算是镇上的新面孔。她是从旁边的农场嫁过来的，之后成了报纸和三明治铺子的老板娘。丈夫死了之后，她继续留在这里。她卖汽水，以及在商店后方的自家炉灶上用鸡蛋、洋葱和厚面包吐司做的三明治。偶尔，马丁太太的三明治会杂有前一晚炖肉或炸猪排的香味。

"我猜之前没有人在那儿待过这么久，"马丁太太说，"至少不会待过劳动节。"

之后，在巴布科克先生的店门前，霍尔先生——离艾利森夫妇家距离最近的邻居——对正好过去取车回家的艾利森夫妇说："我猜通常他们都是在劳动节前后走的，很惊讶你们决定不走。"

"这么快就走会留下不小的遗憾。"艾利森太太说。霍尔先生住在三英里之外，他给艾利森夫妇供应黄油和鸡蛋。很偶尔，从自家的山头，艾利森夫妇可以在傍晚看到霍尔家睡觉前房里亮着的灯。

"他们通常都是在劳动节走的。"霍尔先生说。

回家的路途漫长而艰辛。天已经开始黑了，艾利森先生必须很小心地开过湖边的土路。艾利森太太靠着椅背休息，和他们湖畔的日常生活比起来，这一天可以说是马不停蹄。想起新买的玻璃烤盘，她很高兴，还有半蒲式耳的红苹果，还有一包彩色大头针，她准备用此给厨房的架子镶上新的贴边。"回到家真开心。"当他们看到掩映在天空下的自家房子的剪影时，她柔声说道。

"很高兴我们决定继续住下去。"艾利森先生说。

第二天早晨，艾利森太太充满爱意地清洗她新买的烤盘，但很快发现，查理·沃波尔先生忽视了其中一只盘子的边缘有缺口。她心想，真是浪费啊，拿这么好的红苹果来做晚餐派。等派进了烤箱，艾利森先生下楼取信，艾利森太太则坐在夫妇俩在山头铺的小草坪上，看着湖面上闪烁的光影。当移动的云遮过太阳时，蓝色的湖面转为灰色。

艾利森先生过了好些时候才回来。他要走一英里的路到州际公路边的邮筒取信，而且讨厌走了这么长的路，回来的时候却两手空空，尽管他劝说自己走路有益于身体健康。今天早晨，邮筒里除了纽约一家百货公司寄来的商品目录和他们的纽约报纸外，没有其他信件。这些报纸总是不定期送达，比应该送达的日期晚一到四天，所以有些日子，艾利森夫妇可能有三份报纸看，而大多数日子则一份报纸也没有。艾利森太太虽然和丈夫一样讨厌他们收不到心心念念的信，但是她饶有兴致地翻着百货公司的商品目录，在心里默默记下，提醒自己回纽约的时候一定要去一趟，看看羊毛毯有没有折扣；现如今，要找一条有漂亮颜色的羊毛毯太难了。她犹豫着要不要把目录收好，以防止自己忘记这事。一想到要走回房子，爬上楼梯，还要找个安全的地方放起来，她就厌烦了，索性把目录丢在躺椅一侧的草地上，靠着椅背，闭目养神。

"看起来可能要下雨。"艾利森先生说，眯眼看了看天。

"下雨对庄稼好。"艾利森太太言简意赅地说。他俩都笑了。

第二天早晨，卖煤油的人来了，艾利森先生刚好出门取信。他们的煤油快用完了，艾利森太太热情地接待了卖煤油的人。他卖煤油和冰块，夏天的时候，他也负责把来度夏的人家里的垃圾收走。艾利森太太想，只有奢侈浪费的城里人才需要一个人专门收垃圾，乡下人没这么多垃圾。

"很高兴见到你，"艾利森太太对他说，"我们正好快没煤油了。"

艾利森太太从没记住卖煤油的人的名字。通常，他用一根橡皮管来注满艾利森家的二十加仑 *油桶。夫妇俩靠这些煤油来照明、取暖、烧菜做饭。但是今天，他没有跳下卡车，取下绕在车头的油管，而是用挑剔的眼神打量着艾利森太太，卡车的引擎没有熄灭。

"我以为你们已经快走了呢。"他说。

"我们准备再待一个月，"艾利森太太用欢快的口气说，"天气很好，但似乎要……"

"他们也这么跟我说，"这人说，"不过我没有煤油可以给你。"

---

*　一种容（体）积单位，又分为英制加仑和美制加仑。一英制加仑约为 4.546 升；一美制加仑约为 3.785 升。

"这是什么意思？"艾利森太太扬起了眉毛，"我们只是想保持平时的……"

　　"劳动节之后，"这人说，"劳动节之后我自己都没有这么多煤油。"

　　每当艾利森太太和邻居闹别扭的时候，她总是提醒自己，城里的规矩在乡下可行不通，你不能用对付城市小职员的办法来驯服乡下工人。艾利森太太挤出温暖的笑容，说："你能不能想办法帮我们弄点儿煤油，至少在这一个月里？"

　　"你看。"这人说。他说话的时候喜欢用手指敲击方向盘，很恼人。"你看，"他慢悠悠地说，"我提前订了这些煤油。大概是从五十、五十五英里以外的地方订的。我是在六月份订的，算好夏天需要多少煤油。之后……大概到了十一月份，我再订一次。到一年的这个时候，煤油确实开始不够了。"话似乎说完了，他不再敲击方向盘，而是双手牢牢抓住方向盘，准备启程。

　　"你就不能帮我们弄一点儿吗？"艾利森太太说，"其他人那儿能弄到一点儿吗？"

　　"不清楚现在还有哪儿可以弄到煤油，"这个人掂量掂量之后说，"我没办法帮你弄。"没等艾利森太太开口，卡车就发动了，过了一会儿车又停下，他从车头的后视镜看她。"要不要冰？"他喊道，"我可以给你一些冰。"

　　艾利森太太摇了摇头，他们的冰还够用，她很生气。她跑了几步去追卡车，喊着："你能不能试着帮我们弄点儿煤油？下个星期？"

　　"我也没办法，"他说，"劳动节一过，很难弄到煤油。"

卡车开走了，艾利森太太唯一能安慰自己的是，她或许可以从巴布科克先生那儿买到煤油，最坏的打算，霍尔先生可以帮忙送来。她用愤怒的眼神瞪着卡车离开。"明年夏天，"她对自己说，"明年夏天他还敢来试试！"

邮筒里没有信，只有报纸，这次似乎是准时送到的，艾利森先生回来的路上就难掩生气的表情。等艾利森太太跟他说起卖煤油的人的事情，他没有感到意外。

"很可能是为了能在冬天把价钱抬高，"他说，"你觉得安妮和杰里是怎么回事？"

安妮和杰里是他们的一儿一女，都已经结婚，一个住在芝加哥，另一个住在遥远的西部。他们说好每周来一封信，但已经晚了。说实话，这么久没有信来，艾利森先生对信件的恼怒足以让他感到委屈。"他们应该想想我们有多么想收到他们的音讯，"他说，"自私，从不为别人着想的小孩。我们早该知道。"

"亲爱的。"艾利森太太用安慰的语气说。就算生安妮和杰里的气，也不能平息她对卖煤油的人的恼怒。过了一会儿，她说："亲爱的，就算你再怎么想，信没有来就是没有来。我准备给巴布科克先生打电话，叫他送一点儿煤油过来。"

"至少寄一张明信片也成。"艾利森太太离开的时候，艾利森先生嘟囔着。

这栋房子有这么多不方便的地方，艾利森夫妇都没有特别留心电话，他们向来对电话的落伍之处睁一只眼闭一只眼。这是部挂壁式电话，这种款式如今只在很少的地方还能见到。

为了联系到接线员，艾利森太太必须先转动侧边的曲柄，拨通电话。基本上要打两三次才有人接听，艾利森太太是那种打任何电话都耐着性子，不达目的誓不罢休的人。今天早上，她三次转动侧边的曲柄之后才有接线员接听，接着是更长的等待，然后巴布科克先生才在杂货店角落肉柜台的后边拿起话筒。他说："巴布科克的杂货店，你好？"说话的语调高扬着，似乎是在怀疑任何尝试用这种不可靠的工具联系他的人。

"我是艾利森太太。巴布科克先生，你好。我想提前一天给你我的购物清单，因为我必须确保我能买到……"

"你说什么，艾利森太太？"

艾利森太太抬高了嗓门。她看到外面草坪上的艾利森先生调整了一下坐姿，同情地看着她。"我是说，巴布科克先生，我想提前一天给你我的购物清单，这样你可以给我送……"

"艾利森太太？"巴布科克先生说，"你要过来取货？"

"上门取货？"艾利森太太感到惊讶，她的嗓音又降回了平时的音量。巴布科克先生大声说："你说啥，艾利森太太？"

"我以为你会像平时那样送货到我家？"艾利森太太说。

"是这样，艾利森太太。"巴布科克先生说。随之出现了很长的停顿，艾利森太太望着窗外天空下丈夫的脑袋。"艾利森太太，"巴布科克先生终于接下去说，"我必须跟你讲，夏天来帮我做事的儿子昨天回学校去了，现在我没有人帮忙送货。只有夏天的时候，我才有人帮忙送货，你明白了吧。"

"我以为你常年送货的。"艾利森太太说。

"劳动节之后送不了，艾利森太太，"巴布科克先生语气坚定地说，"你从没有在劳动节之后待下去，所以你当然不知道。"

"好吧。"艾利森太太无助地说。在她的脑海深处,她反复提醒自己:不能对乡下人用城里的一套,生气不管用。

"你真的送不了吗?"她最终问道,"你就不能今天再送一趟货,巴布科克先生?"

"实话实说,"巴布科克先生说,"我觉得送不了,艾利森太太。送货不划算,湖边没有别的客人在。"

"霍尔先生呢?"艾利森太太突然问,"住在离我们这儿三英里远的人呢?霍尔先生可以在回家的路上顺便帮我们把东西捎来。"

"霍尔?"巴布科克先生说,"约翰·霍尔?他们已经去纽约北部亲戚家了,艾利森太太。"

"但是他们总是帮我们送黄油和鸡蛋。"艾利森太太说,她震惊了。

"他们昨天走了,"巴布科克先生说,"很可能没想到你们会继续待着。"

"但我跟霍尔先生说过……"艾利森太太准备解释,不过打住了。"我会让艾利森先生明天过去取货的。"她说。

"明天我会把你要的东西都准备好。"巴布科克先生满意地说。这不是向她征询意见,而是宣布他单方面的决定。

挂上电话之后,艾利森太太慢慢地走到屋外,再次坐在丈夫身边的躺椅上。"他不送货,"她说,"你明天必须过去一趟。我们剩下的煤油只能撑到你回来。"

"他应该早点儿跟我们说。"艾利森先生说。

尽管遭遇了这么糟糕的一天,他们的心情还是恢复得很快：乡下从来没有像此刻这么迷人，山下的湖水静静流淌，在树影之间掩隐，像极了夏日风景画中最柔美的一幕。艾利森太太深深呼了一口气，她很高兴他俩能拥有这整个湖滨的景致，远处有青山淡影，树间有微风吹拂。

第二天早上，天气依旧晴朗。艾利森先生手持一张购物清单，单子上的"煤油"二字用放大的字号写在第一行。他下楼去车库，艾利森太太则用新买的烤盘烘焙另一份派。她已经捏好了派皮，正准备切苹果。这时，艾利森先生突然跑上楼，打开移门冲进厨房。

"该死的车发动不了。"他用那种陷入穷途末路的口气叫道。汽车就好比他的右手臂。

"怎么回事？"艾利森太太问，她拿着刀的右手和拿着苹果的左手同时暂停了动作，"星期二还好好的。"

"对，"艾利森先生用咬牙切齿的语气说，"星期五就不行了。"

"你可以修好吗？"艾利森太太问。

"修不了，"艾利森先生说，"我修不了。必须打电话找人来，我猜。"

"找谁？"艾利森太太问。

"找那个加油站的人，我猜。"艾利森先生目标明确地走向电话，"去年夏天是他修好的。"

艾利森太太仍然忧虑着，但她继续切苹果，一边切一边听着艾利森先生打电话。拨通，等待，把电话号码报给接线员，接着等，再报一次号码，又重复一次，接着挂上了话筒。

"没人接。"回到厨房的时候，他说。

"可能正好出去了，"艾利森太太紧张地说，她不太清楚自己为什么这么紧张，或许是担心丈夫会大发雷霆，"我在想，他一个人管加油站，一旦出去，就没有人帮忙接电话。"

"肯定是这样。"艾利森先生用一种讥嘲的口气说。他一屁股坐在厨房里的一把椅子上，看着艾利森太太切苹果。过了一会儿，艾利森太太安慰说："要不你下去看看有没有信，回来再打给他一次？"

艾利森先生想了一阵，然后说："行吧。"他缓缓地站起来，等走到厨房门口的时候，他回头说："假如再没有信寄来……"他没有再往下说便出门了，留下一片可怕的沉默。

艾利森太太加快了烘焙的动作。有两次她走到窗口，望向天空，看有没有乌云。房间里出人意料地暗，她感到自己就处在大雨欲来的状态。但是两次她都看到天空晴朗且宁静，似乎在对着艾利森家的度假屋和整个世界不动声色地微笑。等到所有的派已经做完，准备送进烤箱时，艾利森太太第三次走到窗前，看到丈夫回来了，脸上似乎很愉悦。他也看到了她，他激动地挥着手，手里有一封信。

"杰里寄来的，"一走到她能听见的地方，他就急不可耐地说，"终于，来了一封信！"艾利森太太注意到他已经到了连爬上缓坡都会气喘吁吁的年纪，心里很担心。他现在已经进屋了，高举着信。"我想留到回家再拆开。"他说。

艾利森太太也迫不及待，儿子的字迹这么熟悉，她很惊讶到底为什么一封信可以让自己这么激动？大概是因为这是他们这么长的时间里第一次收到信。这应该是一封令人愉快的、表达孝顺之意的信，报告着爱丽丝和孩子们的生活现状、汇报着他的工作情况、芝加哥最近的天气，结尾是来自每一个人的爱。只要艾利森夫妇愿意，他俩都可以背出两个孩子写信的模板。

艾利森先生小心地拆开信口，接着把信纸摊开在厨房的桌子上，他俩俯下身一起念。

"亲爱的妈妈和爸爸，"信这样开始，来自杰里熟悉且有些稚嫩的字迹，"很高兴这封信像往常一样寄到湖边，我们总是觉得你们太急着回来了，我们希望你们在那儿想待多久就待多久。爱丽丝说，既然你们现在不如以往那样年轻了，在城里没有太多朋友，而且有更充裕的时间，所以就应该趁身体好的时候多享受享受。既然你俩都觉得待在那儿开心，那就应该待下去。"

艾利森太太时不时瞥瞥丈夫，心里很不是滋味。他全神贯注地念着，她则伸手拿起空信封，却不知道自己为什么要这么做。信封上也是杰里的字迹，寄信人和收信人的地址都跟往常一样，邮戳来自"芝加哥"。当然来自芝加哥，她很快想，他们怎么会从别的地方寄出信来？等她重新看回信纸，丈夫已经翻页了，她和他一起念下去："……当然了，如果他们现在出水痘，以后就不用担心了。爱丽丝当然很好，我也很好。最近经常和两个你们不认识的朋友打桥牌——卡拉瑟斯夫妇。这是对年轻夫妇，跟我们差不多大。好了，我现在应该收尾了，我猜这些大老远之外的事情已经让你们听厌了。告诉爸爸，我们芝加哥办公室的老迪克森过世了。他以前经常问起爸爸。在湖边生活愉快，不要急着回来。致以所有人的爱，杰里。"

"有意思。"艾利森先生说。

"听起来不像杰里的口气，"艾利森太太小声说，"他从不会写比如……"她没有说下去。

"比如什么？"艾利森先生厉声问，"从没写过比如说什么东西？"

艾利森太太翻动着信纸，眉头紧皱。几乎没办法找到某个句子，甚至某个词不像杰里惯常的家信。或许只是因为信来得太迟，或者是信纸上有这么多脏兮兮的指纹。

"我不知道。"她不耐烦地说。

"我得再打一次电话。"艾利森先生说。

艾利森太太又读了两遍信，试图找到一个可疑的用词。接着艾利森先生走回来，用很轻的声音说："电话坏了。"

"什么？"艾利森太太一着急，信纸从松开的指尖滑落了。

"电话坏了。"艾利森先生说。

这一天接下来的时间过得很快。午餐他们吃饼干配牛奶，之后夫妇俩坐在门外的草坪上。下午，大团大团的乌云渐渐从湖面升起，最终笼罩在他们的屋子上方。下午四点的时候，天黑得跟晚上一样。不过，暴风雨姗姗来迟，似乎正充满爱意地汇聚起来，期盼着能完全降落在这座乡间小屋之上，偶尔有闪电划过，但没有雨。到了晚上，艾利森夫妇紧拥着坐在屋里，打开了从纽约带来的用干电池的收音机。屋子里没有点灯，唯一的光亮来自窗外的闪电和收音机上小小的方形亮键。

这座屋子脆弱的结构无力抵御收音机里传出的都市喧嚣、音乐声还有人声。艾利森夫妇能听见这些声响绵延到远处，在湖面上回荡，纽约舞团的萨克斯管在湖水上咆哮，女歌手单调的声音在清澈的乡村空气里势如破竹。就算是那个盛赞剃须刀优点的播音员，其嘹亮的嗓音在艾利森家和湖面之间回响的时候，也不再像人的声音，仿佛是这片湖水，这里的山丘和树木都不情愿地把声音悉数奉还。

在广告的间隙里，艾利森太太转过头，对丈夫微微一笑。"我猜我们是不是应该……做些什么。"她说。

"不，"艾利森先生若有所思地说，"我觉得不要。我们应该等着。"

艾利森太太的呼吸变得急促，舞团的小调又奏响了。艾利森先生说："这辆车之前被人动过手脚，你知道的。连我都能看出来。"

艾利森太太迟疑了一会儿，接着柔声说："我猜电话线被切断了。"

"我猜也是。"艾利森先生说。

过了一会儿，舞曲终止了，他们认真地听着新闻广播，播音员用丰厚的嗓音一口气播报着好莱坞的名人婚事、最新的棒球赛比分、接下来一周预估的食品价格涨幅。在这座度假屋里，播音员的声音听起来仿佛收听新闻是天经地义的，即便这些信息来自一个跟他们断了联系的世界。他们只能依靠一台随时可能没电的收音机，而且电池的电量已经很微弱了，无论这种联系有多微弱，夫妇俩似乎仍然觉得他们属于那个乡村之外的世界。

艾利森太太望向窗外，湖面很平静，树林已成了大片的暗影，风暴还在酝酿。她用一种试图化解尴尬气氛的语气说："杰里的信留在我心里的疙瘩已经过去了。"

"昨晚霍尔家没有亮灯，我就应该知道。"艾利森先生说。

湖上忽然起风了，席卷着他们的小屋，刮得窗户乒乓作响。艾利森夫妇不情愿地把彼此拥得更紧。天空传来第一阵响雷，艾利森先生伸手抓着妻子的手。当窗外划过闪电时，收音机"啪"的一响，接着只有噼啪噼啪的电波声。两位老人在他们的度夏小屋里紧紧相拥，静静等待。

邪恶的可能

　　阿德拉·斯奇沃思小姐迈着优雅的步子沿着主街往杂货店走去。昨晚下过一整夜雨后，今天阳光灿烂，空气清新。斯奇沃思小姐的镇上的一切都崭新如洗。她深深地吸了几口气，觉得世上没有什么比得上芬芳的夏日。

　　斯奇沃思小姐认识镇上的每一个人，这是当然的；她热衷于告诉陌生人（那些偶然经过，驻足欣赏斯奇沃思小姐的玫瑰的游客），她这辈子从没离开小镇超过一天。我七十一岁了，斯奇沃思小姐挤出一个迷人的酒窝对游客们说。对啊，她今年已经七十一岁了。有时候，她禁不住想整座小镇都属于她。"我的祖父在普莱曾特街上建了第一栋房子，"她会睁大闪着光的蓝眼睛说，"看，就是这栋，我们家一百多年前就在这儿定居了。我的祖母种下这些玫瑰，我的母亲精心栽培它们，然后是我。我看着小镇长大。我还记得老刘易斯先生刚开杂货店的那一年，洪水淹掉了低地上的破房子，年轻人兴致勃勃地要把公园搬到如今这家新开的邮局的前面，他们还想安一座伊桑·艾伦*的雕像。"说到这里时，斯奇沃思小姐总会皱一下眉头，语气凝重起来。"要放也该放我祖父的雕像。要是没有我祖父和木材厂，根本不会有这座小镇。"

斯奇沃思小姐从没把自己的玫瑰赠给别人，虽然常有游客问她要。这些玫瑰属于普莱曾特街，而且斯奇沃思小姐一想起人们要把它们带走就心里起疙瘩，绝不能让他们把花带去陌生的小镇和陌生的街道。新的牧师来任职的那年，镇上的女士们在收集鲜花装饰教堂，斯奇沃思小姐派人送去过一大篮鸢尾花。要是她真采下自己种的这些玫瑰，那都是为了把它们插在花盆里，摆在她祖父造的房子的每个角落。

夏日早晨在主街上漫步，斯奇沃思小姐几乎每分钟都要停下来跟人道早安，问候对方的身体。她一走进杂货店，五六个人就同时从货架边转身，向她招手，对她说"早上好"。

"你也早上好，刘易斯先生。"斯奇沃思小姐终于打完了一轮招呼。刘易斯家在镇上定居的时间几乎和斯奇沃思家相当，不过等小刘易斯高中毕业后来杂货店帮忙，斯奇沃思小姐就不再叫他"汤米"，改称他为"刘易斯先生"；他也不再喊她"阿迪"，改称她为"斯奇沃思小姐"。他俩念同一所高中，一起去野餐，一同参加高中舞会和篮球赛，只是如今刘易斯先生还是掌管着杂货店柜台，而斯奇沃思小姐则独自住在普莱曾特街斯奇沃思家的老宅里。

"早上好，"刘易斯先生说，很快他礼貌地补上一句，"今儿天气真好。"

---

* Ethan Allen（1738—1789），美国士兵，曾于美国独立战争中领导青山军。

"是啊，天气真好。"斯奇沃思小姐说得很敷衍，就好像她觉得非要这么回敬一句才不显失礼。"麻烦您，刘易斯先生，我想要一块牛小排，要瘦一点儿的。这些草莓是从阿瑟·帕克的果园送来的吗？今年的草莓成熟得真早。"

"他今早刚送过来。"刘易斯先生说。

"给我来一盒。"斯奇沃思小姐说。刘易斯先生看起来愁眉苦脸的，她心里想，有一分钟她犹豫着要不要问，但很快觉得他肯定不是在为这些草莓操心。而且他看起来确实很累。他平时挺开朗的，斯奇沃思小姐心想，差点儿说出口，但这么评价一个杂货店老板显得过于亲昵，所以她改口说："我还要一罐猫粮，再要一个番茄。"

刘易斯先生一言不发地把她要的东西摆上柜台，静候着。斯奇沃思小姐好奇地看着他，接着说："今天是礼拜二。刘易斯先生，你忘记提醒我了。"

"抱歉，我忘了啥？"

"你忘了我每个礼拜二都要买茶叶。"斯奇沃思小姐温和地说，"劳驾再给我一磅茶叶，刘易斯先生。"

"就这些吗，斯奇沃思小姐？"

"对，谢谢，刘易斯先生。今天天气真好，对吧？"

"对。"刘易斯先生说。

斯奇沃思小姐往前挪了一点儿，给排在后面的哈珀夫人留出一些位置。"早上好，阿德拉。"哈珀夫人说。斯奇沃思小姐赶紧回说："早上好，玛莎。"

"天气真好。"哈珀夫人说。斯奇沃思小姐说："是啊，真好。"哈珀太太瞥了瞥刘易斯先生，后者赶紧也点了点头。

"我正给蛋糕做糖霜呢，突然发现家里没糖了。"哈珀夫人解释道。她打开皮夹时手微微发颤。斯奇沃思小姐瞅了她一眼，疑心她没有好好照顾自己。玛莎·哈珀可不像以前那样年轻了，斯奇沃思小姐心想，她应该考虑喝点儿补酒，会管用的。

"玛莎，"斯奇沃思小姐说，"你脸色不太好。"

"我感觉很好。"哈珀夫人简短地回答。她把钱付给刘易斯先生，拿好找零和一包糖，走出杂货店，没有多说一句。斯奇沃思小姐望着哈珀夫人的背影，摇了摇头，心想：玛莎的脸色真的不好。

斯奇沃思小姐提着购物袋走出杂货店，外面阳光明媚。她停下脚步向克兰家的小宝宝微笑致意。她看着手工绣的婴儿帽和蕾丝边的婴儿车罩子，忍不住感叹：唐和海伦·克兰是她见过的最宠孩子的年轻家长。

"这小姑娘长大后保准一辈子享福。"她对海伦·克兰说。

海伦笑了。"我们也希望她一辈子无忧无虑，"她说，"就像个公主。"

"公主有时候很难伺候，"斯奇沃思小姐冷冰冰地说，"公主殿下如今芳龄几何？"

"下个礼拜二就满六个月了，"海伦·克兰说着，低下头痴痴地看着自己的孩子，"不过我总是忍不住担心。你觉不觉得她应该多动动？比如多坐坐？"

"看到有人为这种鸡毛蒜皮的事操心，"斯奇沃思小姐微笑着说，"我就知道这是个刚当妈的人。"

"她就是看起来有点儿……慢半拍。"海伦·克兰说。

"瞎说。每个孩子都不一样。有些孩子长得比较快。"

"我妈也这么说。"海伦·克兰笑了，显得有点儿难为情。

"我猜你弄得小唐也担心个不停，女儿都六个月了，怎么还不会跳舞？"

"我没跟他提这些。我猜因为我太宝贝她了，所以整天都操心。"

"你得快点儿向孩子道歉，"斯奇沃思小姐说，"她可能在担心你怎么整天都一惊一乍的。"斯奇沃思小姐对自己笑了笑，摇了摇她上了年纪的脑袋，继续沿着洒满阳光的街道往前走。见到小比利·穆尔时，她停下问他怎么没坐他爸爸闪亮的新车出来兜风。接着，她和图书管理员钱德勒小姐在图书馆外聊了几分钟，问了问图书馆今年会用会员付的会费订哪些小说。钱德勒小姐看起来漫不经心，很可能正在想别的事情。斯奇沃思小姐注意到钱德勒小姐早晨出门前连头发都没打理好，她叹了口气，她讨厌不修边幅的人。

最近很多人都看起来心烦意乱，斯奇沃思小姐心想。就在昨天，斯图尔特家十五岁的姑娘琳达哭哭啼啼地跑出家门，一路往学校狂奔，毫不在乎别人看到她那副模样。镇上的人觉得她可能是跟哈里斯家的男孩吵架了，不过放学后他俩还是像往常一样一起出现在汽水店里，两人看起来都不太开心。现在养孩子真难，人们边叹气边抱怨。

离家还有半条街远，斯奇沃思小姐已经能闻到她的玫瑰散发出的馥郁芳香，她不禁加快脚步。玫瑰的香气意味着家，家则意味着普莱曾特街上的斯奇沃思家的老宅。和往常一样，她在家门口停步，心满意足地看着她的房子。狭长的草坪上满是红的、粉的、白的玫瑰，爬山虎攀上了门廊。房子本身就有着无与伦比的线条，纤细的身段，水洗的白色面庞。每扇窗户都干净得发亮，窗帘都被紧紧地收在两边。门前的小径上连石头都被擦得一尘不染。镇上的人都奇怪斯奇沃思小姐年纪这么大了，是怎么把房子收拾得这么干净的？镇上还流传着一个故事，有个游客曾经误以为斯奇沃思小姐的房子是当地博物馆，他进去参观了一番，完全没意识到这是别人的家。不管怎么说，整座小镇都为斯奇沃思小姐、她的玫瑰以及她的房子感到骄傲，这些伴随着小镇一起长大。斯奇沃思小姐走上台阶，用钥匙打开前门，走进厨房，放下买来的东西。她在犹豫要不要泡杯茶喝，但是想到快要到中饭时间了，要是她现在喝茶，待会儿就没有胃口吃牛小排了。于是，她走进她那明亮、雅致的客厅。她的祖母和母亲为这些椅子覆上亮色的印花棉布，挂上这些窗帘。经过这么多年，客厅依旧光彩照人，所有的家具都熠熠生辉，地板上的圆形钩编地毯也出自她祖母和母亲之手。斯奇沃思小姐把一盆红玫瑰放在窗边的矮桌上，房间立刻溢满花香。

斯奇沃思小姐走到房间一角的长桌旁，用钥匙打开抽屉。她从不知道自己什么时候会心血来潮想写信，所以就把信纸收在抽屉里，把抽屉锁起来。斯奇沃思小姐的文具通常都是沉甸甸的，奶油色，上面镌有"斯奇沃思家"的字样。如果她想写另一种信，就会从报摊买一本彩色簿。这本有着粉色、绿色、黄色和蓝色纸的簿子几乎是镇上的一种风尚，全镇的人都买这种纸，用来写零星的笔记或者购物清单。当你收到一张蓝纸条，你几乎会条件反射地想，寄信人需要一本新簿子了：看看，她都已经写到蓝色了。全镇的人都用和信纸颜色匹配的信封来装菜谱和其他零碎的东西，甚至给孩子装饼干去学校。有时候，刘易斯先生会用这些信封装最便宜的糖果让孩子带回家。

尽管斯奇沃思小姐的书桌抽屉里有精心修剪过的属于她祖父的羽毛笔，还有一支镶金边的属于她父亲的墨水笔，但她写那些信的时候从来都是用一支再寻常不过的铅笔，而且她总是用那种像孩子写出来的方形字体来写。尽管她在回家的路上一直都在起草这些信的内容，但真到下笔时她还是一再斟酌，之后才在粉色信纸上写下："难道你从没见过白痴小孩吗？有些人就不该生孩子，不是吗？"

她很满意自己写下的话。她热衷于把事情做得分毫不差，当偶尔犯笔误又或信的边距没拿捏好的时候，她会立马把丢弃的信纸拿进厨房，在炉灶上烧成灰烬。对于规矩，斯奇沃思小姐丝毫不会迟疑。

她想了一想，决定再写一封信，或许可以给哈珀夫人，接续着斯奇沃思小姐之前寄给她的信。这次，她选了绿色的信纸，疾笔写下："你难不成还没发觉，礼拜四你离开桥牌俱乐部的时候，他们都在笑你？还是说，这种事情做老婆的总是最后一个才发现？"

斯奇沃思小姐从不在意具体事实，她的信全都关乎有待核实的闲言闲语。如果没有收到斯奇沃思小姐的信，刘易斯先生连想都不会想自己的孙子会偷杂货店收银机里的零钱。如果斯奇沃思小姐没有寄信去打开他们的眼界，图书馆管理员钱德勒小姐，还有琳达·斯图尔特的父母本也可以相安无事地继续各自的生活，从不会意识到身旁潜伏的罪恶。如果琳达·斯图尔特和哈里斯家的男孩之间真有什么事，斯奇沃思小姐自己或许都会感到十足的惊讶。只要世上的邪恶还在横行，斯奇沃思小姐就感到有义务警示自己的小镇。钱德勒小姐应当想一想谢利先生的前妻究竟怎么死的，这总好过一无所知。世界上有这么多坏人，可全镇就只剩下最后一个斯奇沃思。再说了，斯奇沃思小姐很喜欢写这些信。

她给那张粉色的信笺配了粉色的信封。思考片刻后，她在信封上写下"唐·克兰 收"，写完后想唐会不会把信给妻子海伦看。接着，她又找出绿色的信封来装给哈珀太太的信。很快，她又有了个主意，她选了张蓝信纸，写下："你对医生一无所知。记住，他们也是人，跟我们一样都想赚钱。就算手术刀不小心划错了地方，伯恩斯医生还是会从你侄子那儿收到手术费的！"

她在蓝信封上写"福斯特老太太 收"，老太太下个月要动手术。斯奇沃思小姐本想再写一封信给学校董事会，问问像比利·穆尔的父亲那样一个普通的化学老师怎么买得起一辆新的敞篷车。不过，她突然累了。一天写三封信差不多了。其他信明天再写，没必要一次写完。

自去年起，她就一直写这些信，有时候一个礼拜里每天能写两三封，有时候一个月都写不出一封。她从没收到过回信，这是当然的，因为她从不署名。要是有人问起，她会说她的大名"阿德拉·斯奇沃思"在镇上享誉多年，跟这种下三滥把戏沾不上边。她生活的小镇必须保持干净、甜美，但是世上的人都这么淫荡、邪恶、堕落，总得有人盯着；世界这么大，却只剩一个斯奇沃思。斯奇沃思小姐叹了口气，锁上抽屉，把写好的信封装进她那只黑色大皮夹，等到傍晚散步的时候去寄。

她把牛小排烤得刚刚好，还切了颗番茄，泡好一杯茶，这样才坐下吃午餐。她的餐厅很大，如果在前厅加张台子，可以同时招待二十二个人。她坐在餐桌旁，温暖的阳光从高高的窗户透进来。斯奇沃思小姐看着窗外满花圃的玫瑰，侍弄着她沉甸甸的旧银器以及透着光的上等瓷器，感到心满意足。这就是她想要的生活，她没想过要以别的方式生活。

人啊，就应该优雅地过日子，她想着，泯了一口茶。等用完午餐，洗好杯碟，把它们擦干，放回架子上，再把银器摆回银边红木箱里。斯奇沃思小姐走上华丽的楼梯，回到她能够俯望玫瑰园的卧室里（这曾是她祖母和母亲的卧室）。她们的皇家皇冠德比五斗橱以及皮草都收在卧室里，还有她们的扇子、背面覆银的梳子，她们各自的玫瑰花盆。斯奇沃思小姐在床头柜上摆了盆白玫瑰。

她放下窗帘，脱去鞋子和裙子，掀开玫瑰缎织锦被，躺下休息。她清楚门铃和电话都不会响起，镇上没人敢来打扰斯奇沃思小姐的午睡。她在馥郁的玫瑰芳香中沉沉睡去。

她用午睡躲过日头最毒的时候，起床后她去拾掇花园，接着回屋准备晚餐。她吃自家花园种出来的芦笋，配黄油甜酱和一个煮得半熟的鸡蛋。吃晚餐的时候，她听晚间新闻广播，完了后是一档古典音乐节目，她有个小小的收音机。等碗碟洗净，厨房收拾整洁，她拿起帽子，出门散步，腋下夹着黑皮夹。斯奇沃思小姐的帽子在镇上无人不晓，大家都相信这些帽子是她的祖母和母亲传下来的。琳达·斯图尔特的父亲趁着傍晚凉快，在街边洗车，斯奇沃思小姐跟他点头打招呼。她觉得他看起来愁眉苦脸。

镇上只有一个地方能让她寄这些信，就是那家红砖和银招牌都还闪着光的新邮局。尽管斯奇沃思小姐从没多想这些事情，但她一直很小心地处理那些信，不让人瞧见。这是当然，最好不要被人瞧见。她总是算好时间才出门，这样当她走到邮局的时候，天色刚好转暗，树影和人面都变得模糊。但其实人人都能认出斯奇沃思小姐，认出她那标志性的优雅步伐和沙沙作响的裙摆。

那家邮局旁总是聚着一群年轻人，年纪最小的在门口的坡道上滑滑板，这条坡道环绕邮局，是镇上唯一平整的路。稍微大一点儿的孩子已经知道怎么跟同龄人打成一片，他们有说有笑，计划着一会儿去街对面的汽水店。斯奇沃思小姐从没留意这些孩子，她不觉得他们中有人正盯着自己看，或正准备取笑她。他们的父母可不会允许自己的孩子笑话普莱曾特街上的斯奇沃思小姐。她走过时，多数孩子会怀着敬意后退半步，保持片刻的沉默，一些年纪稍长的孩子会跟她打招呼，严肃地说："您好，斯奇沃思小姐。"

斯奇沃思小姐回以微笑，继续往前走。她花了很长时间才记住镇上每个孩子的名字。邮筒就在邮局门口，斯奇沃思小姐走过去的时候，孩子们让到一边。邮局关门后，这地方就是孩子的天下，他们很惊讶竟然还有人会过来寄信。斯奇沃思小姐站在邮筒边，打开她的黑皮夹，取出那些信，这时她听见一个声音，她一下就听出是琳达·斯图尔特。可怜的小琳达又在哭，斯奇沃思小姐仔细倾听。毕竟，这是她的镇，这些是她的镇民。要是他们中有人出了事，她必须知道。

"我没法告诉你，戴夫。"琳达在说。（所以她的确是在跟哈里斯家的男孩说话，一如斯奇沃思小姐所料。）"我就是没办法。这事太恶心了。"

"为什么你爸不让我去你家了？我到底做错了什么？"

"我没法告诉你。说什么我都不能告诉你。你有那样的想法真是太龌龊了。"

"肯定出了什么事。你一直在哭，你爸又这么生气。为什么不能让我知道？你不是说我像你们家的一分子吗？"

"不再是了，戴夫，不再是这样了。你不能再来我家找我，这是我爸说的。他说你再来，他会用马鞭抽你。我只能告诉你这些。你不许再来我家。"

"可我什么都没做。"

"做没做都一样，我爸说……"

斯奇沃思小姐叹了口气，背过身去。人们身上有这么多罪恶。即便在这样一座怡人的小镇，人们身上还是有这么多罪恶。

她把信塞进邮筒，两封信落进去了。第三封被筒口挂住，掉了出来。因为她在想要不要给哈里斯的爸爸写封信预防可能的坏事发生，所以她没发现掉落在脚边的信。斯奇沃思小姐满身疲惫，只想回到她美丽的房子，钻进宁静的被窝。为此，她没听见哈里斯家的男孩在喊她，说她掉了东西。

"斯奇沃思老太太耳朵不好使了。"他说，看着她的背影，手里还拿着捡起来的那封信。

"谁在乎呢？"琳达说，"还有谁会在乎她？"

"信是给唐·克兰的，"哈里斯家的男孩说，"她写了'唐·克兰 收'。我最好亲自送过去，反正顺路。"他禁不住笑了，"信封里可能装着支票或什么，他越早收到肯定越开心。"

"刚巧撞上斯奇沃思老太太给人寄支票，"琳达说，"扔回邮筒里就好。干吗要自己多事？"她话里有怨气，"没见周围有人在乎我们，我们干吗要在乎他们？"

"我还是打算亲自送去，"哈里斯家的男孩说，"可能是什么好消息。可能他们今晚需要一点儿开心的事情，就跟我俩一样。"

他俩有些伤感，手牵手沿着昏暗的街道往前走，哈里斯家的男孩另一只手里攥着斯奇沃思小姐的粉色信封。

第二天一早，斯奇沃思小姐刚起床就感到一阵强烈的幸福感，有一刻她奇怪是为什么，之后才想起，此刻会有三个人同时打开她寄去的信。他们起初可能会感到痛苦，但是邪恶没有这么轻易驱除，洁净的心灵永远是洗涤过的心灵。她洗净自己松弛、老皱的脸，刷好她七十一岁仍齐整康健的牙齿，换上她甜美松软的衣服，给鞋子扣好扣子。接着，她走下楼，想着在盛满阳光的餐室里享用华夫饼当作早餐。看到前门走廊上的信，她弯腰把它们捡起：一张账单、一份晨间报纸，还有一只看起来莫名熟悉的绿信封。斯奇沃思小姐盯着信封上铅笔写的地址，愣了足有一分钟。她想着：这像我写的信。难不成是我的一封信被退回来了？不可能，没人知道信应该退给谁。这封信是怎么过来的？

斯奇沃思小姐不愧是普莱曾特街上最后的斯奇沃思。她打开信封，摊开里面的绿色信纸，连手都不颤一下。她刚读起信上的内容，便开始为世间的邪恶悄声哭泣："看看你的玫瑰现在成了啥样。"

译后记

阅读雪莉·杰克逊，宛如头皮被削掉

记得年轻时和朋友们高谈"东西方恐怖故事"的异同。我们当时都觉得西方的惊悚故事只是恶心，并不吓人，真正让我们脊背发凉的是东方的恐怖故事。举例而言，西方的血腥故事多发生在孤岛、邮轮或者偏僻的汽车旅馆里，被吓了一跳后，读者心想：只要我不去那些地方就没事了。然而东方的幽灵多出没于学校、家里的厕所，甚至午夜客厅里的电视，看完鬼片之后，几天不敢去上厕所都属正常反应。

读了雪莉·杰克逊之后，我明白这种笼统的归纳把复杂的问题简单化了。这位被誉为 20 世纪美国最重要的惊悚作家，擅长书写的就是日常的恐怖。拿大名鼎鼎、至今任何美国最佳短篇选集都不敢遗漏的名篇《抽彩》来说，故事讲述了某个新英格兰村庄一年一度的抽奖盛会。每到这天，全村人都激动不已，尤其是小孩子。主持抽彩的萨默斯先生遵循着代代相传的古老传统，抽奖所用的黑箱子因为历史悠久而备受尊敬，不得随意替换。到了抽彩前一晚，萨默斯先生会制作好所有纸券，并且锁在保险箱里。到了仪式当天，他会慎重地叫响每一家男主人的名字来抽纸券。正如刊登作品的杂志《纽约客》的编辑所言，读到这里的时候，读者还以为这些村民在盼着能抽中一台洗衣机或电冰箱呢。然而，等哈钦森太太最终抽到了标记过的纸券时，村民们步步逼近，把她团团围住，每个人手里都抓满了石头。

1948年6月26日这一天因为《纽约客》刊登《抽彩》而被载入文学史。小说一经刊出，杂志编辑部在随后的数日内收到了三百多封读者来信，这是连《纽约客》这样的大刊也从未有过的。但这些信件多在表达愤怒和不满：小说里呈现出的野蛮和暴力让读者感到错愕，他们进而质疑杰克逊的写作居心。

直至今日，《抽彩》仍作为短篇典范被收入美国高中课本和大学英语系讲坛，各种全美最佳短篇选集都不敢遗漏此篇。然而，关于这个作品究竟在表达什么的讨论从未平息。

从文本层面看，拿石头砸死人的惩罚方式无疑源自《圣经》，最终抽中"彩券"的哈钦森太太也与因挑战教会权威而被逐出波士顿的安妮·哈钦森同姓，不少学者据此认定小说在暗示新英格兰地区历史上臭名昭著的"女巫审判案"。杰克逊的丈夫海曼是犹太裔文学评论家，他坚信《抽彩》影射的是当时刚过去不久的犹太人大屠杀。对小说感到震怒的读者多半来自故事设定的新英格兰地区，他们不相信自己所在的"文明之地"还残留着如此原始暴虐的习俗。

雪莉·杰克逊本人不喜欢谈论自己的作品，但因为《抽彩》掀起的风波太大，她不得不在小说刊登一个月之后，于《旧金山纪事报》上做出简短回应:"我很难解释我希望通过故事传达什么。我想,把一项古老而残暴的仪式设定在当代,设定在我居住的小镇,是希望让读者通过这高度戏剧化的一幕,看到他们生活中无处不在的无意义的暴力和非人的行为。"

美国著名诗人艾米莉·狄金森曾说,读到好诗会有"头皮被削掉"的感觉。借此形容阅读杰克逊小说的感受,再恰当不过。杰克逊的世界常常是阳光灿烂的好日子里,普通人忽然跌进了人性的深渊,乌云盖顶,暴雨将至。新英格兰村镇是杰克逊故事常见的发生地,美国人通常都对乡村——尤其是新英格兰的乡村——抱有浪漫化的想象。那里的人善良、老实、虔诚、乐于助人,不像城里人那样一切唯利益至上。然而,在杰克逊的小说里,她无情地揭露出这些美好的表面下隐有的"恐怖":《抽彩》中,村民对集体的暴力如痴如狂;《度夏的人》里,从纽约来的夫妇最终发现乡下人的友善和亲切都是因为他们给村里带来了生意;《邪恶的可能》或许是这一主题下最极致的展现:世代居住于此的老太太表面上关心邻里,也受人尊敬,但私底下会定期给镇上的人写匿名信,指责尚不知晓丈夫出轨的妻子愚蠢,告诉一个年轻的父亲别做梦了,他的孩子就是弱智无疑,对一个即将动手术的邻居说"就算手术刀不小心划错了地方,伯恩斯医生还是会从你侄子那儿收到手术费的!"……老太太写这些信不是为了发泄,而是因为她感到自己有无上的责任去维护所在小镇道德上的"干净"。这样把人性阴暗面剖开给人看的作品,无疑会引起读者的不安,我们甚至会怀疑世间的所有善意:行善的人是真的善良,还是因为社会规范要求他们必须这么做?

或许，这个问题我们都没有勇气扪心自问。

杰克逊作品的另一大主题是亲密关系中的压抑、欲望和盲目。在《一念之间》里，妻子无意中瞥见烟灰缸，忽然冒出拿这个烟灰缸砸死丈夫的"怪念头"，之后，在多年来不尽如意的婚姻生活语境之下，这个本来莫名其妙的想法变得越来越"合情合理"；《史密斯太太的蜜月》可以说是"蓝胡子"民间传说的现代变奏，小说真正惊悚的地方不在于这个新婚妻子意识到自己的丈夫可能是报纸上刊登的连环杀妻案的真凶，而是这个妻子根本无从证实丈夫是否清白。每一个四十出头的男人看起来都像报上登的那个人，而这种事当然不能直接开口问丈夫，再说，就算她在丈夫的衣服口袋里偷偷摸出一把小刀，又能说明什么呢？《回家吧，路易莎》有着亲子关系中最令人心寒的一幕，路易莎出走多年之后回家，本以为父母会喜极而泣，热情相拥，没想到父母怀疑自己冒名顶替来骗赏金。路易莎说自己能回答所有的问题，但因为报纸多次报道这一失踪案，所有骗子都能答出所有的生活细节。最终，路易莎放弃了。亲生父亲在离别前塞给她"回家"的车钱，还说，"我希望有一天，有人会为我们的路易莎做相同的事"。

杰克逊的小说世界"心魔"密布，在现实生活中，她的命运也符合记者露丝·富兰克林于 2016 年出版的传记的标题《雪莉·杰克逊：备受折磨的一生》（*Shirley Jackson: A Rather Haunted Life*）。

雪莉·杰克逊 1916 年 12 月生于美国旧金山，父亲是白手起家的成功商人，母亲是野心勃勃的建筑师之女，后者把自己的世俗欲望都转嫁到女儿身上，希望把女儿培养成上流社会的名媛，没想到杰克逊生性内向害羞，不仅长相普通，还把自己吃得胖胖的。即便当杰克逊以小说独步文坛时，母亲还会打电话指责女儿怎么可以把自己胖乎乎的"丑照"给记者登在杂志封面上。这样的母亲形象很像杰克逊笔下沉溺自我、从未真正"看见"孩子的父母。在雪城大学就读期间，杰克逊认识了后来的丈夫斯坦利·埃德加·海曼。海曼和杰克逊所建立的婚恋关系颇似萨特向波伏瓦提出的"实验"，海曼希望继续在婚外和其他女性发生关系，而且会向杰克逊"坦白"交往的所有细节。婚后的海曼是《纽约客》的专栏作家，和杰克逊一样也在佛蒙特州的本宁顿大学任教，然而杰克逊不仅要目睹他和其他女同事乃至女学生的一笔笔风流账，还要在很长的时间内独力挣钱抚养四个儿女，并承担所有家务。杰克逊和丈夫所生活的大学城本宁顿是个非常保守闭塞的新英格兰小镇，一如她的虚构世界。杰克逊夫妇经常在周末举行文学派对，座上宾包括《看不见的人》的作者、著名的非裔作家拉尔夫·艾里森。然而，他们的自由派观念和作风违背了当时"白人至上"的社会规范，之后，杰克逊更因为女儿的教育问题跟学校老师起冲突，没想到学校不仅偏袒这位常年体罚并羞辱学生的教师，而且当地的报纸和邻居还嘲笑杰克逊"小题大做"。这之后，杰克逊索性闭门不出。

可以想见，生活中腹背受敌的杰克逊很早就身心俱疲，她常年吸烟的习惯导致了慢性风湿、关节疼痛、乏力、头晕等种种健康问题，她也因为焦虑症而求诊于心理医生。医生开给她的巴比妥类镇定药物在当时被认为是安全无害的。出于控制体重的需要，杰克逊还定期服用安非他命。叠加的药物使用和成瘾不仅没有缓解她的焦虑症，还加速了她身体的衰竭。1965年，杰克逊在家中午睡时，心脏停止了跳动，享年48岁。

虽然杰克逊多舛的短暂人生不应成为对其作品要旨的全部解释，但是当同时代的读者指责她的作品太过极端、扭曲，乃至邪恶的时候，我们或许可以看清那些读者的盲目：对当时女性和少数族裔所遭遇的困境，对正笼罩全球政局的"冷战"和"越战"，以及对作为根基的人性阴暗面视若无睹。

因为英年早逝，雪莉·杰克逊生前仅出版了《抽彩》这一部短篇小说集。但在过世后的半个多世纪里，包括她的丈夫、儿女，以及著名作家乔伊斯·卡罗尔·欧茨等人为其编选了不同版本的短篇集，杰克逊作品的文学价值也随着时间的淘洗有增无减。国内此前主要译介了《抽彩》这一部短篇集，不足以让读者了解到这位美国重量级小说家丰富的短篇成就。

本选集首先收入了杰克逊受到学界激赏的作品。她有四则短篇入选《美国最佳短篇年选》，分别是:《来与我共舞在爱尔兰》(1944)、《度夏的人》(1951)、《有花生的寻常一天》(1956)、《睡衣派对》(1964);另有三则短篇获重要文学奖:《抽彩》(1949年获欧·亨利奖)、《回家吧，路易莎》(1961年获爱伦·坡奖)和《邪恶的可能》(1966年获爱伦·坡奖)。其次，我参考了市面所有英文版短篇选本的重合度，阅读了能够找到的杰克逊的所有短篇，选出了我所认为的完成度最高的短篇小说。举例而言，杰克逊在大学期间发表的第一则短篇《詹尼斯》，虽然因其重要的传记意义而被收入各个选本，但因为《詹尼斯》文笔尚显稚嫩，小说的情节尚未铺开就匆匆收尾，所以我没有收入这一选集。当然，我的主观选择必定会造成一些沧海遗珠，但仍期望这个选集能够引起大家对这位短篇大师的兴趣，愿意探索她更多的作品。

　　非常感谢出版方上海明室的策划，尤其是本书编辑孙皖豫老师，她指出了译稿中的诸多疏漏，给予及时的斧正，避免贻笑大方。需要指出的是，杰克逊喜欢在小说中（尤其是人名和地名）安插双关语，为了兼顾国内规范译名的要求和译文的流畅度，我无法对所有的人名和地名进行"意译"。译本在尽量保留最重要的象征意义的前提之下，难免有遗漏和妥协之处，一切过失都是译者的过失。唯独希望译本瑕不掩瑜，读者仍能享有好作品所带来的"头皮被削掉"的震撼感。

钱佳楠

2021 年 7 月

于美国洛杉矶

图书在版编目（CIP）数据

有花生的寻常一天：雪莉·杰克逊短篇小说集 /
（美）雪莉·杰克逊著；钱佳楠译 . -- 北京：北京联合
出版公司 , 2022.4
ISBN 978-7-5596-5929-3

Ⅰ . ①有… Ⅱ . ①雪… ②钱… Ⅲ . ①短篇小说—小
说集—美国—现代 Ⅳ . ① I712.45

中国版本图书馆 CIP 数据核字 (2022) 第 025215 号

有花生的寻常一天：雪莉·杰克逊短篇小说集

作　　者：［美］雪莉·杰克逊
译　　者：钱佳楠
出 品 人：赵红仕
策划机构：明　室
策划编辑：赵　磊
特约编辑：孙皖豫
责任编辑：李艳芬
装帧设计：山川制本 workshop

北京联合出版公司出版
（北京市西城区德外大街 83 号楼 9 层　　100088）
北京联合天畅文化传播公司发行
北京市十月印刷有限公司印刷　新华书店经销
字数 198 千字　880 毫米 ×1230 毫米　1/32　9.5 印张
2022 年 4 月第 1 版　2022 年 4 月第 1 次印刷
ISBN 978-7-5596-5929-3
定价：49.80 元